智 造

王茂浪◎著

——来自机器人之城的报告

SPM
南方传媒 花城出版社

中国·广州

图书在版编目（ＣＩＰ）数据

智造：来自机器人之城的报告 / 王茂浪著. -- 广
州：花城出版社，2024.5
2021-2022年度佛山市文联重点文学工程
ISBN 978-7-5749-0222-0

Ⅰ．①智… Ⅱ．①王… Ⅲ．①纪实文学－中国－当代
Ⅳ．①I25

中国国家版本馆CIP数据核字(2024)第071633号

出 版 人：张　懿
责任编辑：李　谓　安　然
责任校对：汤　迪
技术编辑：林佳莹
封面设计：林　希

书　　名　智造：来自机器人之城的报告
　　　　　ZHIZAO：LAIZI JIQIREN ZHI CHENG DE BAOGAO
出版发行　花城出版社
　　　　　（广州市环市东路水荫路11号）
经　　销　全国新华书店
印　　刷　佛山市迎高彩印有限公司
　　　　　（佛山市顺德区陈村镇广隆工业区兴业七路9号）
开　　本　880毫米×1230毫米　32开
印　　张　10.625　1插页
字　　数　280,000字
版　　次　2024年5月第1版　2024年5月第1次印刷
定　　价　58.00元

如发现印装质量问题，请直接与印刷厂联系调换。
购书热线：020-37604658　37602954
花城出版社网站：http://www.fcph.com.cn

目 录

前 言

湾区的机器人之城

公元2022年2月9日。

农历大年初九。

中国北京。

第24届冬季奥林匹克运动会，也就是2022北京冬奥会正在如火如荼地举行。

国际奥委会主席巴赫来到冬奥村闭环内的"网红"打卡点——智慧餐厅，兴致勃勃地向餐厅工作人员问好、与大家合影留念、现场就餐。

在中餐云轨体验区，巴赫点了一份北京烤鸭和一份饺子。

智能炒锅将菜品装盘上传至空中云轨处，系统智能调度云轨小车接应菜品，智能规划最优路径，自动送达对应餐桌上空，再通过下菜机，让美食"从天而降"来到了巴赫面前。

餐后，巴赫竖起大拇指说："我为中国的智慧机器人点赞，我为充满科技感的就餐体验和可口的食品味道点赞。"

巴赫的点赞，是对中国综合科技实力以及中国味道的最大肯定。

吸引巴赫慕名而来的北京冬奥会智慧餐厅，是由佛山顺德的千玺机器人集团打造的。

作为世界美食之都的顺德，正是我国科技创新的前沿，也是粤港澳大湾区的机器人之城。

你听，这是中国方案，来自机器人之城的报告——

"你好，我包装好了。"

"好的，我就上架。"

"我来啦，马上入库。"

这是佛山三龙湾东平水道与潭洲水道交汇处不远的一座全自动现代化厂房里，三个不同功能，却一同带电的"人"之间的工作对话。

这是捷瞬机器人包装好的电饭煲成品，由伊雪松机器人公司提供的码垛机器人搬运上货架，最后再由嘉腾机器人公司提供的AGV把电饭煲集中输送到仓库。

这是功夫之城、武术之城民营企业打的"组合拳"。

打得干净利落！

利落的背后是强大的经济基础和工业基础。

从佛山制造到佛山智造，"有家就有佛山造"已成现实。

木棉花竞相怒放之前的2022年2月6日，佛山市顺德区发布2021年经济运行情况。

数据显示，顺德全区完成地区生产总值4064.38亿元，首次突破4000亿元大关，同比增长8.2%，总量继续稳居佛山市第一，居全国市辖区前列。

数据还显示，2021年，顺德区工业总产值达11 421.6亿元，首次突破万亿元大关，成为全国首个工业总产值超万亿元的市辖区，显现出强大的经济发展韧性。

木棉花开，红花千年，绿叶千年，花与叶生生相错。

制造业是顺德立区之本。

这里培育了家用电器、机械装备两个三千亿级产业集群。

这里高新技术企业存量达2886家。

这里上市企业（含过会）累计达37家，占佛山全市一半以上，在全国市辖区中处于领先水平。

这里是中国民营经济发展最活跃的地区之一。

在2021年10月举行的中国共产党佛山市顺德区第十四次代表大会上，顺德提出全力建设高质量发展先行示范区，全面提升顺德在大湾区的竞争力、影响力和辐射力，在构建现代产业体系、城乡融合发展、人与自然和谐共生、实现共同富裕以及干部担当作为等五个方面先行示范。

此刻，国际机器人联合会预测，"机器人革命"将创造数万亿美元的市场。

此刻，"千亿产业"一直是佛山经济发展的关键词。

此刻，引进千亿产值的大项目、形成千亿规模的产业集群，在很大程度上影响佛山的未来。

万里佛山已起航，顺德桃李正芬芳。

顺德千亿产业集群倍增计划、百亿企业倍增计划、数字化示范工厂倍增计划、上市企业倍增计划、产业空间倍增计划、高层次人才倍增计划的产业"六大倍增"计划已经鸣笛启航。

"航行"中包括了加快机器人等产业集群建设。

始于专注，成于专注。2021年，顺德引进了银星服务机器人、蓝胖子、中设（埃斯顿）、拓野、中大力德华南总部等一大批项目。

其中不少是机器人项目。

在打造珠江西岸先进装备制造产业带战略中，佛山诞生了700多家规模以上智能制造装备与机器人制造企业。

历史的长河中，总有一些瞬间，注定成为永恒。

一个半世纪以来，一代又一代的顺德人为了追寻美好的生活，在这块平平常常的土地上，留下了丰富的印记。

早在148年前，"机器"两字就出现了顺德土地上。1874年，顺德首家机器缫丝厂在龙江龙山村开办。

这比创办于1882年的上海第一家华商缫丝厂——公和永丝厂还要早8年。

我国第一台工业机器人"出生"于1982年，由中科院（即今中国科学院）沈阳自动化研究所老所长蒋新松院士带领科研团队研制。

20世纪80年代初，蒋新松到国外考察，发现国外在大批量使用机器人，他判断未来我国肯定要通过机器人来提高和促进制造业的发展。

12年后的1994年3月20日，我国第一条采用机器人装配吊扇的生产线，在顺德鹰牌集团公司通过国家科委组织、主持的验收鉴定会。

这是国家"863"高科技自动化领域的主题攻关项目，由5台机器人组成的自动装配生产线，将原来13个人完成的工序减为5人。

一代代薪火相传，变的是环境，不变的是创新者的初衷。

民族要复兴，科技必先行。

今天，我们打开顺德区政府官网，就能享受"智能机器人"服务。

点点鼠标，我听到了这样的声音：

您好,我是机器人小粤,现在来到顺德区政府网站为您服务!

您可以点击以下导航获得服务:办事服务、政策解读、百事通、走进顺德。

也可以直接问我问题!我还在成长中,提供的信息仅供参考。

与小粤聊一会,它还提醒我:工作再忙碌,也要记得多喝热水。

由此可见,人类已经开发出强健的机器人大脑。

数字服务未来,未来遇见美好。

走进新时代,我在这片创业的热土上,从一个个鲜活、真实的故事中,感受创新"加"速度,探寻到了机器人产业高质量发展的"顺德密码",在中国方案中阅读到了制造业数智化转型的"佛山答卷"。

———

机器可替人。

机器人是弄潮儿。

东平河边,佛山一环高速公路旁,明亮高耸的现代化车间里,电子信息屏幕上显示着每个工位的状况,一台台安装调试好的机器人等待发往全球各地。

美的库卡智能制造科技园一期投用仅两年,产能利用率已近100%。

四月人间创业天。2021年4月27日,总投资8亿元的二期工程正式动工。

这是佛山顺德机器人产业发展的缩影。

数字化转型，复兴中国梦。从2010年前后发轫以来，顺德机器人产业从无到有、从集成应用到本体组装乃至核心零部件制造，从巨头抢滩到本土企业崛起，一个国内机器人产业的高地快速崛起。

机器人产业崛起的背后，是一个工业总产值超10 000亿元的制造业重镇的数字化新征程。

心无旁骛搞研发，踏踏实实搞制造。顺德家电、机械装备等传统支柱产业既为机器人提供了成长的土壤，更是机器人天然的市场。特别是在近年来，顺德制造走在数字化转型的前沿，机器人产业正是其中的先行军。

数字化是大潮。

全球制造行业正面临新一轮产业变革。

"以融合信息技术与制造业的智能制造为基础，工业数字化成为发展趋势。"

这句话是西门子数字化工业软件集团大中华区副总裁兼CTO方志刚，在库卡项目二期动工现场说的。

机器人之所以与传统的机器、自动化设备不同，关键的一点就在于，机器人有一个更加强大的"大脑"，其运作是以数字化为基础的。

一个新的产业的开启，有其必然的规律。

时间回溯到17年前，顺德就捕捉到了数字化、网络化、智能化的方向。

2005年，当时还在五金家具行业奋斗的嘉腾公司，意外地接到一个研制搬运机器人（AGV）的需求，因而成为最早进入机器人行业的顺德企业之一。

在很大程度上，机器人是数字化转型的"硬核"力量。

进入发展的新阶段，数字化转型的力量日益澎湃，为顺德机器人产业提供更强的动力。

如果说数字化是一场大潮，那么机器人就是其中的弄潮儿。

中央提出，要把握数字化、网络化、智能化融合发展的契机，以信息化、智能化为杠杆培育新动能。

要拿出100亿元引领推动制造业数字化转型——佛山强力表达了推动数字化转型的决心。

对于顺德来说，工业总产值已超万亿元，数字化转型的规模极其庞大。

在顺德，以美的集团为代表的龙头企业更是全面拥抱数字化。

在库卡科技园，生产制造的流程已经深度数字化，每个环节的实时状态、数据都能够通过电子信息屏幕监测和掌握，但这还不是数字化的高级形态。

在集团内，美的已经拥有了四座获世界经济论坛认证的"灯塔工厂"。

在位于千年花乡的佛山市松川机械设备有限公司自动化生产线上，多台ABB等品牌的机械臂飞速舞动，极大地提高了生产效率，也让企业在面临各种紧急转产需求时游刃有余。

走进顺德各地的制造企业，无论是家电、机械装备，还是家具、五金等行业，机器人的"密度"越来越高。

看着机器人事业蓬勃发展起来了，众人欣慰，蓝图可期："智能机器谱新篇，车间家里处处有。"

顺德已有300多家规模以上工业企业实施"机器代人"，累计应用逾5000台机器人，这个数字还在以每年20%的速度增长。

这殊为不易。

"劳动密集型"已经向"技术密集型"转型升级，规模庞大的本土制造业转型需求，成为顺德机器人产业发展壮大的重要推手。

时间是忠实的记录者，镌刻着创业者奋进的步伐。2013年在顺德成立的隆深机器人，正是通过首先为美的等顺德家电企业提供服务，再将其应用经验向全国复制，从而很快成为全国白色家电领域机器人应用排名第一的服务商。

动能转换打造新引擎。隆深机器人还进一步出发，向汽车、氢能源等领域乃至机器人制造业转型，更携手全球顶级的日本川崎机器人，在顺德正式成立合资公司，打造机器人高端产业基地。

世界机器人五大行业巨头库卡、发那科、ABB、安川、川崎先后以落户或合作形式进驻了顺德机器人高端产业链，制造、智造带电的"人"。

数字化的大趋势方兴未艾。

立足顺德，机器人企业有着更广阔的市场。

粤港澳大湾区的"机器人之城"，正在努力为人类发展事业、人民对美好生活的向往贡献中国智慧、中国方案、中国智造。

二

水有源，故其流不穷；木有根，故其生不穷。

在顺德，机器人产业可以说是从无到有，但并非凭空而来、而兴。

改革开放以来积累的制造业基础，是机器人产业生长的沃土。

乘着粤港澳大湾区发展的东风，顺德制造正全面升级转型成顺德智造，而机器人产业在顺德的生态集聚，必然会促进机器人企业突破发展。

从"顺德制造"到"顺德智造"，一字之谋、一字之变、一字之进，预示着顺德工业发展迈入了一个全新的历史时期。

作为顺德重点打造的战略性新兴产业之一，机器人产业与顺德其他产业形成了相互流动、相互融合、相互助力的"微循环"。

留心顺德，创新无处不在。

作为民营经济的大区，中国家电之都、世界美食之都——顺德以营商环境优良著称，这一点也反映到了机器人产业上。

在广东省和佛山市相关扶持政策的基础上，顺德出台了一系列直接针对机器人产业、数字化的扶持办法。

顺德出台推进5G+工业互联网创新发展的若干政策措施，是其最新的举措。

在支持机器人企业研发创新上，核心技术攻关单项最高奖励5000万元。

在推广机器人应用，提供技改、5G+工业互联网应用等方面，单个企业最高可享受一亿元扶持。

在引进研发技术人才方面，顺德力争未来五年内规模达一万人。

借助产业升级、数字化转型，顺德正在为机器人产业创造更加广阔的发展空间。

在北滘，除了库卡科技园所在的广东智能制造创新示范园外，顺德还打造了以机器人命名的专业化主题园区。

这包括博智林机器人、盈合机器人、大族机器人等重点项目在内的机器人小镇产业园建设已经进入了加速期。

市场需求多种多样，企业壮大快马加鞭，政府扶持好戏连台，集群合作省心省力。

新时代，顺德机器人产业迎来了新起点。

顺德人发展机器人产业，在起点上已经抢占了先机，一定会走在全国前列。

你看，顺德为企业提供多样化的开阔数字化视野、学习经验的机会。顺德专门组织了"百企进华为"活动，包括碧桂园集团董事局主席杨国强、格兰仕集团董事长梁昭贤等在内的顺德区重点企业负责人悉数参与。

走出去，还要请进来。顺德区政府和华为公司在顺德职业技术学院共同挂牌数字化转型培训学院和华为信息与网络技术学院，首期"总裁班"就吸引了许多人参加。

数字化转型不可能只是政府的努力，企业的努力也至关重要。

有的企业走在了政府的步伐之前，有的企业是在政府的推动下积极参与，但都是在同一个方向上前行。

从美的、格兰仕、新宝、小熊、万和、万家乐、康宝、容声等龙头企业，到各个领域的细分龙头、中小企业，纷纷开展了数字化的应用。

与此同时，从美云智数、赛意信息到精工智能，一批数字化转型的服务商扎根顺德制造业，凝聚起在数字化浪潮中奋进的合力。美云智数脱胎于美的集团，是美的四家灯塔工厂的"幕后推手"，并以美的经验对外赋能。美云智数旗下的"美擎工业互联网平台"获评"国家级"跨行业跨领域工业互联网平台，是佛山唯一入选的平台。

服务商需要多维度地帮助企业赢在起跑线上，让企业效率更高、浪费更少，从时代的挑战中脱颖而出。

未来一定会有一批企业被淘汰，也一定会有企业脱颖而出。

在百舸争流的顺德机器人产业江湖，不仅有美的、碧桂园斥巨资跨界布局，也有世界机器人排名前五名的行业巨头抢滩入驻，涌现了一大批聚焦细分领域的"隐形冠军"，逐渐形成多层次的机器人产业梯队和链式发展的新趋势。

机器人被誉为镶嵌在制造业皇冠上的"明珠"，也是支撑制造业数字化、智能化的重要支撑。换而言之，机器人之于顺德而言，不仅是形成新的千亿级产业集群，更为重要的是以此为着力点撬动传统产业转型升级，使之成为驱动高质量发展的关键密钥。

"投产一年多以来，美的库卡智能制造科技园已累计生产1万多台机械臂，连同集成业务产值合计18亿元。"美的集团2020年财报浓墨重彩地介绍了库卡机器人业务。

同样在北滘，博智林机器人在成立之初，就发出了气势磅礴的市场之问：我们有没有可能成为全球最大的机器人公司？

今天，机器人盖房子的落地，比外界想象的要快得多。

机器人是美的打造的"第二增长曲线"，被视为抢占未来竞争力的源泉。

在龙头引领之下，顺德本土机器人企业顺势而起开拓产业版图。

当全球机器人产业的目光大多聚焦在机械手上时，嘉腾机器人却把全部精力放在研发携带视觉识别系统的"机器脚"上。现在，嘉腾机器人不仅研发出小白豚、大黄蜂等高度智能的AGV，还首次在行业内将"心跳"系统植入仓储机器人，大幅提升了AGV的稳定性。

不然商界、客户怎么会赞誉"品质是顺德企业的自尊"呢？

与国内首台差速20吨AGV驱动单元制造商——嘉腾机器人一样，不少顺德机器人企业瞄准细分领域，并逐渐获得行业"话语权"：科凯达高压巡检机器人填补国内空白，完成了100多公里的高压线路巡检特种机器人全球"首航"；盈峰环境专注于5G环卫机器人、智能小型环卫机器人等领域，环卫装备销售额连续20年全国第一；利迅达机器人聚焦研发打磨抛光机器人集成技术，成为专注细分领域的系统集成商……

只有创新才有突破，只有突破才能强区。数据显示，顺德机器人本体及上下游产业链配套企业数量已扩容到100多家，整个产业版图逐渐形成"工业机器人+建筑机器人"双核带动、服务机器人快速发展的格局。

三

从最初的系统集成，扩展到本体制造，再深入减速机、控制器等核心零部件；从最早的工业机器人，延展到特种、服务机器人领域，顺德机器人产业彰显了蓬勃的生命力和创新力。

不容忽视的是，中国工业机器人市场这块诱人的蛋糕，大约三分之二被国外品牌分走，国产机器人的稳定性有待提高。

从机器人产业链来看，上游是核心零部件，控制器、伺服电机和精密减速器，分别占据成本的12%、22%、32%；中游是机器人本体，也就是机器人的整体架构，包括机座和执行机构，占成本的22%左右。

令人欣慰的是，库卡、发那科、ABB、安川、川崎等世界机器人排名前五名的行业巨头均以落户和合作形式进驻顺德，成为顺德机器人产业"最强外脑"，并吸引上下游企业汇聚。

全凭电子在心脏，铁骨作裳喜颜开。顺德机器人协会秘书长陶渊明说，仔细观察国外成熟的机器人展会，就会发现最为核心的部分是机器人本体，假如没有强大的机器人本体研发制造带动，很难拉动整个产业链的跃升。

也就是说，顺德机器人产业若要在未来激烈的市场竞争中杀出重围，就必须抓住本体这一关键环节。

具体而言，可以通过鼓励本地企业优先采购本地机器人产品，将本体做大做强，进而带动生态链上本土生产、集成应用、核心零部件研发等整体跃升。

对此，隆深机器人有限公司董事长赵伟峰十分认同，隆深与川崎成立合资工厂，以SCARA机器人、4轴冲压等机器人的研发、生产与销售作为主营业务，加上美的库卡、博智林机器人、盈合机器人都是主攻机器人本体研发制造，未来顺德机器人本体产能释放出来。

发展机器人产业，顺德的底气源自雄厚的制造业基础。

在顺德，机器人产业应用场景丰富、企业转型升级需求迫切、产业配套能力强大，为机器人产业发展提供了土壤和根基。

如今，隆深机器人将喷涂、抛光、外壳组装等单一的生产环节串联起来，形成了全链条的"无人工厂"，为美的、格兰仕、万和科达等企业提供多领域的智能制造整体解决方案，不断赋能"顺德制造"转型升级。

对于机器人产业，用"火爆"两个字形容。

一组数据直观地显示了顺德机器人产业的火热：2020年，顺德机器人的产值增速高达206%，工业机器人年产量达1.2万台，约占全国工业机器人总产量的5%。

在库卡落地投产第一年，媒体报道就算了一笔账，差不多全国每50台工业机器人就有一台是佛山顺德造。前不久，最新报道称如今全国每20台工业机器人就有一台产自佛山顺德。未来，全国每三台工业机器人就有一台是佛山顺德造，这不是梦想，而是可以实现的。

工业机器人是制造业不可或缺的角色，它涵盖了视觉识别、技能学习、利用人工智能进行故障预测、人机协作及简单编程等领域，是传统制造业数字化转型的关键一步。

而今，顺德机器人产业对于制造业的反哺作用日趋明显。

捷瞬机器人与康宝、美的集团等达成合作，分别为其打造消毒柜智能工厂和空调压缩机壳体智能工厂。

捷瞬机器人董事长谢传海告诉我，改造后的消毒柜智能工厂实现了从产品前沿开发到模具设计制造，再到冲压、焊接、装配、包装等流程的机器人自动化生产，用人规模缩减了一半，企业生产效率却提高了80%以上。

顺德机器人协会已有100多家会员企业，其中八成为区内企业。

顺德已初步形成了北滘、大良、陈村等机器人产业集聚区。

在北滘，机器人小镇产业园（一期）正在扬帆起航。

产业的星星之火，逐渐形成燎原之势。

接下来如何引导产业集聚、链式发展，是顺德面临的课题。对此，顺德区委区政府已然有了清晰的规划——聚力打造"一核引领、一区支撑、多点集聚"发展空间格局。

你看，中央电视台《新闻联播》在新征程开局"十四五"的系列报道中，以《高技术制造业增速加快　助力高质量发展》为题，报道了佛山顺德机器人产业梯队发展新态势，展现顺德在高技术制造业带动作用持续增强的同时，更多新投资不断涌入的良好局面。

良好局面，让顺德乘着浩荡春风，在佛山描绘着新时代的双循环华章。

四

在顺德，从核心零部件到本体制造、系统集成的机器人产业链已经初步成形，埃斯顿、博智林、大族、中大力德等行业知名企业纷纷落户。

其中，北滘镇又是布局的重点，围绕库卡形成"5分钟产业生态圈"。

作为全国唯一的制造业转型升级综合改革试点，佛山正全面推进制造业数字化转型，财政投入超过100亿元，并设立总规模300亿元、首期100亿元的广东（佛山）制造业转型发展基金。

美的、海天、格兰仕等头部企业也率先发力转型，为机器人产业提供了强劲的市场需求。

在收获的10月，宁波中大力德智能传动股份有限公司竞得三龙湾潭洲会展南片区一地块，设立中大力德机器人核心零部件华南区域总部项目，有效填补顺德乃至华南地区机械装备及机器人核心零部件领域的空白，进一步完善顺德机器人产业供应链。

顺德现有从事机器人生产或配套的企业超80家，其中规模以上企业17家。

让机器人改变你我的生活。从最初的系统集成，扩展到本体制造，再深入到核心零部件；从最早的工业机器人，延展到服务、建筑机器人等领域，顺德机器人产业链正加速成型，同时对传统制造业转型升级的驱动作用日趋明显。

在入选广东省森林小镇认定名单的龙江镇，联塑集团已经实现了从管件的生产、包装到入库的自动化。

以PE电热熔配件为例，过去有九道工序需要通过人工操作，现在核心生产不仅无须人工介入，产能、产量、合格率均显著提升。

佛山三龙湾，顺德潭洲，北滘大美公园。

一台台"顺德造"机器人从美的库卡基地一期生产线上走出，一路之隔的二期项目已在2021年启动建设。不到一公里外，中大力德、埃斯顿、中设等重磅项目也落地。

胆子大，步子稳。2022年1月6日，顺德虎年首个招商项目落地，拓野智能总部智慧工厂同样选择了这一片区。

一个机器人产业高地悄然崛起。

机器人产业高地在潭洲片区的崛起，是顺德近年来以招商引资推进产业格局重塑的一个切面。

一大批新兴产业项目、强链补链项目，一批深圳等大湾区城市联动项目争相落地。

特别是2021年，顺德在"以水兴城"战略引领下，引进产业招商项目总投资额超千亿元。

　　2022年的顺德区政府工作报告提出，要以"过河卒"的勇气、智慧和担当，在精准大招商中真抓实干、善作善成，开创优质产业集聚新局面，让企业家"嚟顺德、一定得"。

　　拓野智能总部智慧工厂项目在顺德区两会闭幕后的立即落地，打响了顺德招商"过河卒"的新年第一炮，为顺德建设高质量发展先行示范区之路打出了示范。

　　站在工业总产值突破万亿的新起点上，顺德未来已来。

　　一片制造业的热土，从来不缺惊喜。改革开放以来，顺德以"两家一花"亮出品牌，逐渐成为有世界影响力的中国家电之都。面对新的发展形势，顺德战略性新兴产业的格局和优势一直在建立过程中。顺德在招商中特别注重优先扶持主导产业发展，优先满足本土企业增资扩产，优先引进高科技企业。

　　机器人等新兴产业项目是顺德急需的。顺深产业联动发展，是顺德推进产业转型升级的关键策略。

　　作为粤港澳大湾区重要的核心城市，深圳大量的产业资源需要外溢，寻求产业扩张与合作的空间。2021年夏天最热的那段时间，顺德重磅组建了驻深圳招商中心，深度对接"深圳创新＋顺德智造"的合作机会。不仅拓野，银星、蓝胖子、速联等一批先进产业项目也都来自深圳。

　　顺德既要做大做强支柱产业，也要大力发展新兴产业，通过支柱产业、新兴产业、未来产业"三箭齐发"，进一步夯实工业基础，打造现代产业体系。

　　一个集群就是一条产业链，集群成不成功，就看产业链全不全、强不强。

　　顺德在引进多个龙头项目的同时，引进了主导生产及研发减速器、伺服驱动器等核心部件的中大力德项目，夯实了顺德机器人核心零部件产业链。

新的产业格局不仅体现在产业类型上，也体现在产业的区域分布上。

顺德曾经是"一镇一品"的发展特色，但是随着时代的变化，这样的产业布局已经不再适应产业也不适应镇街自身的发展需求。

根据现阶段规划，顺德新一代电子信息产业重点布局大良、容桂和均安，机器人产业重点布局北滘，先进材料产业重点布局杏坛，生物医药产业重点布局乐从，环保产业重点布局勒流、顺德高新区，家电产业重点布局北滘、容桂、大良、杏坛，高端装备产业重点布局龙江、伦教。

在新的产业格局下，顺德各个镇街、板块之间，逐渐形成新的产业分工合作关系，共同推动顺德产业新的跨越。

打出招商新气势，发力构建"两多两快"招商新格局。

万亿工业总产值，只是顺德高质量发展征程上的一小步。

人们还清晰地记得，韩国平昌冬奥会闭幕式"北京8分钟"里的"冰屏"机器人是中国研制的移动机器人。它们在长时间低温且人员干扰强的恶劣环境下，实现了多车联动，惊艳全世界。

今天的中国，更是紧密联系世界的中国。

2022年2月4日。

北京冬奥会开幕式在鸟巢举行！

一个个创意让网友直呼震撼："这是一场属于中国人的浪漫""中国人把这场浪漫献给了全世界"。

从一块冰、一朵雪花，到一个创意无限的点火仪式，北京2022年冬奥会把简约、浪漫、童真、唯美的开幕式呈现在全球观众面前。

在这场"冰雪浪漫"的背后，还隐藏了一个顺德机器人当了"餐厅大厨"的故事。

正宗粤式煲仔饭、热气腾腾的饺子、美味可口的汉堡……在北京冬奥会主媒体中心的智慧餐厅内，这些美食全部由智能餐饮设备自动烹制，还能通过智能传送设备"从天而降"，令来自全球各地的媒体记者惊叹不已。

智慧餐厅面积达5400平方米，能同时容纳1700余人用餐。

核心，实现科技价值。餐厅内的智能、自动餐饮设备，均由碧桂园千玺机器人集团研发制造。自动餐饮设备已在全国30个省市的景区、展馆、交通枢纽等多样化场景中广泛应用，而服务重要国际体育赛事尚属首次。

在疫情防控常态化的背景下，餐厅的最大特点是采用了汉堡机、煲仔饭机、炒菜机等十余款智能烹饪及传送设备，不仅具备自动化、可视化、高效化的特点，降低了人力成本，还在疫情防控大背景下进一步减少了人与人的交叉接触，降低疫情传播概率及防疫成本，并能够24小时提供服务，既简约又安全。

顺德机器人，精彩全世界。为满足国内外媒体记者不同饮食习惯，餐厅精心设计了200多个品种的菜品、冷餐、饮品等，分为八套菜单循环使用。菜品以中餐为主，西餐为辅。冬奥期间恰逢春节，餐厅特意研发了饺子馄饨机，热气腾腾的饺子可让各国记者充分领略浓浓的中国年味。

同时，"顺德制造"为冬奥会场馆提供暖通空调解决方案，比如，美的为开闭幕场馆国家体育场（鸟巢）、山地转播中心、冬奥村、国家冰雪运动训练科研基地等场馆提供低碳、高效、环保的暖通空调解决方案。

"一起来一起向未来，我们都拥有爱，来把所有门全都敞开……"

伴随着北京2022年冬奥会和冬残奥会主题口号推广歌曲《一起向未来》的优美旋律，大良凤翔小学近千名师生翩翩起舞。

明快的音乐、轻盈的步伐、跃动的身姿，展现新时代青少年积极阳光的一面。

这就是顺德力量。

这就是来自机器人之城的报告。

这就是中国方案。

中国方案在佛山制订，从佛山走向世界。

佛山的企业家们知道，"坐在家里"做不好全球生意，高质量走出去是大势所趋。

佛山的企业家们知道，制造业要拓宽国际化视野，需要具备企业家精神、工匠精神、劳模精神，只有把这三种精神发挥好，佛山制造才能聚焦主业，把品牌做好、技术做好，从而更好地参与全球竞争，抢占高端市场。

五

习近平总书记强调，党中央实施创新驱动发展战略，格外重视自主创新，格外重视创新环境建设，努力提升我国产业水平和实力，推动我国从经济大国向经济强国、制造强国转变。

随着信息化、工业化的不断融合，以机器人科技为代表的智能产业蓬勃发展，成为新时代科技创新的一个重要标志。党的十八大以来，我国机器人产业规模快速增长，2021年机器人全行业营业收入超过1300亿元，工业机器人产量达36.6万台，比2015年增长了10倍。新一代信息技术、生物技术、新能源技术、新材料技术等与机器人技术加快融合，机器人产业发展日新月异，新技术新产业新应用层出不穷，为推动全球经济发展、造福人类提供科技助力。

创新，让顺德更出彩。2021年，全国至少5%的工业机器人产自顺德。

广东省体制改革研究会执行会长彭澎分说，顺德机器人产业的蓬勃发展彰显了传统产业与新兴产业的联动发展趋势，数字化革新除帮助传统产业升级，还打破了产业与产业、企业与企业间的隔阂，最终产生乘法效应。

"今天从深圳福永来到顺德北滘，一小时车程，一天内轻松几个来回。"2021年顺德机器人产业招商大会在顺德海创大族机器人智造城举行，深圳大族机器人有限公司副总经理王献礼在大会上分享了深圳企业选择顺德的几个重要因素，除了村改腾出大量高质量发展空间和高效的交通互联，还有顺德轻重工业齐备的产业配套与区域一流的营商环境，"从'摘'地到现在9个月时间，这个进度我认为在全国都可以排在前列"。

海创大族机器人智造城在北滘镇，在中国家电制造业重镇，在全国千强镇。

在机器人是制造业数字化智能化转型的发力点上，北滘的定位是"核中核"，在孕育美的、碧桂园两家世界500强企业的同时，不断吸引国内外龙头机器人企业先后落户。

北滘机器人及其关联企业达到41家，其中2018年至2021年引进机器人企业33家，产值每年超过100%的增长。

疫情之年，有一组数据曾一度在微信朋友圈刷屏，使得顺德机器人产业在全国强势出圈。这一成绩单已再次刷新，2021年全区机器人产业增加值达7.4亿元，同比增长47.2%。

疫情中找商机。打开试管、夹起棉签、咽拭子采样、放入棉签、拧紧试管……在粤港澳大湾区和创空间投入运营现场，位于大良的佛山市增广智能科技有限公司展示的咽拭子自动核酸采样机器人吸引了大家驻足参观，机器人化身"大白"，整套核酸采样动作行云流水，实现了全自动、无接触，30～40秒就能完成一个核酸采样。咽拭子自动核酸采样机器人已开始大量应用于市场，上海大学采购了增广智能十多套夹爪，配上机械臂、视觉定位、中控系统之后，形成高度智能的核酸采样工作站，实现了轻柔、快捷采样。

顺德机器人产业规模正在快速壮大，技术显著提升，应用深入推进，生态持续优化，逐渐成为华南地区机器人集成系统解决方案的重要集聚地。

作为万亿制造强区，顺德正在加快将机器人产业打造为新的千亿级产业集群，一批机器人本体、减速器、铸件和系统集成等产业链企业向顺德集聚。

由美的"家电机器人化"战略延伸而来的《家用电器机器人化设计导则》，通过重新定义人机关系，创新性地构建出家电机器人化体系，阐述家电机器人化相关定义，细化家电机器人化设计基本原则、目标、需求分析，明确了家电机器人化开发路径、功能需求、阶段愿景及阶段功能应用。

时至今日，中国数字经济不仅在规模上实现了飞跃式发展，发展模式也由模仿创新向自主创新蜕变，甚至在部分领域开创了"领跑"局面。中国向世界展现了一条具有中国特色和中国智慧的数字经济发展之路。

落实嘱托，回应寄望。2022年12月15日，中国共产党佛山市顺德区智能机器人产业链委员会揭牌成立，并召开第一次产业链党群联席会议。顺德区智能机器人产业链党委将以党建聚起智能机器人产业链上企业，让"红色引擎"赋能产业高质量发展。

此时，放眼顺德机器人产业，机器人研发生产企业达110家，不仅有美的、碧桂园斥巨资跨界布局，也有世界机器人行业巨头抢滩进驻，更涌现了嘉腾、捷瞬、隆深等细分领域的"隐形冠军"，形成了多层次的机器人产业梯队和链式发展的新趋势。

此时，产业链发展到哪里，党建就要覆盖到哪里，顺德5家机器人龙头企业已成立党组织，拥有近350名党员，为产业链党建工作奠定了坚实的基础。

此时，顺德区智能机器人产业链党委揭牌只是一个开端，重点在于真正发挥实效，不断提升党的思想引领力，认真学习贯彻党的二十大精神，以"党建+产业"提升产业凝聚力，强化智能机器人产业链企业党组织建设，鼓励企业抱团发展，用好院士创新中心公共服务平台，力促顺德智能机器人产业高端发展。

顺德牵手世界，数字创享未来。

历史长河奔腾不息，智能潮流不可阻挡。

时代还在发展，机器人产业的故事还在续写；发展没有句号，数字产业更加没有句号。

写到这里时，顺德正加快实施总投入55亿元的数字化转型"智联计划"，未来将推动超1000家企业数字化转型，打造100家数字化示范工厂，实现规模以上工业企业数字化全覆盖。

写到这里时，顺德机器人企业正在抢占汽车市场，正在抢占国际话语权，正在引领世界。

写到这里，在广东省发改委（国家发展和改革委员会的简称）公布的《广东省2022年重点建设项目计划表》中，佛山的高端装备制造工程项目数居全省首位。

写到这里，广东省委、省政府印发的《关于支持佛山新时代加快高质量发展建设制造业创新高地的意见》说，支持佛山打造制造业数字化转型示范城市、发展数字化服务平台，推动工业互联网粤港澳大湾区基地、佛山智造谷等示范基地建设。

2014年6月，习近平总书记说，国际上有舆论认为，机器人是"制造业皇冠顶端的明珠"，其研发、制造、应用是衡量一个国家科技创新和高端制造业水平的重要标志。

顺德机器人产业经历了怎样的发展历程？取得了哪些成绩？未来，又有怎样的发展方向？

又是春潮拍岸时。

当前，我国已将机器人及其智能制造纳入了国家科技创新的优先重点领域，正大力推动机器人科技研发和产业化进程，使机器人科技及其产品助力高质量发展、服务百姓生活。机器人已经由机器设备向人的方向发展，成为人类的伙伴。

机器人之城，值得期待。

机器人之城，惠及世界。

一个个出自机器人之城可信、可用、可敬的中国方案，赢得越来越多的理解、尊重与支持，这是顺德发展新质生产力的新成效。

机器人之城，必将在实现人类命运共同体进程中发挥应有的佛山力量、广东能量，必将在百年未有之大变局中为解决人类问题贡献中国智慧和中国方案，向着突破性发展不断前进……

第一篇

跨界王者

"没有时间的朋友，只有趋势的朋友。我们要保持乐观，继续自我否定，继续破旧立新，继续保持治理机制的先进性，这样就敢于出发，到中流击水。"2024年1月16日，刚过完55岁生日不久的美的，站在了新的发展起点，集团董事长兼总裁方洪波向全球员工发表了《击水中流 在浪潮中立》的主题演讲，感谢19万员工的努力和付出，书写了美的史上最好的经营业绩，并报告：2023年，美的集团机器人与自动化推动机器人供应链产效升级，本土化研产能力增强，继续深耕DTC模式，贴近用户需求，发布多款工业机器人、协作机器人及物流机器人，持续践行可持续发展理念。

引 子

1898年，即光绪二十四年。这一年，在地球的东方，在中国顺德，一名叫薛广森的人开办了顺德第一家机械修造厂——顺成隆机械厂；这一年，在世界的西方，德国库卡集团成立。

1973年，顺德县农机一厂试制成功立式单杠水冷式柴油机。这一年，德国库卡集团在法兰克福证券交易所上市；这一年，中国第一台每秒钟运算100万次的集成电路电子计算机试制成功。

8年后，北滘公社塑料生产组，历经塑料、金属、汽车配件、电器生产后，跨界改名为顺德县美的风扇厂。

……

进入21世纪，日本发那科、日本安川电机、瑞士ABB和德国库卡，成为全球四大机器人制造商。同时，德国库卡在全球开设上百家分公司，实力雄厚，跨界涉及物资运输、工业等多个领域，具有明显优势地位。

一组数字，见证着中国企业"走出去"的路越来越宽。进入新时代，美的集团在深交所上市，进入世界500强名单，在世界范围内拥有约200家子公司、60多个海外分支机构及10个战略业务单位。

由此可见，浩荡的中国资本正蔓延至世界的每个角落，还都是跨界的制造业；中国智慧正在改变世界，还都是围绕人类命运共同体；中国力量成了世界经济新引擎，还都是适应百年未有之大变局、正适应低碳发展。

一

西班牙西雅特汽车公司在位于巴塞罗那的工厂，安装了2000台机器人，短短68秒就能完成汽车的车身组装。几台机器人共同组装一台汽车，配合相当默契。作为德国大众公司旗下的子公司，西亚特汽车公司所用的组装机器人均来自德国库卡。

此时，西雅特汽车公司位于马尔托雷尔的工厂仍使用人力组装汽车，所需员工却超过了7000人。

西雅特两家工厂相较，显然，使用了库卡机器人的工厂代表了更先进的工业文明，也代表了未来走向。

在汽车业，使用库卡机器人已是非常普遍的事，奔驰、宝马、保时捷、奥迪、大众的生产线上，都能找到库卡机器人的身影，中国大部分的汽车工厂也在使用这一机器人。

德国库卡，在汽车机器人领域是世界上最顶尖的企业，拥有百年的历史，是全球工业机器人四大家之一。

但，这样称得上高精尖的企业，最终被中国的家电企业收购。

数据显示，2013年至2016年，中国企业跨国并购的企业数量呈上升趋势，2016年的跨国并购交易金额达到最高值2020亿美元。

美的集团就是在这期间选择了开拓创新。

已经站在世界制造业前列的美的集团，不满足于产品"走出去"，开始在资本层面展开跨国并购。众人说，美的集团收购库卡，应该算是众多收购案中较为引人注目，同时也是给公众留下疑问最多的跨境收购。

我从1998年开始关注美的集团、关注美的集团的每一步发展。我所知道的是，美的集团是从2015年8月开始收购德国库卡股份的。

德国库卡，德国制造，长盛不衰。德国人的严谨，地球人都知道。我们熟知的德国品牌，奔驰、宝马、阿迪达斯等，都是家喻户晓的大品牌，"德国品质"可以说是靠谱的代名词了。

举一个夸张的例子，德国制造的一口锅，能用100年，很多德国年轻家庭用的锅都是祖辈传下来的。

对于拥有1500多种香肠的德国来说，任何一样厨房用具，一个人一辈子只需要买一次，因为一个人一辈子也用不坏。比如，德国有个厨具品牌自1853年以来，就一直致力于制造与生活体验联系在一起的厨具。

而在此之前，美的集团在机器人产业布局上可谓动作频仍。

先与全球四大机器人公司之一的日本安川电机合资，成立两家机器人公司，分别生产服务机器人和工业机器人。

再收购安徽埃夫特智能装备有限公司17.8%股权。埃夫特是一家专注从事工业机器人设计、研发、制造与系统应用的公司，在意大利设有智能喷涂机器人研发中心和智能机器人应用中心，是奇瑞汽车生产线的主要设计与集成实施。

显然，美的集团对收购库卡机器人更有兴趣。

寒露掠过，地上才会成霜。美的集团对收购库卡的不确定性具有一定心理准备。公告之初，美的集团即明确表示，将尽力维持库卡在德国的上市公司地位、业务独立性和管理团队稳定性，美的集团仅谋求在库卡监事会的代表席位以反映其持股比例，且美的集团明确声明，"不以库卡退市为目标"。

但是，这场收购的路并不平坦。

首先，媒体关于美的集团收购库卡的报道几乎没有停止，但这些报道都有一个共同的指向：这桩收购，正在因为德国乃至欧盟政府的关注而变得复杂。

最新消息是：来华访问的德国总理默克尔，在与时任中国国务院总理李克强共同举行的新闻发布会上被问及对美的集团收购库卡的看法时，她说，没有排除中国企业收购库卡集团的可能性；但她同时表示，"德国的任何人都可参与库卡交易"。

在发布会上，时任国务院总理李克强也表达了对该收购案的官方关注，他说，对于两国企业在法律框架内按照市场原则和国际通行惯例开展互利合作，中德双方都持支持和开放态度。

与两国总理表态几乎同时，一个来自德国政府的消息是，中国家电制造商美的集团希望收购德国工业机器人制造商库卡不超过49%的股份。

这是一个新的变化，此前，大多数媒体的报道是，美的集团希望持股权增加至30%以上。

是呀，一切尽在变化中。与海尔收购美国GE家电业务，及美的集团收购日本东芝白电业务明显不同，在美的集团对德国库卡集团的要约收购中，世界多次看到德国政府乃至欧盟官员的身影。

而这恰恰是美的集团收购库卡案变得山重水复的原因。

最早是欧盟官员表达了对收购案的看法。彭博社美国当地时间2016年5月30日报道称，欧盟数字经济专员冈瑟·厄廷格表示，为了防止关键技术的流失，德国工业机器人制造商库卡最好把自己更多的股权留在欧洲投资人的手里。

随后是德国经济部长加布利尔的表态："德国政府正在试图协调安排其他公司对库卡集团提出另一个收购要约，以对抗中国美的集团的收购。"

和默克尔的表态相似，加布利尔也承认，尽管对出售库卡股权心存保留，但政界无法阻止这个交易的进行，施加影响仅限制在口头层面，因为这并不涉及安全利益问题。

德国联邦政府副发言人维尔茨则表示，这归根结底是一个企业自身的决定，德国政府将尊重企业的决定。

库卡集团第一大股东福伊特集团直接表示对该收购案的反对。该集团拥有库卡至少25%的股份，其总裁兼首席执行官Hubert Lienhard说："库卡回复这一控股提案的方式，让我很惊讶，令我个人震惊。"

一个转机、一个意外，在此时出现了。

库卡管理层对这桩收购持十分积极的态度。库卡首席执行官蒂尔·劳伊特表示，他非常欢迎中国家电制造商美的集团发出的收购要约，他挂在嘴边的一句话就是："我们完全不认为这是一次敌意兼并。"

美的集团要收购一个机器人企业，这本身没有多大争议，在一般工业自动化领域，中国是全球最大的市场。作为世界上最大的制造业国家，中国那时每万名工人仅有17台机器人，远远低于韩国的365台和日本的211台。伴随着人口红利的衰减，我国正在以"机器换人"走向工业自动化，如此一个庞大的市场美的集团不会熟视无睹。

可是，外人很难理解的就是，面对各种困难，美的集团为何坚持选择库卡作为自己的收购目标呢？

你看，库卡最大的股东退出后，库卡正处在一个相对动荡时期，新的股东与管理层就今后库卡的发展设想还没有达成完全一致。而作为美的集团供应商的库卡一直想在中国市场大有作为，几次与美的集团接触后，他们意识到美的集团在中国市场的影响力和资源调配能力，更对美的集团今后的发展战略表示认同。库卡管理层欢迎美的集团作为股东参与到库卡中去，双方达成广泛共识，美的集团开始了参股库卡。

看见目标就看不到障碍。

说干就干！美的集团分多次在二级市场上收购了总计13.5%的库卡股份，成为库卡第二大股东。此时，国际市场已经开始炒作这家中国企业可能会收购库卡，股价开始快速上涨。这样一来，美的集团就面临一个选择，如果仅仅把这次收购当作一个财务投资也是不错的，如果继续增加股权又会有怎样的连锁反应？

拖而不决不是美的集团做事的原则。2016年5月26日，美的集团正式向德国库卡发出收购要约，收购公告称本次收购股份不低于30%，且全部采用现金支付。你要知道，由于中德两国所遵循的会计准则不同，财务系统超级完善的美的集团也不得不聘请会计师事务所协助本次跨国并购的进行。

在要约收购期间，美的集团不断承诺，要约收购库卡，不以库卡退市为目标，并将尽力维持库卡在德国的上市公司地位、业务独立性和管理团队的稳定性；同时，库卡管理层全力支持美的集团要约收购，库卡集团董事会和监事会一道向公司股东做出向中国家电巨头美的集团出售其股份的建议，促成此次交易。

中国公司进入库卡，绝不会一帆风顺。你看，为阻止收购，德国经济部长加布利尔甚至公开呼吁欧洲设立安全条款，阻止外商收购拥有战略性技术的企业。积极的就是，经过半年多的时间，美的集团在2016年12月30日通过审查，完成了对德国库卡的并购案，最终成为占有德国库卡94.55%股份的控股股东，合计持有库卡集团3760万股股份，收购总价约合292亿元人民币。

直到收购完毕，美的集团高层才松了一口气：尽管一开始就有很多人不高兴中国企业收购库卡，但美的集团一直完全遵守市场规则，尊重股东和管理层的利益，遵守所在国法律，没有人能够挑出刺来。

美的集团的公告中，对收购库卡股权给出了四点理由：

一是深入全面布局机器人产业，将与库卡集团联合开拓广阔的中国机器人市场；

二是库卡将帮助美的集团进一步升级生产制造与系统自动化，成为中国制造业先进生产的典范。公司与库卡合作将促进行业一流的自动化制造解决方案向全国一般工业企业的推广，并拓展B2B的产业空间；

三是美的集团子公司安得物流将极大地受益于库卡集团子公司瑞仕格领先的物流设备和系统解决方案，提升物流效率，拓展第三方物流业务；

四是与库卡集团将共同发掘服务机器人的巨大市场，提供更加多样化、专业化的服务机器人产品。

尽管如此，美的集团人也知道，这是一次并不便宜的收购：收购前一年，库卡的股价不到70欧元，收购时是115欧元；

过去十年间，库卡的市盈率在5~20倍之间徘徊，这次收购价每股115欧元，市盈率达到48倍！

这样的市盈率在欧洲制造业来说是罕见的，而且在全球四大机器人企业中，库卡绝不是最好的。

让股东们满意的成本是昂贵的，美的集团没有打小算盘，也没有在乎成本，而是要引领中国资本撬动整个世界。

跨界的收购，就是跨界制造。

收购库卡是美的集团的最大战略投资，回报周期也许会很漫长，但美的集团瞄准的是未来。

有了库卡，美的集团将全面布局机器人产业，特别是开拓广阔的中国机器人市场。

有了库卡，美的集团将进一步升级生产制造与系统自动化，发展智能制造。

有了库卡，美的集团未来还将进入服务机器人的巨大市场。

一个库卡，是中国资本在海外收购的缩影。千万个美的集团的蜕变，则是一部壮阔的中国实体经济史，是中国机器人产业史无前例的非凡事业。

二

我们不在局中当然不知道：要约收购不是一手交钱一手交票这样就完成了，此项收购需要经历多道程序批准，其中包括德国联邦金融监管局和德国联邦经济事务和能源部的批准，并要通过中国、欧盟、美国、俄罗斯、巴西、墨西哥及其他地区反垄断审查，要通过美国外资投资委员会和国防贸易管制理事会的审查等。

审查中，有人担心欧洲的未来科技会转移到亚洲及敏感的客户数据会落入外人之手；有人担心中国企业一旦拿到技术，这个行业的价格将被拉得很低，比如完败的欧洲光伏产业；有人担心库卡最强项是汽车企业自动化生产，掌握了世界各大汽车企业生产核心数据，如大众、宝马、奔驰……如果中国企业把这些数据提供给中国汽车企业那就完了。

对此，美的集团在方案里重点重申了几个"确保"：确保收购后库卡仍然留在德国，确保维持库卡独立的德国上市公司地位；确保库卡员工队伍的稳定和员工的利益；确保库卡品牌和企业运营上的独立性；确保库卡的知识产权、客户信息得到有效保护。

很快，中国方案几个"确保"打消了德国政府的顾虑，让德国政府确认该收购案"归根结底是一个企业自身的决定"，德国政府将尊重企业的决定，并予以通过。

这些大家都应该知道，这所有的审核中，最令人担心的是，美的集团收购库卡如何通过美国外资投资委员会和国防贸易管制理事会的审核。因为在此之前，美国外资投资委员会多次否决中国企业的收购案。

更重要的是，库卡之前与美国国防业务有合作，这就让本次收购画上了巨大的问号。

那只能壮士断腕：库卡管理层果断地把涉及美国的业务剥离，使得美国顺利通过该收购案。

收购成功了，库卡属于美的集团。

美的集团做到了：在选择收购对象时，一定要放弃"图便宜"心态，便宜收购一个问题企业的价值，远远不如高价收购一个优质企业更有价值。

你看，美的集团董事长方洪波、库卡CEO蒂尔·劳伊特及所有美的集团中高层管理者，一起出现在上海浦东香格里拉酒店2017年美的集团战略发布会上，库卡正式作为美的集团的一员，参与到美的集团未来战略的探讨中。

战略发布会上，蒂尔·劳伊特对我等一众采访者表示，无论在管理端还是技术端，美的集团给了库卡充分的尊重，确保了库卡在企业运营上的独立性。库卡作为主体，帮助美的集团在机器人本体生产、工业自动化方案、系统集成，以及智能物流等领域全面布局。库卡会以德国的高精尖技术为依托，领导全球产业发展，占据工业4.0的制高点。

"确保了库卡在企业运营上的独立性"。我知道，蒂尔·劳伊特简简单单一句话，却蕴含了美的集团收购库卡所有的曲折、阻力，直至成功的关键。

面对曲折、阻力、成功，美的集团只是这样回应外界的关切："买了库卡，就如同买了一艘航空母舰，但与航空母舰配套的很多东西库卡本身也没有。美的集团下一步首先要将与库卡配套的一些东西发展起来，形成一个真正的舰队。"

这是美的集团在收购后的规划。

规划重于实现。

2018年3月28日，规划占地1万亩的广东省智能制造创新示范园、中德智能制造国际合作示范区正式启动。作为示范园重点项目的美的库卡智能制造产业基地当天同步动工。

站在企业创业50周年新起点、新平台上，在入主全球四大机器人巨头之一的德国库卡集团一年多后，美的终于亮出大招，打响一轮"中德合资"下争霸机器人市场的新战役，而目标市场正是中国这个全球最大的机器人市场。

"机器人学院多了一位好邻居，将带来直接的资源聚集效应。"时任佛山中德机器人学院有限责任公司执行董事何建东告诉我，美的库卡基地就在广东潭洲会展中心旁边，可谓"前店后厂"，研发、生产、展示、培训，顺德智能制造产业链条上下打通。

在美的发布的消息中，也明确提到了"中国深入推进制造2025战略与消费升级风口到来，必然结果是对机器人需求的大幅攀升"。如美的集团董事长方洪波所说，美的将继续深耕工业及消费机器人市场的广阔需求，从更高远的角度推动"人机新世代"在中国市场的演化。

就这样，顺德机器人产业实现了从追赶到引领，并迎来庞大市场需求。

规划变成现实之一就是美的集团完成收购专注于机器人产业中运动控制和伺服电机的企业色列专高创，拉开了完善库卡产业链的第一步。

美的集团要整合全球资源在美的集团内部形成完整的机器人和工业自动化业务，涵盖软件开发、硬件制造和关键零部件等，还有今后继续发展的人工智能……或许，今后的美的集团可能不是一个单纯的家电企业了，以机器人和工业自动化为起点，以库卡为载体，美的集团会向着"科技集团"转变。

转变需要时间的检验。

在时间的长河里，美的集团早已不是传统的家电企业，已经牵涉到智能家居、机电、暖通与楼宇、机器人与自动化及数字化创新业务等。美的集团2021年的中报数据显示，暖通空调占比43.96%、消费电器占比37.38%，另外，机器人及自动化系统占比为7.24%，正处于多元化深度布局的局面。

那年，美的集团收购库卡，并拉开了布局机器人、自动化产业的序幕。2021年，美的集团再放大招，拟全面收购库卡并私有化，虽然只剩下5.45%的股权，但这一举动无疑引起了市场的高度重视。

从美的集团全面收购库卡到收购合康新能、万东医疗及菱王电梯等企业，实际上也反映出美的集团早已设计好企业长远发展的蓝图，并在家电行业竞争相对饱和的环境下，逐渐探索出新的盈利增长曲线。在这个时候，在新冠疫情持续蔓延下，美的集团拟全面收购库卡并私有化，具有长远的战略部署意义。

众人皆知，在疫情的影响下，全球市场的供应链受到了不同程度的影响。这也就有了我关注的美的集团新的跨界制造。

跨界收购的艰辛是扣人心弦的。而这个真实、动人的跨界制造故事，就要从2019年最后一个月与2020年第一个月说起。

三

花开花落，是时序的轮回。2019年12月12日，我搭乘广州南－武汉G1152车次高铁，抵达了此前我去过两次的大武汉，入住了距离华南海鲜市场较近的一家酒店，要参加美的集团全球创新中心重要平台——广东工业设计城策划的"不止于思，不惑于行，2019走进产业集群·武汉站"活动。

身影穿梭，我没有辜负早晨。12月13日早晨，我早早起床，武汉的天气很冷，我穿着羽绒衣来到位于湖北武汉国际博览中心的第三届中国工业设计展览会会场。为期3天的第三届中国工业设计展览会那天上午举行了开幕仪式。展览会是由国家工业和信息化部（后简称为国家工信部）及湖北省政府共同作为指导单位，国家工业和信息化部国际经济技术合作中心和武汉市政府共同主办的，美的集团在展会上隆重推出了一系列跨界制造的展品。

此后，我们到武汉一些地方参观、学习交流。其中，在武汉东湖景区东南方向，有一片规划面积518平方公里的产业集聚园区——东湖高新区，又称"中国·光谷"；位于武汉市江汉湾"古田之心"的新工厂高新技术产业园，硚口区积极改造升级旧厂区、老厂房的典范项目，也是硚口区科创小微企业园建设重点园区之一。跟团采访时，我突发异想，在专访30名企业家之后，让他们这些企业老板、骨干在武汉浪尖D+M工业设计小镇做成一个"工"字造型进行合影。

在武汉的4天里，我还利用休息时间独自走访了汉阳王家湾、王府井酒店、湖锦酒楼、西藏印象，以及武汉长江大桥、中共五大会址、黄鹤楼，收获很大。

冬日暖阳，砥砺前行。12月15日10时26分，我在武汉站搭乘武汉—广州南 G1113 车次高铁去了长沙，并写出了《"设计顺德"亮相第三届中国工业设计展览会——顺德工业设计元素受业界关注》《"双城会"寻找工业设计发展新动力——广东工业设计城企业从世界美食之都直奔世界设计之都取经》等文稿。

但我没有想到这时的武汉已经充满危险。

……

我老家在江西吉安一处大山里，名叫湖圫村。

老家都是在冬至到大年二十九这段时间，去为已逝的人挂冬、清理坟墓四周的杂草。我很久没有回老家了，更是好些年没有在家过春节。

2020年1月23日（农历腊月二十九），我就带着妻女用了

13个小时从广东省佛山市顺德区，赶到了我出生、长大的小山村，为的就是赶上这一年的最后一个挂冬日能去给先人挂冬。挂冬后，从深山刚返回家里，我接到"因为新型冠状病毒肺炎（2022年12月前的旧称）疫情防控需要，请立即返岗，取消春节假期"的单位通知，就匆匆带着妻女告别父母与亲人离开刚刚回到的大山小村，往刚刚来时的反方向赶路。

在大广高速吉安服务区停留时，我看到反方向的车流很大，人们都在赶回家过年，而往广东方向却车辆很少，同时我也看到了一则新闻报道：1月23日，湖北省新型冠状病毒感染的肺炎疫情防控指挥部发布通告，为加强人员流动管理，最大限度地阻断疫情传播扩散渠道，全省旅行社即日起暂停经营活动，不再组团收客；已经组团的一律取消或延期。省内大专院校、中小学、幼儿园推迟开学时间。省内党政机关、企事业单位、驻军及武警部队所属人员出差取消。各地招商引资活动一律暂停。省内进出武汉的客运航班、旅客列车、客运汽车、客轮一律暂时停运。

从江西吉安，我带着一家人只用了7个小时，就顺利回到广东顺德，但一路上，关于湖北、武汉、疫情、防控的信息不断从孩子查看手机信息后传到开车的我耳中。

这一切来得太突然。

车子进入顺德城区，大年三十，安静得可怕，街上除了"勤洗手 戴口罩 少出门"等宣传横幅以及防疫海报之外，往年街头过年的喜庆气氛全部没有了。

我生活了22年的地方，没有了人来人往，更没有熙熙攘攘。

我有点不相信这是我熟悉的顺德大街小巷与商场。

可，这是现实。

也就是这样，我次日开始上班了。

次日就是1月24日。那天，武汉火神山医院开建，我所在城市的美的集团向火神山医院捐赠所需全部家电。

次日就是1月25日，武汉决定再建一所雷神山医院，美的集团再次捐助建设医院所需全部家电产品。

次日就是1月26日，美的集团再向湖北疫区捐赠1亿元人民币以购买医疗物资。

次日就是1月27日，美的集团微波和清洁事业部向湖北省公安县人民医院捐赠的300台微波炉产品配送到位，投入使用。

在寒冷的冬天，我所在的城市给湖北送上了温暖，我也走进了送温暖的企业，了解温暖的背后是国家工业和信息化部高效的协调与企业大爱的社会责任。

四

"您好！我是工信部的，根据工作需要，你们企业要做好复工的准备，生产负压救护车。"

"您好！我们公司今天开始正式放假了，但我们会立即着手准备好。"

这是1月22日上午8时30分，位于辽宁沈阳的华晨雷诺金杯汽车有限公司产品工程整车性能及试验认证总监韩峰，接到国家工业和信息化部的来电。

韩峰挂了电话，虽说"我们会立即着手准备好"，但他心里有着太多的疑问与担心：公司员工大都在辽宁与周边省份，很多人都回家了；很多供应商也放假了，能一起复工吗？

虽然带着疑惑，韩峰却很是清楚企业的责任：华晨雷诺是国家工信部在全国指定生产负压救护车的12家之一。

负压救护车与普通救护车最大的差别就是多了车载负压系统，这个系统由负压箱、风机、压力显示器、空气过滤器、紫外线杀菌灯等组件构成。简单来说，就是在车内形成一个相对车外气压更低的环境，在大气压的作用下防止车内空气外泄，进而阻止车内病毒等污染源的扩散。

通俗地说，这场战役中，疫情前线最迫切的需求不是现金捐款，而是有钱却采购不到的医用物资，负压救护车便属于这一类。

这种车辆主要用于隔离转送传染病人群体，被称为移动的N95。

此刻，韩峰更清楚，全国每年的负压救护车产销量仅100辆左右，一般的医院和卫健系统很少有储备，国家工信部要求做好复工准备，还是生产负压救护车，那肯定是大事，是国家大事，是人类命运共同体的大事。

1月23日，韩峰与我一样，在同一时间，不同地点，一南一北看到了湖北省新型冠状病毒感染的肺炎疫情防控指挥部发布的通告。

韩峰证实了自己的预判。

次日，是除夕。与两天前的时间一样，上午8时30分，韩峰接到了区号010的来电，电话里就说了一句话"根据预案，请立即恢复生产"。

下午1点，千家万户都在准备年夜饭之时，华晨汽车总裁刘鹏程在华晨总部主持召开了会议，讨论赶产负压救护车的问题，公司主管技术、生产、改装的负责人全部到齐。

会议决定：1月25日，也就是大年初一，按照正常工作时间开工复产。

起身离开会议室，韩峰在寒风中打了一个冷战：负压救护车生产前的很多物料都要提早准备，好在之前有一批订单是普通客户订的普通救护车，警报系统、紫外线灯、氧气瓶、担架等都有一点库存，但负压系统的储备却为零。

"喂，我是韩峰吖。"

"在做年夜饭呢。"

……

"喂，我是韩峰。"

"在吃团圆饭呀。"

……

"喂，我是韩峰啊。"

"放假了，不行呀，我也不是机器人。"

……

"你也知道情况，我就不多解释了，负压系统的货，赶紧生产，先不谈价格，等会儿我就建群及时联系。"韩峰一身冷汗后镇定下来，但从除夕联系到大年初一，这才联系上了天津、北京、河北、浙江宁波的5家供应商。

好不容易联系上供应商，韩峰又遇到了难题：全国其他11家指定生产负压救护车的车企，均开始跟这5家要负压系统。

面对问题，韩峰没有犹豫，再次打电话给供应商："我把你们企业负压系统的货全买了，现在直接全款转到你们的账上。"

不料，供应商却回答："你先别转款，我们企业库存只有50套，但现在有好多人都向我订了几百套，我不知道给谁，还都说是国家工信部指定来要的货，我也为难。"

来不及等供应商同不同意，韩峰把费用转了过去；也不等对方发快递，直接派司机开着货车，从沈阳去找河北、北京的供应商，"抢"回来30套负压系统的货。

此刻，韩峰心里又清楚：即便抢到了30套负压系统的货也还是不够，还要向二级、三级供应商要货。

一件事情，想要顺利完成，是很难的。

1月25日，大年初一，上午8时30分，华晨雷诺金杯汽车有限公司的生产车间来了30多名工人，其中熟练的技术工只有9个。

身为公司产品工程整车性能及试验认证总监，韩峰知道，负压救护车整个车体要做密封，需要有经验的工人和工程师来做密封系统，当时没有那么多熟练的密封工人，只能硬着上。

还有1月26日，由于疫情快速加剧，国家已经下令所有的企业全都停工，这当然包括韩峰期望的二级、三级供应商。

难归难，办法总比困难多。这是韩峰的座右铭。

机会为有准备的人准备着。

同样在困难的1月26日，大年初二，韩峰终于安下了他忧虑的心：

他愁人手不够、技术人员不足，100多名工友陆续返工；

他愁二级、三级供应商不能复工，国家工信部开了绿色通道，把这批企业全部纳入"复工复产名单"；

……

一大串的喜讯，让韩峰带着工友们在停止供暖、温度是0℃的车间，干得热火朝天，他们在与全国人民众志成城，勇于奉献自我。

南方、北方，我们同向。在我国最北方的韩峰很是兴奋，1

月26日，在我国最南方的美的集团正在接力实现全国上下的目标："物资早一分钟到达，就早一分钟救人！"

那天，美的集团决定：组建"战疫突击队"，给湖北采购并捐赠80辆负压救护车！

然而，去哪儿找符合资质的负压救护车生产商？

突击队的抗疫物资采购组一度毫无头绪。

美的集团为此发动所有力量寻找购买资源。

1月28日早上，终于锁定几家车企。

问题又来了，由于负压救护车需要"定制化"生产，即在成车基础上改装负压设备，包括韩峰所在的车企都反馈需要到3月初。

国难当头、抗疫关头，早一分钟到达，就能早一分钟救人！

美的集团"战疫突击队"与车企锲而不舍沟通，有问题就协商，把交付时间一提再提，最终在国家工信部等各方支持下，敲定首批负压救护车交付时间为2月10日。

五

一份承担，一种能力，把不可能变成可能的制造接力赛。

春节叠加疫情，看到韩峰等车企生产面临"负压设备等核心部件紧缺，工厂缺工人"的两大难题，美的集团一方面请求工信部支持，指定供应商提供组装负压救护车所需底盘等配件，并调配负压隔离系统、负压隔离舱等设备；另一方面，与车企保持密切沟通，生产过程中一旦出现问题，马上同步联动解决。

生产过程中，面对储备物资严重短缺等情况，厦门金龙轻客事业部副总谢乐敏说："为打赢这场战役，各方均不惜血本。"

理想信念的传承，有跨越时空的力量。厦门金龙员工志愿者从开始26位共产党员带头返岗，到最后300多名员工连续加班加点，将原先30天的改造工期，压缩到15天内。

数九寒天，冰封千里。整个东北成了只大冰箱，山冷得在颤抖，河冻得僵硬了，鱼儿在几米厚的冰层下游着，总想有个窟窿能透气。

华晨雷诺的工人们冒着零下15℃的严寒，在打个喷嚏都会结冰丝的环境里，直接来到户外的停车场调车、运车，尽快把车辆运送到车间改造。

工人们还每天都加班到深夜。

让韩峰感动的是，从头到尾，公司没有召开动员会，员工都是自发复工的，没有一个人问大年初一来单位加班到深夜加班费怎么算，也没有人说这么高风险还戴着口罩来加班该给什么奖励。

韩峰说："很多人都看了许多负压救护车的新闻，却不知道赶制这种车的过程有多棘手。"

是啊，无论多棘手，我们工人有力量，这种力量始终与湖北人民坚定地站在了一起。

眼看采购的第一批负压救护车就可以装车交货的2月12日，美的集团趁热打铁，为全国企业尤其是大企业又一次起到了社会责任的示范作用：追加捐赠60辆负压救护车，参与"应收尽收"的攻坚战。

美的集团采购到了负压救护车，却有了新的难题，那就是运输过程同样困难重重：第一批40辆负压救护车从沈阳出发，运抵武汉需要穿越五省市近2000公里。

负责运输这批车辆的13名司机，全部由志愿者组成。

在明知来鄂回家后须与家人隔离半月的情况下，他们毅然报名。

领队张春田1月9日刚把一批负压救护车运抵黄冈，家人、朋友得知他将再次前往湖北时，都表示反对。

张春田却毫不动摇："去肯定得去，谁也拦不住我！"

一路上不管有什么事情，我们来解决！美的集团抗疫物资采购组贺学军向张春田撂下一句话。

车队2月12日早上从沈阳按计划准时出发。

高速服务区停止餐饮服务，司机靠干粮、泡面果腹。

春节期间我国大部分地区都是雨雪天气，难上加难的是，2月13日至15日，一场大范围雨雪大风降温天气贯穿我国南北。

2月13日，车队离开一天后，华晨雷诺分别向辽宁省卫健委和沈阳市防疫指挥部各捐赠10辆救护车。此刻，江铃福特、宇通客车、奇瑞、北汽福田、上汽大通、福建奔驰等车企都在短时间内上演生死时速，顺利赶制出一辆辆负压救护车。

冬天北方那个冷呀，把人冻得鼻酸头疼，两脚就像两块冰。

2月14日，车队进入天津段时，就开始下大雪，路面结冰，高速公路封闭。最后，在工信部和沿途公安交通运输部门的支援下，天津高速公路交警大队将车队护送至河北。

当行驶至河北地区时，高速公路同样因大雪封闭，车队被迫下道等待，时针指向晌午时分。本着"生命为大，争分夺秒"的工作精神，美的集团与车队主动联系当地政府及交警部门。河北交警了解到情况后，迅速派出警力，开放高速公路，全程护送这批满载抗疫前线急需物资的车队快速安全地前进。

车队抵达河南省际交界处时，当地的交警已在等候，为车队司机送上热水、面包，同样一路为物流车队进行全程护送引导，没有一分钟被浪费。

车队由河北、河南、湖北交警一路接力，直至护送车队安全抵达武汉。

途中，天津、河南交警还为司机带来可口热饭："你们做了最难的事情，派上了大用场！"

2月16日，40辆全新负压救护车，在穿越近2000公里风雪后，从辽宁沈阳抵达湖北武汉。同时，美的集团捐赠的另一批40辆负压救护车，也从厦门出发、搭载福建省援鄂救护车专列抵达了武汉。

此刻，为了感谢这份来之不易的爱心，湖北高速交警直播了车队的行驶轨迹，湖北高速公路上的电子显示屏深情地打出了"湖北人民感谢美的集团"的标语。耕耘才有所得，付出才有收获。这份标语的背后，不仅是对2000公里爱心接力的回应，更是致敬这批负压救护车背后不为人知的跨界接力赛。

冬日有感动。

张春田一路流着泪说："这是胜利的泪水，大疫面前真情无阻，出发时对疫情的担心，被这一路的支援所感动，已经转化成了巨大的力量。"

冬日有希望。

苏州金龙销售部部长沈宁说："相比捐钱或其他物资，捐赠负压救护车难度太大。美的集团做了最难的事。"

冬日有温暖。

武汉市金银潭医院急救站站长李晓松说："湖北省已向疫情发起总攻，各方都急需大量负压救护车。金银潭主要收治重症确诊病人，各地转运病人多，美的集团捐赠的这批负压救护车，派上了大用场。"

在这场战役中，凡人皆光芒，照亮了大地。

140辆负压救护车诞生、交付的背后，是国家工信部、各省市交通运输部门、各地交管等政府机构为"生命至上"的护航；是华晨雷诺、厦门金龙、苏州金龙等一众车企的鼎力支持；是运输车队志愿者的爱心接力。而这一切，起源于美的集团的一份主动担责挑起采购的重担。

冰清玉洁，救死扶伤。自1月24日、25日捐赠火神山、雷神山医院所需家电，到1月26日宣布捐赠1亿元，到排除万难代为采购并交付140辆负压救护车，再到200名美的集团售后工程师团队直接参与一线的疫情抗击战，美的集团人勠力同心、攻坚克难，打破了时间和空间的限制，跨越了主业和非主业的抗疫驰援。

显然，相对于美的集团人之前的捐款捐物，成为家电行业反应速度最快、投入爱心最多的领头羊；更为重要的是，美的集团人面对疫情一线普遍缺乏的负压救护车，主动发挥作为大企业的责任和担当，额外承担了原本不属于自己的职责任务，帮助湖北快速整合资源并采购相关医用物资的采购供应。

在通衢冰封之时，由美的集团发起的这场不惜血本的战役，将不可能变成了现实。这场战役，检验了中国企业的快速响应和使命必达实力，见证了中国人战无不胜攻无不克的必胜信心。

写到这里，又一次到武汉寻找工业题材的我可以说，这140辆负压救护车凝结的不只是企业的一份爱心，更承载了国家工信部指挥横跨科技家电、特种车辆、医疗救护、交通运输、公安交警等多个行业的跨界战斗力。

写到此刻，又一次回到家乡湖坵村挂冬的我可以说，这140辆负压救护车让世人共同见证了以美的集团为代表的中国新一代科技家电企业将不可能变成可能的合纵连横综合实力、共克时艰的民族担当和战无不胜的时代责任。

正如美的集团董事长方洪波写给全体美的集团人的一封信中说道："让我最骄傲的，是美的集团人面对突如其来的疫情的快速反应和勇敢担当。"

这份快速反应和勇敢担当的背后，是美的集团强大的制造能力与科技创新。

六

春去夏来雨也来。2021年5月2日，已经进入防汛期的顺德，下雨了。

几天前的4月27日上午，美的库卡智能制造科技园二期项目启动仪式暨顺德机器人产业招商推介会在北滘举行。

美的集团副总裁、库卡集团监事会主席顾炎民对我说，截至那天，美的库卡累计生产机械臂1万多台，连同集成业务的产值18亿元；现有机器人本体产线10条，并拥有2万多平方米的研发实验室，基本完成机器人本体制造中心、研发中心、应用示范中心和机器人培训中心的建设目标；二期工程将投入8亿元、用一年半的时间完成6栋厂房的建设，以满足未来3～5年的发展需要；下阶段将全面推进机器人供应本地化，突破核心零部件技术瓶颈，推动工业机器人技术转化与落地，带动佛山乃至华南制造业数字化转型升级。

说到机器人，顾炎民记忆犹新，如数家珍。

春夏之交的岭南雨，时而暴雨，时而小雨，时而在阳光下淅淅沥沥地飘下。

推动工业机器人技术转化的同时，美的人正在工匠精神引领下，如同岭南这时的天气，在变化中把握创新的时机。

美的集团北滘工厂生产线员工履秀军，从车间通过风雨长廊、员工驿站，没有打雨伞更没有淋雨就来到了饭堂，他在这里可以自由地选择100多种来自天南地北风味的美食，每餐的价格也是自己做主。知道我来采访，履秀军就说了一句话："你还是去问我们的工程师们吧，他们才是企业发展的主心骨。"

履秀军心中的主心骨包括美的集团研发测试工程师金桦。金桦2016年从东北大学毕业后，从我国工业重地辽宁沈阳，来到了工业立区的广东省佛山市顺德区，入职了拥有约200家子公司、60多个海外分支机构及10个战略业务单位的美的集团。面对时代召唤，面对党和企业的期盼，她除了把所学知识在岗位上发挥到极致外，还从学校的中共预备党员转为正式党员，成了美的集团研发的中流砥柱。

花季，雨季，奋斗季。金桦很热情把一名名在研发实验室、生产车间的幕后英雄、劳动者介绍给了我。

他已经到了不惑之年与天命之年之间的45岁了，却每天在零下20℃低温与50℃高温之间，不断变换实验室的蹲守，他的高频速冷热技术被国家知识产权局和世界知识产权组织联合评为中国专利金奖，这是佛山市历史上第一次获得这一奖项。

他就是用精益求精诠释青春气质的美的集团家用空调研发工程师朱良红。

高频速冷热技术解决了全球行业内压缩机无法稳定实现速冷速热的关键性难题，如果把高频速冷热的工作比作跑车，那么朱良红则是在抛石试水过河，必须谨小慎微、摸索前行。

产品如人品，质量如生命。这些年来，朱良红参与了家用空调的复杂关键零部件及新型空调零部件的研发任务。这些零件关系着变频空调压缩机能否稳定运行且能够速冷速热，对于产品的最终性能起着举足轻重的作用。为了练就炉火纯青的高频速冷热技术，朱良红不断挑战技艺的极限。

跑车一脚油门就可以跑在最前面，空调一键按下去要能制热或制冷，这需要实现空调的快速启动，压缩机就必须以高频提升转速的方式进行高频启动。

山林苍翠，青春不老。1977年出生的朱良红，有着超出同龄人的干劲，做事严谨、一丝不苟，追求极致。凭借着这股子韧劲，朱良红的技能得到了快速提升，他带头攻关了很多技术难题，成为美的集团能独挑大梁的工匠之一。一次，朱良红接到"满足用户对空调产品速冷速热的使用需求"的研发任务，这是一种极难突破的世界行业难题，一旦突破，将会解决空调行业快速启动容易失速的技术难题，属于变频空调领域的重大技术创新。

为此，朱良红无数次地修改编程、调整材料，变换变频器轨迹和软件开发。

经过近两年的时间，朱良红终于找到了一种最优方式，创造性地将压缩机启动模式设置为普通启动模式和高频快速启动模式，采用高频控制信号在6秒内使压缩机的运行频率从此前的20赫兹快速达到65赫兹左右，把启动时间由分钟级突破到秒级，速冷速热速度提升9倍。

高频速冷热技术实施的产品自上市以来，累计销售额达819亿元人民币，社会经济效益显著。空调产品远销200多个国家，累计海外销售额达260亿元人民币，为中国智造在海外市场的推广发展发挥重大作用，助力中国智造国际化进程。

这些年来，凭借着一身真本领，朱良红获得了无数荣誉。见证了美的集团创始人何享健作为"乡镇企业改组上市的先行者"，被党中央、国务院授予改革先锋称号；见证了美的集团成为世界500强企业。然而，比起这些耀眼的荣誉，朱良红最自豪的还是能用自己精湛的技术参与到我国高频速冷热技术事业中，为人民追求美好生活提供服务，为国家的产业安全保驾护航。

朱良红是湖北荆州人，研究生毕业后落户了深圳。一次偶然机会，他选择了中国家电之都——顺德，来到了中国家电制造业重镇——北滘，进入了美的集团。看到老板何享健身家千亿，还在加班加点、没日没夜地工作，这名理工男被折服了。"何老板就是典型的吃苦耐劳、勤奋务实的顺德人。"在实验室旁，朱良红悄悄地告诉我，他就是被何享健的创业精神感动而爱上顺德的，2009年就把人们挤破头想得到的深圳户口迁到了北滘，娶了北滘镇上僚村的姑娘为妻，还爱上了顺德的祠堂、古桥、古树。

让朱良红没想到的就是，他的岳母家虽然家境殷实、富裕，一家人却全部在工作、劳作，"我的岳母还从事环卫工作，经常风吹雨打、顶着烈日劳动，让我很感动，这也使得我这么多年来都能做到一会儿穿着厚厚的棉袄在零下20℃测试，一会儿又穿着短袖在50℃高温里试验"。

说起劳动，朱良红还跟我讲了一段刻骨铭心的经历。

这段经历就是：一晚一度电。

这段经历不在于研发，而是在美的集团空调"一晚一度电"新节能系列产品正式上市之前的广告宣传。

那时，很多人，还有业界的人，都在质疑"一晚一度电"广告是虚假宣传。

"我是'一晚一度电'系列空调的发明人，看到、听到质疑，真的很长时间吃不好睡不好。"朱良红说，"一晚一度电"是美的集团2013年第一主打的"新节能"系列空调具备的超级节能效果。该系列产品以"高效全直流制冷系统"和"0.1Hz精控科技"为支撑，把一个夜晚8小时睡眠周期内所需的制冷耗电量以最经济模式运行，最低控制在1度电以内。一个夜晚，一台空调，一度电，就可以让用户享受一个清凉舒适的夜晚。

实践是检验真理的唯一标准。

科技是国之利器，国家赖之以强，企业赖之以赢，人民生活赖之以好。

经过两年的用户体验，朱良红的"一晚一度电"定名为《房间空气调节器节能关键技术研究及产业化》，并于2015年1月8日获得"国家科技进步奖"二等奖。

获奖的这晚，朱良红一觉睡到天亮，美美地睡足了8个小时。

在朱良红为自己取得的节能减排工作成果睡了一个好觉的同时，他的同事张魏在距离他约15公里的实验室，正在把压缩机的重量由30公斤降为10公斤试验。

这让我想起了有一年去库卡上海工厂，感受库卡对人机协作的实践。

虽然之前看到过无数关于库卡的报道，也了解过它与乒乓球之间解不开的情缘，但当我走进展示大厅，看到它发展的轨迹与脉络，似乎可以从中觉察到它之所以强大的奥秘。展厅里简单介绍了库卡集团从1889年成立以来的关键年份与历史，展示了库卡具有代表性的机型。而广大的机器人队伍中，最有特色的明星就是泰坦和伊娃。

最可靠的机器人——泰坦，载重力能达到1.3吨，在2007年作为当时最强大的6轴工业机器人被计入吉尼斯纪录。它最大的特点就是高动态性和负载能力，可以精确地搬运较重的部件和组件。速度快、加速度灵活，可以确保节拍时间为最佳。要近距离接触这台机器人很简单，有一台正服务于上海迪士尼，在机械臂上装载了两个座椅，就可以和小朋友们愉快地玩耍啦。

最灵活的机器人——伊娃是库卡独有的七轴机器人，与别的其他兄弟姐妹的"高大壮"不同，伊娃身姿优雅且超级灵敏，表演倒啤酒、倒咖啡在各个展会中都是焦点。伊娃较之前型号的机器人有了很多的改进，首先它的材质使用了铝材，所以重量就大大减轻了，可以实现工人抱着转场移动。同时在各个舵机中加入了扭矩传感器，使得机器人在受到外力的时候，能够得到感应而尽快地停止。再配合上伊娃圆润的外观，这样可以大大地避免对人类的伤害，实现人机互动的完美融合。

来到库卡工厂的核心区域生产车间，这里共9000平方米，有大约150名工人；这里主要是完成机器的清洗、组装、喷涂及检测；这里最核心的区域就是质检车间，在这间透明房间里，有6台不同型号不同载重量的机器人在机械臂末端悬挂"铁饼"，变换不同角度来进行托举运动，被戏称为"机器人健身房"。

降低压缩机的重量是节能的重要指标，压缩机就如"机器人健身房"。

对于节能的理解，朱良红与张魏一致认为，就是尽可能地减少能源消耗量，生产出与原来同样数量、同样质量的产品；或者是以原来同样数量的能源消耗量，生产出比原来数量更多或数量相等质量更好的产品。

特别的日子，总是带来力量。2020年12月12日，应对气候变化的历史性协定——《巴黎协定》达成五周年之日，习近平主席出席气候雄心峰会。2021年4月22日，《巴黎协定》签署五周年之日，习近平主席出席领导人气候峰会。全球环境治理前所未有的困难，呼唤着国际社会前所未有的雄心和行动。而中国，始终是引领者。

引领者之一就有美的集团。

"三个项目整体技术处于国际领先水平，助力全球低碳科技具有重要的创新性，一致同意通过鉴定！"气候峰会举行的第三天，也就是4月24日，中国轻工业联合会在北京组织并主持召开了由美的集团机电事业群完成的"新型高效变频压缩机关键技术研究及产业化""转子压缩机压差启动技术研究及应用""家电用新一代变频电机系统关键技术研究及产业化"三个项目科技成果鉴定会，并宣布了这一鉴定结果。

此时，木棉树经过二月萌芽发生、三月蓓蕾初绽、四月花自凋零，已经长出了绿叶。

过程控制，精益求精，一次做好，缺陷为零。这次鉴定委员会由北京航空航天大学、上海交通大学、中国家用电器研究院、清华大学、中国家用电器协会、西安交通大学、北方工业大学7所知名高校和权威研究机构的专家、教授组成。

此刻，我似乎听到了木棉树枝头风吹过的声响。我想，那正是万物生长的律动。

在"十四五"开局之年，我国向全世界承诺，二氧化碳排放力争于2030年前达到峰值，努力争取2060年前实现碳中和。在此背景下，美的集团通过科技创新，积极响应国家2060年前碳中和号召，参与应对全球气候变化，助力社会可持续发展。

新型高效变频压缩机关键技术是孕育重大原创发明的前沿技术，是张魏在这一领域实现重大原创技术突破，这项技术就是要减少碳排放。时代造就青年，盛世成就青年。从设计研发之初，就有一群年轻的"张魏"在为这一技术攻关默默坚守，甘坐冷板凳，对压缩机进行高精度控制仿真设计，这一坐就是3年。

"张魏们"的坚守，是因为国际能源署曾提出，家用电器是居民能源消耗的第二大来源，高达30%的居民碳排放来自家用电器，而压缩机又是制冷制热系统中的最大能耗来源，提高压缩机的效率将能对行业的节能减排产生显著作用。然而，行业内在对压缩机做高效化改进的过程中都面临着低频异音及高摩高漏等问题。

命运不是等候，而是掌握。为攻克技术难关，美的集团于2018年立项启动，投入研发资源对高效变频压缩机关键技术进行研究。历时3年，整体投入超过2000万元，通过系统级高效化设计方法和创新电磁结构成功解决技术难题，并于2020年7月落地量产。

在轰轰作响的转子生产车间里，张魏笑着告诉我，量产的压缩机涵盖了108项专利，在旋转式压缩机高效关键技术要素电机及其控制系统、磁电损耗均衡和低摩低漏三个方面取得重大技术突破。按照新能效后内销市场一年变频压缩机8500万台来计算，若35%采用该技术，那么一年可以减少碳排放145.3万吨。

同时，让张魏骄傲的还有转子压缩机压差启动技术，这些技术突破了中国转子压缩机的"卡脖子"技术，让中国制造的转子压缩机成功地打入北美市场。

中国工程院院士、人机与环境工程技术专家，北京航空航天大学教授、博士生导师王浚对张魏的研发技术表示了认可，项目的技术研发意义不仅突破了北美风管机市场，更重要的是促进了转子压缩机的技术进步，展现了我国压缩机行业的技术实力和品牌形象，为我国加快建设科技强国、实现科技自立自强提供支撑，这是践行创新、协调、绿色、开放、共享的新发展理念。

过程殊为不易。张魏成功的背后，还有一段鲜为人知的故事。

张魏家用的电器都不是美的集团的牌子。比如，他家住在18楼，买了多个品牌的空调安装在家里不同房间，就是要体验人家的好与缺陷，这样才能提高自己的研发水平。

"有一次安装一个牌子的空调时，我看到两名安装师傅在18层的高空很艰辛地劳动，就帮他们拉住安全绳子。"张魏对我说，那次安装后他就着手为家用空调"减肥"，最终通过研发，用高科技把定速压缩机的重量由60公斤减为了20公斤，变频压缩机由30公斤减为了10公斤。

这样一来，生产更便捷、安装更轻松，耗材更少。

"究竟是什么精神在支撑着你们？"在研发中心，我问几位年轻人。

"工匠精神！大城工匠！"他们异口同声地说。

他们说，一身汗，一身累，但精益求精，坚持到最后，就是好工匠。

这些在"佛山智造"一线的年轻人，正在工匠之路上矢志不渝地前行着……

七

上工序服务下工序，对产品负责；下工序监督上工序，为质量把关。

朱良红、张魏的研发成果需要张德彪、陈松他们转化为产品。

研发就是一盏灯，生产就是让这盏灯的星星之火得以燎原。

张德彪、陈松分别是85后、90后，他们在青春的赛道上奋力奔跑。

走进美的集团在顺德大良、北滘、容桂等地的工厂，我看到了众多90后年轻的脸庞在车间里辛勤劳作，他们接过了原来由70后、80后组成的工业工人主力。

19岁那年职校毕业后，张德彪从老家茂名市进入了美的集团成为一名压缩机、电机绑线员，月薪是1500元。经过15年的挥汗付出与钻研，张德彪成为一名车间管理员，月薪也超过了9000元。

这15年里，张德彪娶了同车间的女工为妻。如今，他们的孩子通过积分入学，就近在工厂边的大良聚贤小学读书，没有成为留守儿童。

张德彪说，这一切得益于美的集团自2011年起，核心发展思路从追求数量的大规模制造模式开始逐渐向去库存的订单模式转变，而这种生产模式的转变是伤筋动骨的，是整个美的集团"自我否定，彻底的否定"。

张德彪"自我否定，彻底的否定"的这一理解，其实就是从2012年至2020年，美的集团用8年时间，投入超百亿元，逐渐完成数字化1.0和2.0的转型。

陈松所在北滘港附近的工厂厂房内，我看到的是工厂的职能部门办公区，有财务、工程、物流等与生产管理品质相关的部门。在办公区与制造车间之间，有一块块大屏幕，可以看到原材料到成品制造再到物流运输全流程的数据信息，还能实时预警包括装载超时、原料不足、机器故障、质量检测等问题。

其中一个区域就是美的集团"T+3"流程数据展示。画面中的T1部分是生产前的准备，这方面的数据能够反映供应商物料准备情况，比如备货进度、是否发货及最终到货情况。"整个生产环节全流程都会进行数字化管理，如货运过程中某个进度出现异常，系统就会推送异常事件到相应的责任人那里进行异常安全管理。"车间的信息化工程师谢鹏辉告诉我，T2是生产当天的数据情况，T3则是交付环节的数据展示。系统之下，所有环节井然有序地高效运转着，一环扣一环，容错率极低。

陈松带领的班组就在这样的环境下，连续四个星期获得了电机直流工厂授予的"损耗改善优秀班组"称号。

生活是如此美好，人类是如此进步，一切的一切无不来自我们的艰苦劳动、平凡的劳动，劳动是那样默默无语。

从2021年4月28日到5月3日，我走进了美的集团5个车间，看到的数字化、自动化程度远远超过我的认知。

走进车间，转子车间女工黄美春左手端着水杯在喝水，右手点击着工作台的仪器，只见这种人机交互的快速运转在生产车间里被发挥得淋漓尽致。每个车间被划分成多个功能区，每个功能区都是一条产业线，机械臂上下摆动，完成指定动作。原本需要三四个工人手动焊接的，此刻只需要一台机器就能完成自动焊接。随处可见的操作屏也实时上传着各种数据，以备工人们查看。车间的自动化率在65%左右，很多环节是需要人机协作的，但是工厂内的仓库管理和模具注塑已经实现无人化。

在陈松、张德彪、黄美春看来，工业互联网带来的最大的变化就是生产更稳定、更安全、更高效了。

用完美的质量打造常青的品牌。2021年初，在"全面数字化、全面智能化"的背景之下，美的集团发布"智慧生活可以更美的集团"全新口号，明确地将科技创新、用户体验放到集团战略高度，重新诠释"美的集团生活"。同时，通过大数据分析、市场前瞻性调研，并储备了一批涉及芯片、医疗、母婴、宠物、日化等领域的创新型品牌。

守望一座工厂，护住一个产业。从一个小作坊到世界500强企业，美的集团与中国改革开放相伴而行，用40年的品牌实践向世界展示了一个从"中国制造"到"中国创造"的"中国故事"，而贯穿于其中的"中国智慧"，则是美的集团以数智灯塔照见未来的品牌内涵。

数智时代，美的集团正作为中国品牌的代表向世界传递中国制造的崭新形象，这座数智灯塔，正在点亮美的集团未来，散发美的集团之光。

未来，对于很多人而言是神秘的、遥远的、不可预知的。

数千年来，人类的先哲穷尽思想的伟力，依旧无法描绘一个清晰的未来。然而，在人工智能时代，借助于数智灯塔，我们可以洞见未来。

得益于变革的基因和价值的坚守，以超前的科技投入和强大的研发力量为依托，美的集团不仅自身成为数智灯塔企业，还在40多个细分行业、为300多家企业实现了价值共享。

2021年3月15日，世界经济论坛宣布，全球灯塔网络迎来15个新成员。其中，美的集团微波炉顺德工厂入选世界经济论坛"灯塔工厂"，成为佛山市第一个、美的集团第二个荣获"灯塔工厂"称号的智能制造工厂。

到2021年4月止，美的集团数智灯塔以数字化赋能全价值链，已在未来科研、未来制造、未来生态、未来城市、未来生活五大领域，构建起全新的价值体系。

谋未来之势，布未来之局。在美的集团之光照耀下，未来清晰可见、触手可及。面对剧烈的重构和快速的迭代，被外界称为"跨界王者"的美的集团正以前所未有的姿态拥抱未来。

八

向未来，时间回到2020年11月，美的集团宣布一则重磅消息：投资30亿元在顺德杏坛建设全球领先的机电产品生产基地，打造全国工业4.0智能制造示范基地，全面达产后产值可达150亿元。

距离美的集团南沙工厂入选全球"灯塔工厂"仅过去两个月，美的集团决心建设又一个世界级的"灯塔工厂"。通过智能制造颠覆传统生产模式，并创造新的商业模式，这已经成为美的集团业绩增长的重要支撑。作为美的集团智能制造对外输出服务载体的美云指数，已服务超过200个行业领头企业。

从一台电风扇起家，在成为全球白电龙头企业之后，美的集团现在已经跨界成长为全球科技创新领域的新巨头。就在不久前，英国品牌评估机构"品牌金融"发布"2020全球最有价值的100大科技品牌"榜单，美的集团位列第29位，排名中国家电企业第一。

所谓"灯塔工厂"，是全球先进制造领域最具影响力的评选之一，由世界经济论坛和麦肯锡咨询公司共同举办，旨在遴选出全球制造业范围内应用第四次工业革命尖端技术的先进制造基地，并让这些领先者的经验成为制造业优化生产模式的指路明灯。

全世界范围内的"灯塔工厂"仅50余家。2020年9月，世界经济论坛宣布最新入选的10家"灯塔工厂"，其中有4家位于中国境内，包括美的集团南沙智能工厂。这也是美的集团首次入选"灯塔工厂"。

作为中国家电行业的领军者之一，美的集团坚持创新生产模式，以期从传统制造的窠臼中走出，迈向科技型企业。自2012年起，美的集团开始进行数字化统筹与建设，并开展工业互联网平台构建与研究。8年来，美的集团已经在数字化转型方面投入超过100亿元。

位于广州南沙的智能工厂是美的集团首个全智能化的制造基地，也是智能制造探索的"集大成者"。在美的集团南沙工厂工作的赵攀告诉我，车间经过不断改造，人员从最高峰时的6000人减少至3000人，但工厂的净利润却比改造前增长了近20%。

采得百花成蜜后，为谁辛苦为谁甜。通过自主研发的工业互联网平台M.IoT，美的集团不仅打通了自身产业链流程，并且开始为其他企业定制智能化方案。与此同时，美的集团积极寻找新跑道，开启从家电业跨界进入科技界的全面变革。通过收购德国机器人巨头库卡，入股高创，与日本安川电机合作，美的集团在世界机器人产业竞争中占据一席之地。

未来，美的集团在数字化和机器人方面的探索将在新的"灯塔工厂"中得到进一步的体现。"杏坛工业园将利用美的集团自主研发的工业互联网、机器人自动化等软硬件产品技术能力，结合5G、AI、AR、大数据、SCADA、云平台等创新技术，进行一次全新的设计和规划。"美的集团董事长兼总裁方洪波告诉我。

科技创新离不开人才支撑,跨界需要不一样的专业人才。

2021年11月9日,福布斯中国推出最新的30岁以下精英榜。美的集团中央研究院院长助理兼流体力学研究所所长胡斯特赫然在列。

时光无言,在美的创业的史诗里,不仅有历史性成就、历史性变革的宏大叙事,更有每一个美的人可触可及的获得感。胡斯特于北京大学博士毕业后,加入美的集团仅两年,便成为美的集团中央研究院院长助理兼流体力学研究所所长,成为美的集团中央研究院最年轻的所长。

正是因为"胡斯特们"的加入,使得美的集团成功从传统迈向科技。我知道,在美的集团研发体系中,到处都是青年人奋斗的身影,博士超过500人,硕士3000余人,他们都是跨界进入美的集团的。

美的集团创始人何享健2005年冬天就曾在美的集团位于105国道与三乐路交会处的办公室跟我说过:"美的20世纪60年代用北滘人、70年代用顺德人、80年代用广东人、90年代用中国人,21世纪正在用全世界的人才。"

这句话是开放,是看待、看懂人才的认知视角!

正是那句朴素而不一般的用人理念,点亮了美的集团一个个发展阶段的光荣与梦想,给了无数奋斗者、打工人施展自我的舞台与机会。过去数年,美的集团在拓展全球市场的同时,一同树立起国际人才观,把研发体系延伸至世界各地,借全球"大脑"实现技术跨越、产品跨界。

我掌握的数据显示,美的集团研发人员达到10 000人,外籍资深专家超过500人,包括中国在内的11个国家设有28个研究中心。同时,美的集团的研发投入也屡创新高:过去5年研发投入累计接近400亿元，2019年研发投入突破100亿元。

2020年9月30日，我参加了顺德区人才工作大会。美的集团人力资源总监刘敏在会上说，美的集团在人才引入方面进一步加大了力度，特别是在人工智能、机器人、大数据等领域，跨界引进了一批具有非常高专业水平的专家，并通过专家进一步加大在这些领域的人才招聘力度，还在内部设立了专门的团队负责专家的搜寻、引进和服务工作。

星星虽多，但也要高攀太阳。刘敏说，美的集团每年都要完成2000多人的校园招聘工作，其中硕博占比超过50%，覆盖国内所有双一流院校及海外知名院校。2021年，美的集团在全球引入1900名硕士人才，160名博士人才，重点聚焦在噪声、材料、仿真、电控、变频技术、算法、人工智能等方向。

也就在此时，全国每20台工业机器人，就有一台来自库卡机器人（广东）有限公司。

2021年，库卡顺德园区机器人产量近1.8万台，为华南第一，约占全国产量的5%。以库卡为龙头，一批机器人本体、减速器、铸件和系统集成等产业链企业向佛山顺德集聚，一个世界级产业集群的广东新力量正在加速崛起。

虎年初春，万物吐纳，库卡顺德园区工厂一片忙碌。测试区域内，橙红色的机械臂按设定路径24小时不停挥舞，一旦通过测试将马上下线包装，发往全球各地的智能制造工厂。除库卡原有的大负载机型外，运用于3C和电子行业的小六轴机器人、食品级机器人等"小机器人"及ＡＧＶ机器人均诞生于库卡顺德园区。

库卡中国营运与人力资源总监陈峰告诉我，此前库卡集团所有产品研发均集中在德国，近年来中国市场需求快速增长，中国研发人员队伍也不断壮大。

在库卡顺德园区，研发队伍已从2019年的40余人扩展到300人，并设有中国最大的机器人实验室，占地15 000平方米，可完成产品所有实验测试。

2021年8月，库卡顺德园区被工信部列入第三批专精特新"小巨人"企业名单。

坚定走好自主创新道路，并从此笃定不移。库卡中国资深研发经理沈毅说，未来库卡中国将在工艺技术、控制器软件、机器人按规划论证及数字化服务上进一步提升，打造应用场景生态圈。

从2020年的6000台，到2021年的1.8万台，库卡顺德园区过去一年产量增幅达200%，但是还远远不能满足市场需求。只要机器人生产出来，就有客户排着队要运走。

2022年春节前，我在库卡顺德园区制造车间中控看板上看到，1月初以来，工厂经常完不成单日计划产量，但又会每隔几天有一次"产量爆发"。

不只国产化，更要本地化。从2020年开始，库卡启动华南专项供应链布局，优先与华南地区相关厂家接洽。当前，库卡顺德园区约10%的物料可以在华南地区采购。

此外，随着库卡顺德园区二期项目的启动，项目除了满足库卡自身的研发生产需求外，更结合企业的采购额承诺与佛山市、顺德区的招商政策，引进华东乃至海外的上下游企业进驻，已有电子物料、电缆物料、本体铸件等领域的7家供应商签署入园意向协议。

美的库卡智能制造科技园现有的厂房空间利用率已接近100%。

美的集团副总裁、库卡集团监事会主席顾炎民向我介绍，二期项目建设面积约37万平方米，用于扩大新产品研发。

百学须先立志。美的、库卡的强强联合，从双方"联姻"之日起就备受业界瞩目。库卡集团是世界领先的工业机器人制造商之一，专注于向工业生产过程提供先进的自动化解决方案。

从美的的角度去看，这个项目在美的总部所在地顺德落地，有利于加强与库卡进一步合作的协同效应，把民企行之有效的管理模式引入中国库卡。

从库卡的角度来看，有了美的作为助力，可以开发出很多符合中国市场需求接地气的新产品。

好消息来了：2022年，库卡顺德园区继续加快基建和研发的投入，投入7亿元，完成园区的基建工程和扩大研发新产品开发，把年产量提升至3万台。

好消息来了：2023年1月6日，2022中国十大经济年度人物颁奖盛典隆重召开，美的集团董事长兼总裁方洪波当选"2022中国经济年度人物"。组委会给他的颁奖词就是对一家中国式现代化企业的肯定、对中国方案的敬重：他前瞻布局，带领成为全球智能制造领先的赋能者。2022年，在数字化转型十周年之际，他推动美的从"十年更新"迈向"更新十年"，持续优化智能家居、工业技术、楼宇科技、机器人与自动化及数字化创新业务五大业务板块，在专注To C业务存量升级的同时，点燃第二引擎向To B转型创造增量，推动美的从全球领先家电企业向创新驱动的科技集团升级蜕变。

对此，方洪波有了他感恩时代、推行中国方案、发挥中国智慧的获奖感言：美的是伴随中国改革开放不断成长，发展壮大起来的，1990年美的的销售收入才1亿元人民币，到2022年前三季度销售收入已经突破2700亿元人民币，应该说是感谢中国改革开放大的时代背景，是这个大的时代背景给了我们非常好的发展机遇。现在我们站在一个新的起点上，也面临很多的困难和挑战，如何在下一轮的竞争和博弈中，持续性地成长，是我们现在面临的巨大挑战。但是，我们并不惧怕，我们志存高远，我们还有更大的目标。转型的方向已经清晰地确定了，就是我们要从家电的2C业务向2B业务启动第二增长引擎；经营区域从中国走向更多的海外市场，成为一个真正意义上的全球化的企业；在竞争的能力上，我们从效率优势向技术优势、产品优势和创新驱动转变。前路漫漫，但是我们有信心和目标实现我们的理想和愿景。在整个国家科技强国、制造强国的大的时代背景下，我们会抓住下一个周期的良好发展机遇，我们要接续奋斗，不辜负这个伟大的时代，去实现我们的目标。

九

宝剑锋从磨砺出，梅花香自苦寒来。除了主品牌美的之外，美的集团还打造出了小天鹅、COLMO、华凌、布谷，以及东芝、AEG等家电品牌矩阵，实现了全品类、全人群、全市场的覆盖。

……

美的集团是首批入选工信部"5G+工业互联网"的试点示范项目。经过5G改造后，库卡机器人网络接入的端到端时延从100ms以上降到10ms以下，满足了生产现场"令行禁止"的需求。目前，美的正在携手华为、中国电信在美的微波和清洁事业部位于顺德的马龙生产基地孵化可商用落地的11个5G应用场景。

没有传统的企业，只有传统的思维。

1968年起步于塑料生产小工厂，美的集团一直沿着市场化道路，不断创新变革，稳步发展，一路"闯进"世界500强。到今天，美的集团已经摆脱传统制造这一标签，取而代之的是跨界进入了科技集团。

回首来时路，美的集团是敢于自我革命的。

回首来时路，美的集团坚持的是为人类创造美好生活。

……

2011年11月8日，在美的集团产值突破千亿大关之际，企业没有选择盲目扩张，而是主动"踩刹车"，确立了"产品领先、效率驱动、全球经营"的战略变革。

美的集团更是勇于跨界的，从家电制造商到机器人设备制造商再到数字化方案提供者，美的集团既坚守制造业，又不囿于传统制造的思维桎梏，紧跟趋势不断转型升级。

"在美的集团，唯一不变的就是变。"方洪波如是描述美的集团对创新变革的探索与追求。

2021年11月23日，美的集团发布公告称，拟通过全资子公司全面收购公司控股的德国法兰克福交易所上市公司库卡的股权并私有化。

我知道，剩余少数股东还持有库卡约216.8万股股份，占总股本的比例为5.45%。在此次收购完成后，库卡将成为美的集团全资控制的境外子公司，并从法兰克福交易所退市。

此刻，正好是库卡集团成立123周年。

一……二……三！

一……二……三！

一……二……三！

是中国人传统齐心一起喊"加油"的使劲俗语。

……

2018年，美的成立了汽车零部件公司——美的威灵汽车部件产品公司。这是美的集团旗下第一个挂上了"汽车"两字的子公司。

2020年，美的拿下了合康新能，成为合康新能的控股股东，这也意味着美的直接打通了与一汽、江淮等国内多家主流车厂的配套合作。

收购之后，美的继续出击，2020年12月内部组织架构进行了调整，新成立了机电事业群，美的开始大肆进行汽车零部件的研发生产。

2021年5月，美的威灵正式官宣其驱动系统、热管理系统和辅助/自动驾驶系统的三大产品线全线投产，并正式发布5款汽车零部件产品：驱动电机、电子水泵、电子油泵、电动压缩机和EPS电机。

到2022年初，美的旗下汽车零部件产品线销售规模达到了千万元量级。美的集团旗下的零部件及智能化平台已经为一汽－大众、东风集团、长城汽车及比亚迪等整车制造企业提供了支持。

2022年2月16日消息，由美的集团总投资110亿元的新能源汽车零部件战略新基地在安徽安庆市奠基开工，这是美的集团有史以来投资总金额最大的项目之一。

又是跨界。

还是与机器人巨头库卡有关，美的正在借势转型高端制造业。

这次进入汽车领域，美的计划将库卡和汽车零部件生产结合起来。

龙舟水不断降落，几乎下了一个月暴雨、雷阵雨、大雨、细雨、小雨的虎年6月，美的集团对外发布首款计划与华为鸿蒙系统打造家庭服务机器人。美的集团首席AI官兼AI创新中心总经理唐剑告诉我，这款可移动的家庭服务机器人具有3D语义地图、人体及面部追随、传话递物、移动投影等功能。它是AI管家的实体体现，可联动全屋家电，提供主动服务，实现厨房助手、学习陪伴、远程看家、安全巡逻、紧急求救、跌倒检测、AI移动影院、互动游戏等作用。

未来，家电不再是一个工具，而是人在家庭中的合作伙伴，一切落在了家庭这个实处。

围绕这一目标，越来越多的家电企业正在不同维度为家电"机器人化"赋能。

回眸虎年的春天，由美的集团联合中国标准化协会、中国家用电器研究院、库卡机器人公司等单位主导制定的《家用电器机器人化设计导则》团体标准正式发布。标准首次明确提出了家电机器人化的相关定义，对家电机器人化的核心功能进行规范，并对家电机器人化发展阶段进行了划分。这标志着美的在家电机器人化战略发展方面走在了行业前列。

春天，是新一轮生计的开始。

虎年，库卡把中国所有生产力都转移到顺德园区，这个"技术密集型"的园区，2022年目标产量达到3万台。

美的不变的就是变。

如今，当工业机器人逐步在智能制造领域开拓更多的应用场景之时，另一个颠覆制造的"图景"正拉开帷幕——机器人生产机器人。

在美的库卡智能制造科技园中，一条"机器人生产机器人"的全自动化生产线如今已"跑起来"。

库卡中国营运与人力资源总监陈峰介绍称，该条产线经建设、调试，最终于2023年1月正式启用。值得一提的是，整线由库卡自主研发、自主制造，生产工艺、技术属国际一流水平。

这是广东首条"机器人生产机器人"产线，也是国内第一条生产重载机器人的全自动化产线。

整线长度为35米，全线采用了12台库卡机器人，6台库卡生产的AGV小车，5条库卡的第七轴轨道。现场，橙色的库卡机器人正努力"上岗"，组装灰色的半成品机器人，为机器人底盘扭上一个个螺丝，十分智能、精准且高效。

这条自动化生产线从机器人组装的第一道工序开始，到最终生产出一个成品，都实现了"无人化"的目标。如从仓库配料开始，到生产过程中，工位间的移动、下线后的成品运输等环节，都采用库卡自主研发的AGV小车。

这一条线可以说不用人，效率高，还可以24小时工作。根据园区目前测得的数据，对比传统的人力，这条自动化生产线单班产能提升50%，工时效率提升也超过了30%。陈峰告诉我："人在这里的工作，变成了辅助，劳动强度也极大地降低了。"

这是真正意义上的一个"黑灯工厂"，即便是工人们下班了，机器人生产机器人不会停，还会继续作业、组装。

结 语

2023年5月21日，"何享健科学基金"在大湾区科学论坛上正式发布，美的集团创始人何享健个人出资30亿元人民币，旨在推动原创性、前沿性的基础研究及相关成果转化，为科技发展和社会进步贡献力量。

今天，工业机器人产业迎来一个新的"爆发点"，随着新能源汽车、消费电子、生物医药等行业的蓬勃发展，工业机器人迎来市场应用的新高峰，其中新能源汽车、锂电行业等业务增长快。

传统行业边界不断被打破，行业间的界限正在消失，每一件事情都需要重新定义。

企业想要基业长青，成就更伟大的明天，核心就是企业家精神，要找到敢于去击水潮头的水手，找到勇敢奔赴世界所有码头的水手，到中流击水，永不停歇，永远向前。

跨界制造、跨界共生。

这符合人类命运共同体、适应百年之大变局，也能实现"碳中和"。

第二篇

冬奥村的"机器人大厨"

"虽然公司现在面临困难，但梦想中的碧桂园从未改变。"2024年1月15日，碧桂园集团召开2024年度工作会议，集团董事局主席杨惠妍再提"我梦想中的碧桂园"，并报告：2023年6月以来，博智林机器人已经开始面向市场销售。统计数据显示，截至2024年1月15日，博智林在研建筑机器人近50款，已有28款投入商业化应用，服务覆盖31个省级行政区划单位超850个项目，累计交付超2890台次，累计应用施工面积超千万平方米。

引 子

王者以民为天，而民以食为天。

尝鲜才能满足味蕾。

咸丰年探花李文田让黄姓顺德家厨为一众京官做鱼生，"顺德鱼生"在京城一举出名。在李文田的带动下，海外掀起了一股不大不小的吃中式鱼生饮食潮流。

在北方吃南方菜又是另外一番风味。

顺峰是改革开放后北京最辉煌的粤菜餐馆之一，号称首都第一档次的酒楼。顺峰北京亚运村店顺德厨师的出品，让"顺德美食"引发了海外热衷中餐的时尚。

……

吃上机器人做的饭菜又会是怎样的？

2022年春节，北京冬奥村智慧餐厅的中餐和西餐烹饪、调制鸡尾酒工序都由顺德制造的机器人完成。烹饪机器人复制、传承顺德大厨的中餐烹饪技艺，不仅让海外新一代爱上中华美食，更让全球的运动健将们通过美食直接品味"中国智造"的魅力、中国方案的可靠性。

多姿的我们自然能创造多彩。

从中国制造到中国智造，不禁让人们抚今追昔，感叹中国大地千百年来发生的翻天覆地的变化，新时代一件件听得见、看得到、品味到的大国重器更是让中华儿女倍感自豪。

一

春意盎然，岁月静好。2019年春季的一天，我走进顺德区北滘镇碧江村，沿着满是常绿树木的村道而行，一路春花绽放，芳香宜人。

路旁长满绿植的碧桂园总部大楼800米外的一片厂房格外引人注目，佛山2019年上半年重大项目集中开工活动在这里举行。

这里正是碧桂园投资的顺德机器人谷所在地，其象征意义不言而喻。

几天后举行的全国两会上，全国政协委员杨国强透露，作为一家拥有近20万名员工、1300多名博士的企业，正在投入巨资建设机器人谷，要把最先进的科研成果转化成实用又物美价廉的高科技产品，造福人类。

杨国强是谁？

是碧桂园董事局主席。

碧桂园不是房企吗？

杨国强回答：我们是为社会创造幸福生活的高科技综合型企业。我们打造好房子、好社区，我们坚持做中国新型城镇化的身体力行者，以工匠精神反复推敲房子的安全、健康、美观、经济、适用和耐久，为社会提供装修精美的好房子、风景宜人的好园林、设施完备的好配套、贴心周到的好物业，迄今已为超过1400个城镇带来现代化的城市面貌，超过450万户业主选择在碧桂园社区安居乐业，为中国的城镇化和现代化做出了积极贡献。

碧桂园为什么要进军机器人行业？

杨国强回答：机器人时代已经到来，我们投身科技创新大潮，广纳人才、博采众长，用科技的力量为社会创造美好生活，助力国家科技进步。我们成立博智林机器人公司，研发应用以建筑机器人、新型装配式建筑、BIM技术为核心的智能建造体系，努力实现安全、质量、时间和效益的完美结合，引领建筑行业的变革，并同步推进餐饮、医疗、农业、社区服务等各类机器人的研发、制造与应用；我们成立千玺机器人公司，打造国内外领先的机器人餐厅，向社会提供好吃、卫生、营养、健康、实惠的美食，创造全新的餐饮体验。

机器人餐厅是什么？

此时，在惠州潼湖科技小镇，数台无人驾驶车已在园内穿梭载客，集问询、引路、讲解功能于一体的机器人正在服务于民，智慧餐厅引入人脸识别、无感支付功能，食客实现"靠脸吃饭"。

新命题的回应和破解，需要巨大的勇气，需要果敢的担当。

杨国强从北京回到顺德的第一件事情，就是在广州琶洲举行了一场完全刷新市民心目中房企印象的发布会。

那天是三月的最后一日，次日就进入人间四月天。

发布会上，"泰坦"机器人亮相。它是一位不折不扣的"机器明星"，去过美国、俄罗斯、法国、德国、意大利等30

多个国家，成龙、休·杰克曼、蕾哈娜、威尔史密斯、廉姆·亚当斯、萨顶顶等都曾与它合作过，献唱、斗舞、演讲各种才艺都不在话下。

发布会的主持人不是帅哥美女，而是MOSS机器人。打破传统套路选择了机器人作为主持人，这寄托了碧桂园转型高科技企业的美好愿景。

这是一场品质感、科技感、获得感、新颖感、归属感、互动感"六感一体"的发布会。

科技是国家强盛之基，创新是民族进步之魂。

用杨国强的话就是"今天加大对科技的投入正是时候，如果再不努力的话就落后了"。

计谋天下。从造房子到造机器人，且看碧桂园高举高科技大旗的道路上，一定会有很多艰辛，也会有收获。

你看，碧桂园决定进入机器人行业的100天里，杨国强也像个机器人，每天都学电脑，就像小学生一样。他说自己也不知道这样是为了什么，在家里每天写毛笔字，就写了一句话：为了什么？

不！

杨国强知道为了什么。

"机器人革命"已经来临。

1955年出生的杨国强，历经数十年的努力打拼、学习，在引领一家世界500强企业稳健发展、奋勇向前的征途中，他做出了这样的判断：人类社会正加速进入一个高度自动化的新时代。

奇思创未来，妙计赢精彩。2018年9月，碧桂园宣布正式进军机器人领域，重点攻关建筑机器人、服务类机器人和智能制造系统，让机器人盖房子的智能建造梦想成为现实，让繁重、重复、危险性较高的劳动由机器人来完成。

　　半年后，在广东顺德机器人谷实验中心，碧桂园建筑机器人研发项目正在这里进行：三台机器人合作进行地砖铺贴，一台机器人做砂浆黏合剂的铺设，还有三台机器人负责拖运物料……

　　研发人员此刻心里清楚，我国工业机器人产业发展的一大短板是缺乏核心技术，工业机器人研发需要有实力的企业久久为功，而不能像过去一样，因为投入大、周期长、风险高，宁愿让给国外厂商也不愿自己花力气。

　　杨国强此刻心里更清楚，不久前出台的《粤港澳大湾区发展规划纲要》提出，在大湾区建设国际科技创新中心，加快发展先进制造业，推动制造业智能化发展，在智能机器人等重点领域培育一批重大产业项目。

　　碧桂园本身就是机器人的需求者。

　　碧桂园地产板块拥有超2000个项目，每年建造几十万套房子。另外，他们正全面发展物业、安防、教育、酒店、新零售及农业等各项业务，机器人的应用对每个板块都将是质的提升。

　　国家统计局统计数据显示，2018年全国房地产企业房屋施工面积达82.23亿平方米，较上年增长5.2%。砌砖机器人、铺地砖机器人、外观质量检查机器人……各类型的建筑机器人有着巨大的潜在需求：安装作业使用焊接机器人可提高焊接质量，确保施工安全；超高层外表喷涂机器人可以解决高空作业安全问题，提高施工速度和精度；大型板材安装机器人可用于大型场馆大理石壁板、玻璃幕墙、天花板等的安装作业，无须搭建脚手架……

　　放眼全球，机器人已经在建筑业各环节遍地开花。

　　杨国强心里更知晓，碧桂园发展机器人产业还有较好的上下游产业链支持。除了人力和财力的投入，部件供应、控制技术、制造工厂等硬件配套缺一不可。粤港澳大湾区为机器人产业提供了优质土壤。作为珠三角制造业重镇，佛山、顺德拥有大量家电、五金、芯片、通信设备等与机器人产业息息相关的企业"朋友圈"，都可提供有力的发展支撑。

近年来，建筑用工成本大幅上升，建筑企业利润下降，倒逼房地产企业使用建筑智能机器人降低成本。有实验证实，适量机器人的帮助，可使生产效率提高4倍。除了碧桂园，诸多嗅觉敏锐的房企都已开始把触角伸向机器人等高科技领域。

灵光聚集，让世界更美。

就在这样的思考、机遇下，碧桂园开始致力于智慧化建筑机器人的开发与应用，探索"智慧建造"和"无人建造"，并进行创新应用，实现水平高、工序少、建筑品质优的安全建造，积极抢占行业制高点。

明者因时而变，知者随事而制。

机器人盖房子时代的到来只是时间问题，定位为高科技企业的碧桂园，未来要像生产汽车一样生产房子。

这是杨国强的梦想。

机器人不受外界环境的影响，可以在各种条件下无间断工作，只要把程序预设好，机器人可以比人做得更精准、更高效、更安全、更经济。

这是碧桂园的目标。

二

"我希望借助机器人的应用，在建筑行业把工人的工作效率提高50%，同时降低建筑工地的伤亡率，改进工程质量，获得更好的环境效益。"

这是杨国强在碧桂园一次会议中说的话。

此后，"安全第一"已经成为杨国强公开讲话的口头禅。

未来已来，变化也来。

在碧桂园来势汹汹冲进机器人产业时，国家统计局发布的房地产市场相关数据，多项指标增速出现下滑。其中，全国商品房销售面积始终保持负增长。

作为房企龙头，碧桂园涨势也在收缩。

这时，杨国强更是痛下决心，把碧桂园定位调整为"高科技综合性企业"，传统地产之外，农业和机器人被视作其多元化的两大路径，向高科技靠拢。

向高科技靠拢。不能是口号！

产业的竞争，归根结底是人才竞争。

杨国强请来了沈岗。

沈岗曾是全球机器人四大家的发那科机器人研究所机器人事业本部的技师长，也就是总工程师。沈岗20岁时留学日本，博士毕业后顺利进入日本发那科，2014年回国后，沈岗在上海发那科担任机器人事业部部长。2018年7月1日，沈岗正式入职碧桂园，成为碧桂园机器人的第一任执行总裁，主导杨国强的800亿机器人计划。

然而，加盟还不到一年，沈岗就挂印而去。

沈岗的离开，引发外界对碧桂园机器人业务的讨论。

传统媒体、自媒体的报道层出不穷，标题吓人：《碧桂园做机器人，是怎么想的》《碧桂园："死掉"的机器人》《碧桂园做不好机器人》等。

核心人员离开，杨国强的机器人梦会就此搁浅吗？

不会的！

在会议上，杨国强重塑信心：公司上上下下都要有强烈的责任感和使命感去推进机器人事业。

很快，这句话被宣传标黄加粗刊发在企业微信公众号上，张贴在研发场地、制造车间。

"上上下下"四个字背后，意味着投入全情，依然涌动着人事的流变。

该来的自然来，会走的留不住。

沈岗离职后，具体业务由公司执行总裁周小天负责。

周小天，碧桂园机器人的第二位领军人，也是一名技术型人才。

周小天博士毕业于德国卡尔斯鲁厄大学工程与制冷研究所，之后在德国博世西门子集团工作了13年。2008年，周小天加盟ST科龙，出任副总裁，负责旗下冰箱公司的产品生产、研发及整体运营工作。当年12月，周小天出任海信科龙总裁，并于2011年6月辞职，重回博世西门子集团。

周小天放弃西门子终身制高管的职位加入博智林，他说是为了实现梦想。但对这份梦想的坚持，周小天的时间还不如沈岗。4个月后，2019年9月，周小天离开了碧桂园。

合则来，不合则散，这是简单却正确的道理。不过，从周小天离职开始，碧桂园机器人的技术"箱底"就已不复存在。

令人意外的是，沈岗后来带着团队组建了盈合（深圳）机器人与自动化科技有限公司，与顺德区政府签署项目合作协议，要在北滘机器人小镇投资百亿元建设盈合机器人全球研发及产业应用示范基地。

总部位于深圳的盈合机器人，是盈峰集团内部孵化的一级子公司，致力研发应用于国家战略应急与网格化管理的智能机器人、智慧社区、新零售的服务类机器人产业集群及AIoT系统，并提供工业4.0智能制造的综合解决方案，创办仅一年已成为独角兽企业。

顺德官方在签约仪式上这样介绍：盈合机器人创始人、总裁沈岗是国内唯一在世界机器人"四大家族"的瑞士ABB、德国库卡公司、日本发那科和安川全面从事过技术研发、市场营销、企业管理长达15年以上、具有跨界实战经验的中国人高管。

面对这一切，一直向善的杨国强选择了善待自己。他知道善待自己的最好方法是善待别人，善待别人的最好方法是宽容别人。

面对这一切，杨国强为推进机器人业务进展，继续下大力气引进人才，团队规模一度接近900人，其中硕士以上学历的人才占比超过49%，拥有博士学位的研发人员超过41%。

面对这一切，就在1个月时间里，碧桂园机器人累计引进研发人员234名，其中80%以上是行业内的中高级研发工程师。

招人除了学历，也看重实操。

这里有一个小插曲是：山东省临沂市临沭县农民胡尊云，因为手工打造了3款"阿特拉斯"机器人，被直聘为博智林机器人公司的机械工程师。

善谋者胜，远谋者兴。

杨国强坚信，智能制造会在未来有效地提升建筑效率，成为碧桂园强大竞争力的源泉。

正如任正非先生所言：我们修桥、修路、修房子，已经习惯了只要砸钱就行。但是芯片砸钱不行，得砸数学家、物理学家、化学家。机器人产业的发展恐怕也是如此。

春江水暖鸭先知。

碧桂园将第一家机器人公司取名"博智林"，寓意"博士成林"，意思是利用博士的智慧推动中国机器人和高科技的发展。

付出就有收获，坚守就有回报。

向顺德凤桐花园项目交付九款建筑机器人。

向广东腾越建筑工程有限公司交付四款建筑机器人。

向沈阳腾越建筑工程有限公司交付两款建筑机器人。

向安徽腾越建筑工程有限公司交付七款建筑机器人。

……

扎根实业。这是碧桂园机器人的初步成绩与出品、实践。

人来人往，总有人在坚守杨国强的机器人梦想。

志合者，不以山海为远。

你看，一名女博士朝着"造城梦"进发了。

博士毕业于同济大学土木工程专业，初入职场奋斗于深圳。当前，她在佛山顺德继续朝着"造城梦"进发——她就是张丹博士，顺德高层次人才、广东博智林机器人有限公司部门总经理。

智能机器人是顺德战略性新兴产业之一，来到顺德研发建筑机器人，为传统工地注入"黑科技"，是张丹的人生转折点。

谈到从事的建筑机器人研发工作，张丹满怀自豪："建筑机器人如果能带来行业相关方面的变革，减少重复的、辛苦的体力劳动，那么这个事业对社会来说是非常有意义的。"

张丹毕业后便进入碧桂园集团深圳区域，从事投资和工程管理方面的工作。2018年，随碧桂园集团启动建筑机器人战略，张丹则积极投身博智林。

"碧桂园集团是扎根佛山顺德的世界500强企业，这里浓郁的文化氛围、舒适的生活环境对我很有吸引力。"2018年10

月，张丹第一次走进顺德就发现顺德地处广州、深圳两个超大城市之间，这里并不是传统意义的小城市。

当融入顺德的工作环境后，张丹发现这里有"海阔凭鱼跃、天高任鸟飞"的职场环境，在营造公平氛围方面，顺德与广深等大城市相比别无二致。

在张丹看来，与一线城市相比，顺德在城市环境上虽存在差距，但政府在逐步改善，"在一流企业打拼，在魅力城市生活"逐步成为触手可及的现实。

把感动放于心底，不让文字跟随心一起疼痛。张丹回忆，初来顺德工作时，所有研发人员都在工厂车间里蜷缩着办公，脚下是满满当当的实验物料，环境拥挤逼仄。

只有拥有不平常的经历，接受不寻常的考验，才能造就不平凡的成就。张丹说："当时一张办公桌坐了三个人，但我并不觉得那是艰难的时刻，反而觉得大家在一起办公、一起交流很快乐。"

智能机器人已成为顺德战略性新兴产业之一，由顺德区政府综合统筹的机器人谷，成为顺德布局机器人等智能制造产业的重要载体。仅仅一年多的时间，机器人谷建设一日千里，很快就高楼林立、车水马龙，显出新兴产业城的繁华面貌。

这一切，张丹看在眼里，记在心里。

她发出了这样的感叹："顺德发展日新月异，既有世界500强企业，也具备众多上下游厂商，在政府政策的推动下营造良好营商环境，我对顺德未来发展充满信心。"

对顺德的热爱，张丹不是个案，越来越多的高层次人才会聚顺德贡献力量。

你看，领改革开放风气之先的顺德，已发展成为中国制造业规模最大、民营经济最活跃的县域；得粤港澳大湾区之机，顺德以全国1∶12 000的土地面积创造出1∶283的全国GDP总量。

顺德，逐梦的热土，凝聚八方英才。

谈起涉足建筑机器人的初心，张丹如是说："碧桂园的入职复试是在广州凤凰城，我在山头往下望去，目之所及一栋栋楼房鳞次栉比，我的内心顿时燃起了一种'造城'的宏愿。"

谈到自己所从事的建筑机器人研发工作，张丹心中充满成就感："从事工程管理领域时，我在施工工地发现，作为传统行业，工地面临现代化程度低、招工难、管理者必须耗费大量精力保障施工安全和质量等状况，建筑机器人如果能带来行业相关方面的变革，减少重复的、辛苦的体力劳动，那么这个事业对社会来说是非常有意义的。"

话说出去了，实现却要付出很多。实际情况对张丹而言，建筑机器人却是她涉足的新领域。为了迅速适应新的专业领域，更好地交出事业成绩单，张丹拿出读博期间搞科研的韧劲，自学PLC编程，大量翻阅书籍，学习相关知识，利用样机验证自己编写的程序。这股子不服输的劲头，使张丹迅速自学了电气、机械、软件等以前尚未接触的新知识，增强了必胜的信心。

爱有很多种，哪种是特别的模样？张丹爱女人所不爱的机器人研发，吃苦流汗，只为精益求精做一名好工匠。

有一次，张丹团队接到任务，为了配合整体研发进展，必须在有限时间内研发出一款建筑机器人样机，验证前期设计方案的可行性。接到任务后，她召集团队进行任务分解，分组制订研发方案。方案选定后，又兵分几路细化方案、采购零件、协调横向部门、对接工厂生产零件……

最终，在张丹团队及运营管理部等多个部门的共同努力下，这款样机按时制成，随后在工地测试也达到了预期的效果。

专利法是爱护企业创新成果的有效武器。张丹团队曾创下"48小时研发出首版样机"的纪录，同时累计参与申请36项专利，其中张丹为第一作者的专利为4项。

从小，张丹就对拆解组合玩具非常有兴趣，她的玩具经常是和弟弟换着玩的，最常玩的玩具是变形金刚。她的父母开放、包容的教育理念，也使得她能迅速找到自己的定位。她对建筑本身有很浓厚的兴趣，例如去博物馆，可能大家都对馆内的展品很感兴趣，但她就会对博物馆这个建筑本身非常感兴趣。

在成长过程中，张丹也对部分人刻意制造的"学习性别论"感到困惑，有时会听到一些亲戚朋友说，男生学理科好，女生学文科好，这种基于性别而产生的学习误解，对孩子们的健康成长是不利的。

顺德区妇女第十四次代表大会召开期间，张丹建议加强女孩在校期间的思想培养，树立"男女平等"观念，打破思维的"天花板"，例如，熟练掌握文理科知识的差异，不要人为设定基于性别的学习差异，让孩子们享受学习的快乐，健康成长。

张丹的观点，正是顺德所需，是机器人行业所需。

三

逐梦不只是张丹一名女性。

你看，位于佛山顺德凤桐花园项目的一栋新建住宅楼内，一位衣着整洁的女员工在平板电脑上点击启动键后，一台高约1.8米的粉红色机器人便开始了墙面油漆喷涂作业。

这道工序之前，另一台机器人已经自主完成了腻子打磨。这位在工地上手持平板电脑操作各种建筑机器人的女员工，以前在电子厂的流水线上工作，2020年凤桐花园项目开工时，她应聘进入了工地。

只需接受半天的培训，也就是4小时的学习后，她就能够熟练运用平板电脑操作这些建筑机器人。而在传统的装修现场，腻子打磨、墙面油漆喷涂会弥漫浓重的粉尘和有害气雾，许多装修职业病与此有关，通常女性也会被排除在这类工作以外。

凤桐花园被列为智能建造试点，一大批建筑机器人应用于工程建造过程，该项目也成为碧桂园旗下博智林建筑机器人首个商业化应用项目。

此时，博智林在研建筑机器人近50款，其中绝大多数机器人通用于现浇混凝土工艺与装配式建筑施工，已形成混凝土施工、混凝土修整、砌砖抹灰、内墙装饰等12个建筑机器人产品线。

这名女工自豪地告诉我：杨国强先生所描绘的"像生产汽车一样造房子"的愿景，在建筑工地上已逐步成为现实。

你看，外墙喷涂机器人在作业。

你看，越来越多的机器代人。

这些机器是带电的"人"。

凤桐花园项目上"自升造楼平台"的诞生，源于杨国强对"造楼机"的畅想。

在关注碧桂园机器人发展的人士中，林乐诗很是了解杨国强。他曾发文说了一个杨国强的喜好：作为央视第七频道《我爱发明》栏目的忠实粉丝，杨国强热衷于发明。有一次，他发现酒店卫生间有异味，于是自己动手，用了1个月时间修改6次，设计出了一个新地漏，并获得了国家专利。对于下属，杨国强也一直强调创新的重要性,曾将《我爱发明》节目中的农民发明家请到总部给专业工程师"讲课",还要求员工停下手上的项目,去看一些自动雨伞、自动水果刀之类的发明。这些发明,都是由没有读过什么书的农民创造的。杨国强借此鼓励大家要善于把握机会、勇于创新。

"杨主席率先提出了造楼机的概念,由博智林建筑机器人的工程师来实现了它。"这名女工骄傲地告诉我,造楼机就像3D打印机一样,可以把一栋楼建起来,还像是一个空中工厂。

我对造楼机不了解,这名女工给我打了一个比方:仍是混凝土,仍是砌一堵墙,工作服、安全帽不再是它的"标配",写字楼、电脑与其不再"绝缘"。

博智林的自升造楼平台,通过可自动顶升的新型智能化建筑机器人施工平台,实现了房屋生产线随建筑向上同步抬升,进而实现建筑主体的智能化自动建造。这个平台搭载了与智能建造相关的自动化工艺执行器,同时也是博智林建筑机器人的作业平台。

比如,自升造楼平台上部署的自动布料机器人,工作人员仅需简单操作即可完成混凝土的灌填。而与传统人工布料方式下的混凝土施工相比,传统3人的工作量,目前只需1人即可完成。

你看,在智能随动布料机完成作业以后,混凝土整平机器人和喷淋养护机器人就会自主进入作业阶段。

所以,我不能用这样的文学语言描写建筑工人了:偶尔我抬头仰望,数十米高的脚手架上,他们的身影仿佛在半空中飞舞,只能隐约看到五颜六色的安全帽在跃动。这是他们在辛勤地工作。每一处的施工现场都能看到他们埋头苦干的身影,这是他们对工作的尽职,对建筑事业的热爱。

凤桐花园项目外墙喷涂的工作，也是由机器人完成的，再也不会看到工人悬挂在吊篮里从事高空作业。

中央电视台2017年春节联欢晚会节目、刘亮小品《大城小爱》演绎的"蜘蛛人的酸甜苦辣"，在这里一去不返了。

全国产业工人文学奖金奖获得者、佛山作家蔡玉燕的作品《生活在高处——工地上的建筑女工们》笔下的"工作在高处，生活在低处"，在这里也没有了。

我看到，外墙喷涂机器人模仿了人工作业，在喷涂过程中它能够识别出外墙的窗户和阳台。同时，它也配置了自动平衡系统，即便高空遇风，也能够自动调整后继续喷涂。

这名女工笑着对我说，通过机器人替代人工，不仅大大降低了高空作业坠落的安全隐患，而且产品施工质量稳定、安全可靠，最大喷涂效率可达300平方米每小时。

我知道，楼栋内部的水泥墙板安装，博智林也研发了机器人替代。施工现场的墙板搬运机器人一次性可以搬取3块预制水泥墙板，每块重达180公斤。一直以来，由工人搬运水泥墙板，不仅非常吃力，还有可能对身体造成损伤。

你瞧，墙板搬取以后，墙板安装机器人通过精准的视觉系统进行定位安装。墙板安装完成以后，挂网填浆机器人会对墙板之间的缝隙、凹槽处进行混凝土涂抹，防止开裂。

在这名女工的操作下，内部装修时墙面上的洞口填补，则是由螺杆洞封堵机器人来完成的，它能够自动识别墙上洞口并在十几秒钟内完成填补。

我没有看到钢花四溅，也没有听到机床轰鸣。

跟着我的脚步，你可以看到室内装修的墙砖、地砖和地板铺贴，也应用了具有精密视觉和测量系统的机器人替代了人工。相比之下，人工铺贴一块墙砖要花费4分30秒左右，而机器人可以在2分33秒高效完成。

"施工效率会快很多，尤其是后期装修阶段建筑机器人的优势会更加明显。"凤桐花园负责人对我说，不仅建筑成本不会增加，本质上用机器人替代人工，更是提高了建筑业的生产力。

在博智林的研发总部，这些建筑机器人每隔3个月就会进行一次更新迭代。研发工程师陈刚胸有成竹地向我介绍，两年多以前，我们会觉得像生产汽车一样造房子这个目标很遥远，但现在其实越来越近了。

也就这期间，博智林已招募了7000多名员工，其中4000多名研发人员，平均年龄30岁，包括一大批来自国内外知名院校的土木工程、机器人、人工智能、数字化等领域的优秀人才。

不过，谦虚的陈刚却透露了他内心的不安与喜悦：国内的机器人技术与国外研发企业还有差距，但在与建筑业工程施工领域的适配与融合上，博智林形成了体系化、标准化的开发能力，包括一些核心零部件和关键技术的创新突破，比如，适用于复杂建筑环境下的特种导航系统的研发应用，而且这些算法还在不断地优化迭代。

中国是建筑大国，拥有世界上最大的建筑市场。但与巨大市场容量不匹配的是，当前从事建筑行业的农民工老龄化严重，年轻劳动力从事建筑业的意愿持续降低。

恰到好处的就是，碧桂园建筑机器人的实践，正在变革建筑业、建造体系。

在一项国家级别的调研后，国家住建部门、发改部门、科技部门等联合印发了《关于推动智能建造与建筑工业化协同发展的指导意见》，明确指出要围绕建筑业高质量发展总体目标，以大力发展建筑工业化为载体，以数字化、智能化升级为动力，创新突破相关核心技术，加大智能建造在工程建设各环节应用。

想当年，杨国强知道，碧桂园机器人研发团队知道，这些举措可以推动形成涵盖科研、设计、生产加工、施工装配、运营等全产业链融合一体的智能建造产业体系，提升工程质量安全、效益和品质，有效拉动内需，培育国民经济新的增长点，实现建筑业转型升级和持续健康发展。

想当年，杨国强还是建筑队长、包工头时，他就知道建筑施工行业也是六大高危行业之一，常见伤害包括高处坠落、物体打击、机械伤害、触电、坍塌等，此外，还有粉尘、噪声、高温等多种职业危害，直接或间接地、长期地对建筑工人的生命安全和身体健康造成威胁。

博智林基础技术研究院副总工程师谢军，在研发中就是要改变这些威胁，要改变建筑工人"工作在高处的"囧事。他带领团队优先高强度、高危险工序的机器代人开发。

砖被机器人搬了，建筑工人怎么办？

谢军自信地给了这样的回答：建筑机器人不会让农民工失业，而是将传统建筑工人从繁重、高危劳动当中解放出来。这些劳动力在继续接受教育和培训过后，可以成为工地上新的产业工人。

谢军自信的背后是博智林坚持对建筑机器人五大核心系统全自主研发，自动导航系统、面向建筑场景的视觉算法、自研激光雷达等多项产品和技术的先进性得到实际应用验证，导航融合模块、激光位移传感器、智能视觉传感器等世界建筑机器人领先。

用他的话说就是："博智林在智能建造上的创新与突破，不止于机器代人，其本质在于对整个建筑业建造体系的变革。"

谢军的研发成果，中国建筑业协会副会长刘锦章是认同的：数字化转型是推动建筑产业高质量发展的重要途径，从"中国建造"走向"中国智造"是我国建筑业发展的大势所趋。

截至2019年12月，谢军等带领的研发团队已递交专利申请超过1500项，在研建筑机器人项目59个。

四

风云变幻，不改人间正道；沧海横流，更当破浪前行。

我们所处的是一个充满挑战的时代，也是一个充满希望的时代。你看，当今世界，科技的进步就是难以想象。

建筑机器人，让杨国强"让机器人盖房子的智能建造梦想成为现实，让繁重、重复、危险性较高的劳动由机器人来完成"的梦想不但变为了现实，这名务实的顺德人、顺德企业家，更是看到了"民以食为天"的新商机、"吃货们"的新追求、"世界美食之都"的新突破。

吃饭是大事。

杨国强知道顺德美食在世界、在中国、在广东的分量。

杨国强知道机器人能品味出酸甜苦辣咸。

杨国强知道那个年代顺德糖厂制造的糖果很甜，这是顺德美食的一部分。

顺德是世界美食之都、中国厨师之乡，中华餐饮名镇、中华餐饮名店、中华餐饮老字号、中华餐饮名小吃、中国烹饪大师、中国烹饪名厨更是随处可见；顺德餐饮单位超过3万家，单单容桂一个街道就有4000多家；随着央视《寻味顺德》纪录片的不断轮播，逢节过年的人流数以万计。

顺德糖厂于1934年陈济棠兴办地方实业时，投资330万元建成。它是中国第一批机械化甘蔗制糖企业，有"中国甘蔗制糖之父"之称，广东乃至中国制糖业的骨干企业之一；从捷克斯可达公司引进全套制糖设备；首创国内亚磷双浮法炼糖工艺，采用国际食糖质量标准组织生产。

杨国强也知道传统餐饮行业属劳动密集型产业，面临着人力成本逐渐增长、人员流失率高、管理效率偏低等挑战，特别是工作环境差、重复繁重、没有技术含量的工作越来越难吸引年轻人。

中国饭店协会发布的《2019年中国餐饮业年度报告》提到，大部分被调研企业的人力成本占营业额比例集中在15%～32%之间，未来还会持续增高。随着原材料成本、人力成本和房租上涨，餐饮企业普遍面临成本上行压力，加之竞争加剧，因此更加要求餐饮企业改变旧有经营方式，实现规模化、标准化发展，管理体系规范化，在有限的营业面积中提高人效和坪效，服务、环境、口碑等多维度全面发展。

一方面用工荒，另一方面，餐饮行业成本在增加。机器人在餐饮行业的应用，就能一箭双雕，解决这两个方面的问题。

发力机器人，成立广东博智林机器人有限公司后的2019年5月，碧桂园成立千玺机器人餐饮集团，专注于打造国内领先的机器人餐厅连锁品牌。杨国强希望将来世界各地更多的消费者都知道，中国也能创造出代表世界最先进科技水平的机器人餐厅，让全世界的人们都能品尝到富有特色和温度的中国味道。

据我所知，看似产业单一的机器人餐厅，实际上是碧桂园全产业链闭环的关键环节：餐厅前端可有效整合碧桂园在现代农业方面积累的优势，为机器人餐饮的食材开源奠定了坚实基础，后端基于碧桂园自有社区及酒店、教育板块资源，为机器人餐饮提供足够的市场空间。

自信自强，共创共享。

杨国强为了把餐饮做到极致，千玺机器人餐饮集团旗下设智源科技、碧家顺厨、优碧胜和碧有味四个子公司，分别负责技术研发、供应链环节、语音交互及餐厅运营等，各个环节专业化运营，保障高效产出。

在碧桂园的机器人战略中，餐饮机器人是最先投入实际运营的板块，比建筑机器人还要早。

满眼都是活，心中无小事。杨国强将餐饮机器人未来业务布局集中在三个方面：一是供应餐饮机器人单机设备，广泛应用于酒店、景区、医院、社区、学校、写字楼等公共区域；二是线下开设FOODOM机器人餐厅，以中餐、快餐、火锅为三大主营业态；三是提供传统餐饮空间智慧化改造的整体解决方案，如机关单位、大型企业食堂等。

我知道，一家成熟运营的机器人餐厅通过数据化管理可做到1～2个工作人员管理一个区域的餐饮机器人，实现智能化管控，大幅提升人员管理效率，进一步降低用人成本。而一家再小规模的餐厅，厨师加上服务员，至少需要8人。

《中国机器人产业发展报告2019》指出，2019年全球机器人市场规模达到294.1亿美元，其中烹饪等服务机器人的新兴应用需求持续旺盛。

无疑，在资源稀缺的当下，唯有科技进步才足以推动中国社会的进步，脱离科技去谈生产力的提升和效益的提高，都是不切实际的。所以，助力国家科技进一步，是顺德企业社会责任和人文情愫的体现。

　　一场疫情会暴露出很多问题，也让我们看到了很多平时忽视的人和事，收获了更多了解和感动。

　　一场抗疫，也让我们看到了碧桂园的高科技、责任感和服务品质。

　　你可知道？这场突如其来的疫情，让武汉意外成为碧桂园餐饮机器人落地的第二站点。

　　武汉封城的第20天，也就是2020年2月12日，千玺集团接到机器人煲仔饭要支援武汉的指令当天就组建了专项突击队，连夜开工，用不到24小时，把本停放于碧桂园总部大楼门口的第一个站点——集装箱煲仔饭机器人设备进行拆卸和打包。

　　"爸爸妈妈都是医生，都在武汉，我想和他们一起并肩奋战。"突击队员代少立得知集团要向武汉捐赠煲仔饭机器人后，立马打电话和项目负责人申请随行。当天晚上8点，他便加入了煲仔饭机器人拆卸队伍中。

　　如果社会有需要，顺德企业会不遗余力。

　　千玺集团的煲仔饭机器人设备及支援队员6人正式启程。约16个小时车程后，2月14日中午12时许，代少立和队友们及机器人设备已顺利抵达武汉。

　　时间紧，任务重。吃完午饭后，代少立一行一刻不敢耽搁，随即赶往隔离点进行设备安装。在和队员们探讨和分解现场工作及安全保障安排后，代少立的紧张情绪也得到缓解。

　　科技的进步正不断冲击着各行各业，也给我们在应对公共卫生事件时带来更多的思考。

　　在武汉，可以看见，机器人能够帮助人类做繁重、危险的工作，也将帮助人类更好地应对饥饿、疾病、疫情等。在这场特殊的战斗中，碧桂园的中国方案发挥自身优势，集合多方面资源，全面支持抗疫工作的开展。

碧桂园捐赠给武汉的煲仔饭机器人可实现全天候无接触式循环生产与配餐，疫情防控期间，机器人团队将为该隔离点免费提供煲仔饭的食材采购、配餐、生产及运维服务，用以缓解疫情防控期间相关人员的用餐问题。

一台煲仔饭机器人能同时烹饪36个煲，1小时能完成近120份煲仔饭，快捷高效。全自动化集装箱煲仔饭机器人的好处在于24小时供应，可大大缓解医护人员无法用餐或者用餐不及时的问题。

抗疫前线的医护人员多实行轮班制，常常错过饭点，或者只能吃冰冷的快餐食物。而煲仔饭机器人生产的每一份菜品经过精准高温烹饪后，从保温柜出餐只需要15秒。

全自动化煲仔饭机器人"让医护人员吃上热乎的饭菜"。

梦的舞台，创意的天堂。煲仔饭机器人全程实现自动无缝衔接烹饪，整个烹饪过程与人工隔离，能够降低人与人接触而造成交叉感染风险。医护人员点餐只需要自助扫码取餐，不需要与其他人接触。汤碗和餐具均使用一次性包材，设备也将由工程师定期进行消毒清洁。

这个箱体体积约38立方米的集装箱式煲仔饭机器人设备，是千玺集团2.0升级产品。一般情况下，拆卸和组装花费时间不超过8小时，可根据防控需要，灵活安置在各场所内，及时提供配餐。

疫情防控期间，食品安全是重中之重。

碧桂园调拨了可做7000份煲仔饭的食材同机器一起运往武汉，在隔离点附近的碧桂园凤凰酒店厨房内进行食材的预处理和分装，由专车配送到机器人集装箱，从运送到放置进煲仔饭集装箱冷库的过程是无人接触食材的。

这人间的烟火气息，通过机器人，又是那么迷人……

碧桂园不仅有"煲仔饭"驰援"热干面"，还有更多的医护人员、志愿者、爱心车队，在一线参与抗疫。

2月9日，碧桂园集团核心联盟企业广州安和泰妇产医院首批3名医护人员，跟随医疗支援组，奔赴湖北疫情最严重的地区之一——黄冈市下属的蕲春县，该县累计确诊病例超过250名。

好消息是，经过所有医护人员的努力，在2月17日，蕲春县已有100多名确诊病人治愈出院。

碧桂园湖北区域在这次疫情面前，也涌现出了诸多勇敢者。

50名志愿者主动请缨，希望能够前往支援火神山医院。

武汉封城后，市内外交通系统暂停，医护人员上下班成了大难题。碧桂园鄂北区域的共产党员皇甫元青主动发动身边人员组建车队，从大年初一开始，带头免费接送医护人员上下班。

与此同时，车队还帮助海内外捐赠人处理捐赠物资，包括接收、护送防疫物资、食物等抵达医院。更多人知道这些"接送人"之后开始联系他们，共同串起武汉民间自发救助渠道。

碧桂园武汉区域何莹桦自愿加入"武汉不尿"爱心车队负责后勤工作，承接医院及社区的需求和求助，整理成物资需求表，以便针对性地进行物资筹集及捐赠。还协助提供平价的口罩、消毒水等给未提前准备物资的人们。

碧桂园农业向抗疫一线捐赠瓜菜超过5吨。碧家长租公寓为抗疫一线工作人员提供住宿保障。

碧家武汉宏图大道店被征用为抗疫工作后勤点，为"方舱医院"的安保人员等提供15个房间及后勤保障。管家邬元锋第一时间盘点公寓空房间，并设计好"方舱医院"安保人员的入住路线。既避免了租客对疫情的恐慌，也方便工作人员出入。

碧家国际社区东坑店被紧急征用部分房间供从事抗疫排查的33名医务工作人员入住。碧家公益小站连同碧桂园志愿者协会迅速组织物资，当天就将征用的房间全部进行打扫、清洁、消毒，满足单人单间休息条件，并在房间内配备了纸巾、矿泉水等基本生活用品，第一时间办理入住手续。

33名医务人员入驻门店后，碧家专门设置一条独立通道方便医务人员进出，并确保出入通道安全卫生，让租户放心、让医务人员安心。

千玺集团为武汉提供的24小时无人化自动出餐的煲仔饭机器人，在实际运用中广受好评和关注、推广。

载智于力，力更非凡。2020年4月29日，碧桂园旗下千玺餐饮集团自主研发的"煲仔饭机器人"，正式落地郑州郑东新区龙湖里商业中心。郑州是继武汉之后，"煲仔饭机器人"落地的第2个城市。煲仔饭机器人每小时能出品100～120份煲仔饭，可实现全天候24小时不间断、无人化全自动出餐的方式。煲仔饭机器人运营方联合郑东新区相关部门，为医护人员、环卫工等特殊群体免费送出煲仔饭体验券。

<h2 style="text-align:center">五</h2>

疫情还在继续，科技也在进步，带电的"人"在研发工程师的努力下，正在服务人类。

中国方案，让世界看到我的不同。2020年6月22日，千玺餐饮机器人集团打造的FOODOM天降美食王国正式开业。

走进"天降美食王国"这个名字充满想象的餐厅，通过一番观察，我知道这里与一般餐厅不同，这是集合中餐、火锅和快餐一体的餐饮旗舰店，且餐厅所供应的食物均由机器人"厨师"掌勺，而前台接待、地面配送等服务，也均由机器人完成。爆棚的科技感，让这家餐饮综合体成为中国乃至全球最具科技含量的全新餐饮场所。

同一天，千玺集团自主研发生产的第二代煲仔饭机器人和迷你雪糕机器人，率先获得由国家机器人检测与评定中心颁发的中国首张系统集成餐饮机器人CR（China Robot Certification）证书，开创了行业先河。这一方面代表了国家权威机构对千玺餐饮机器人的正式认可，另一方面也表明千玺集团在餐饮机器人行业处于领先地位，已成为当今中国乃至全球智慧餐饮的集大成者、行业创新升级的领军人。

还是同一天，千玺集团与北京北辰实业集团有限责任公司宣布，将围绕北辰旗下所有会展中心智慧餐饮供应展开全面战略合作。比如，北辰集团打造的中国国家会议中心二期于2022年投入使用，而千玺集团也同步进驻。该中心作为冬奥会主新闻中心、国际广播中心使用，千玺集团在此提供24小时智慧餐饮服务，向来自全世界200多个国家和地区的媒体工作者展示智能科技与中国美食文化的完美融合及领先应用。

设计为我所动，设计为你所用。对于碧桂园来说，此番开业的天降美食王国既是机器人餐厅的旗舰店，更是该集团科技成果的集中展示区。其自主研发的超过20多种最新餐饮机器人均在此亮相，这在一定层面上折射出碧桂园进军高科技以来所取得的累累硕果。

中国科学院院士赵淳生评价说，千玺机器人餐厅创新地实现了软硬件融合、人机融合，较好地达成了机器人实际应用过程中的运动精确性、作业平稳性、布局多样性，在餐饮机器人行业中技术最先进、业态最完整、产品最丰富，不仅在很多方面填补了行业空白，还具有标杆意义和研究价值。

跟着笔触，我带你回到FOODOM天降美食王国。

其实，这是碧桂园千玺集团所开的第6家机器人概念餐厅，集多家门店之大成，这家新店面积约2000平方米，共有20余种、40余台餐饮机器人厨师集中"上岗"，供应近200个菜式，部分菜品最快实现秒出，可同时为近600客人提供视觉和味蕾的科技盛宴。

任何新方法，任何可以使事情更容易完成的方法都是科技。

从碧桂园千玺集团决心填补餐饮机器人这个空白开始，其所走出的每一步、所开的每一家餐厅，都无异于一次成绩检测。

从2020年1月12日机器人中餐厅开业开始，千玺集团已经完成了多款餐饮机器人的开发迭代升级，而这些迭代的成果，都在6月22日所新开业的天降美食王国中集中呈现。

通达的道路，缩短了餐馆主人与理想食材的距离。餐饮机器人的出现，让美食与科技没了距离。从我了解中来看，传送食物的云轨系统、汉堡机器人、单臂煎炸机器人、迎宾机器人等14款设备，是在此前的基础上实现了快速迭代升级，升级后的机器人更加稳定、高效。比如，第二代汉堡机器人出餐效率提高至20秒每个，比当前快餐行业巨头的出餐效率，约30～40秒每个，快了将近1倍；而火锅区双臂配餐机器人传菜能力也从第一代的400盘每小时提升到了850盘每小时，真正实现了配菜立等可取。

当然，天降美食王国里还引入了不少新面孔。例如，首次全新推出了小龙虾机器人、粉面机器人、早餐机器人、咖啡机器人等7款机器人新设备,极大丰富了餐厅菜品供应数量和效率;早餐机器人实现了面点的冷藏、烤制,以及豆浆、鸡蛋的保温自动售卖,出餐效率6~10秒每份。咖啡机器人实现了咖啡现磨制作、加冰、自动出餐等全自动无人化功能,可通过食客需求进行个性化咖啡定制,出餐效率达到45秒每杯。

研发工程师告诉我,千玺餐饮机器人系统引入美食大厨作为机器人导师,进行前期菜品研发,在烹饪工艺标准化、菜肴原料标准化、灶上动作标准化、火候控制经验数据化、烹制过程自动化等方面,进行技术攻关及实验数据积累,通过机器人、计算机、数据库等技术固定成熟的烹饪方法,实现菜肴的自动烹饪。

那天,千玺餐饮机器人已完成中餐菜品烹饪工艺程序转化超过150道,煲仔饭菜品7种,不同版本的工艺30余种。而且,在传统的手工烹饪基础上,机器人标准化烹饪能够让出品菜肴的质量更加稳定,解决品质不稳定、口味差异大等问题,同时也提高出品速度和生产效率。

实际上,在"Foodom机器人中餐厅"出现之前,不少餐饮企业已尝试将人工智能等新兴技术应用于传统餐饮业场景,机器人餐厅、无人餐厅、智慧餐厅成为近年来餐饮行业的热词,科技餐饮业进入了风口期。

市场上,千玺集团已打造6家机器人餐厅实体店,涵盖中餐、快餐、火锅、煲仔饭等多个不同品类,并在东莞市麻涌镇建设60 000平方米中央厨房,以标准化模式保障机器人餐厅和单机设备的原材料供应,未来还将在京津冀、长三角等地建设更为先进的中央厨房。

在走访中,我知道千玺集团新研发的单体机器人设备也进入了市场,与机器人餐厅呈并驾齐驱之势。此前,煲仔饭机器人通过改造,组装成灵活的单机设备,在疫情防控期间成功支援湖北抗疫,为医护人员提供无接触式餐饮,并且达到24小时无间断运作,便是单机机器人一次极为成功的试水。

美食文化是中华传统文化的重要组成部分,国际著名机器人专家刘洪海教授说,碧桂园机器人餐厅应该是全国最先进的机器人餐厅,此前已经推出的一些智慧餐厅、机器人餐厅,基本上都是在部分环节的点上实现机器人技术,碧桂园这次推出的机器人中餐厅系统实现了核心技术的自主研发,应该是全世界最先进、最完整的系统化机器人餐厅。

与传统餐饮企业不同,机器人餐厅在食品安全维度,拥有绝对竞争优势。

在后疫情时代,使用机器人可减少人员接触污染,无论做菜,还是送餐环节,均可以无人化操作,凸显食品卫生的"安全"元素,这也符合后疫情时代餐饮无接触发展趋势。

知识武装你和我,创新改变全社会。官方数据显示,千玺餐饮机器人已在全国30个省市的景区、展馆、交通枢纽场景里面得到了广泛应用,并且已经在珠三角地区布局了多家连锁机器人餐厅。

六

10秒烹饪一个汉堡,30秒制作一杯冰激凌……

北京冬奥会主媒体中心,一家位于地下的无人智慧餐厅成了中外媒体的网红打卡地,处处输出着来自中国方案的"科技范"。

在这家占地面积5400平方米，可以同时容纳1700余人用餐的无人智慧餐厅里，没有一位人工大厨。

相反地，120台制餐机器人在这里24小时待命，以服务顾客们各不相同的用餐需求。

餐厅现场，饺子、宫保鸡丁、煲仔饭、比萨、汉堡、鸡尾酒等多种多样的美食从起锅、炒制到调味、装盘全部环节都由机器人自动完成，用料比例和烹煮时间都有严格的限制。

最后通过餐厅上方的机械轨道自动传送到对应的餐桌位置，菜品"从天而降"，完成无接触制作和配送。

除了自动炒菜机器人和平均每10秒钟就能够出餐的全自动汉堡机器人外，在自动酒吧区，智能调酒机器人只需要3～5分钟就能够制作出一杯"高颜值"的鸡尾酒，另外还有棉花糖机器人、咖啡机器人等设备。

这些冬奥无人智慧餐厅里新奇的机器人，全部来自千玺机器人。

北京冬奥会，世界美食之都顺德的"机器人大厨"怎样上阵？

在2021年11月23日的中央电视台《新闻联播》中，碧桂园旗下千玺机器人参与打造的国家会议中心二期冬奥会主媒体中心的智慧餐厅揭开神秘面纱，在赛事期间为全球各地前来的媒体记者提供24小时智能餐饮服务。餐厅内的智能、自动餐饮设备，均由碧桂园千玺机器人集团研发制造，已在全国30个省市的景区、展馆、交通枢纽等多样化场景中广泛应用，而服务重要国际体育赛事尚属首次。

我了解到，为满足国内外媒体记者不同饮食习惯，餐厅精心设计了200多个品种的菜品、冷餐、饮品等，分为8套菜单循环使用。菜品以中餐为主、西餐为辅，让五洲来宾领略到正宗的中国味道。冬奥期间恰逢春节，餐厅特意研发了饺子馄饨机，热气腾腾的饺子可让各国记者充分领略浓浓的中国年味。

这些机器人还能出产传统的顺德美食。如在造型可爱的煲仔饭机里，机械模块同时有条不紊地操控着不同炉头的精准火候，开盖、加油、填料等操作环节准确无误，确保每一位记者都能享用带有金黄锅巴的正宗煲仔饭。

借助云轨传输系统，菜肴出锅后自动装盘并通过空中轨道和小车，传送到餐桌"从天而降"，实现全流程自动化。

除了餐厅内，在主媒体中心多个区域，智能咖啡设备不仅可以随意调配出多种口味的咖啡，还能像咖啡大师一样进行拉花工艺展示。最为炫酷的是一台智能调酒设备，借助灵巧的机械臂进行取杯、冰杯、放杯，并像调酒师一样完成复杂的调配、摇酒等动作，可制作四款色彩缤纷、口味独特的鸡尾酒。

智慧餐厅在2021年7月进场施工，智能餐饮设备安装、调试工作于11月完成。为餐厅提供配套服务的专用中央厨房，2021年7月于北京平谷建设完成，并在8月取得供餐资质。餐厅200余名工作人员按照冬奥组委要求，积极参加餐饮服务工作规范、冬奥常用英语等系列培训课程，并顺利通过考核。

为了做好疫情防控，遵从闭环管理要求，此次的食材供应，从中央厨房到餐厅，实施政府质监部门、中央厨房、餐厅三方人员共同组成的专人专车专岗等"12专"物流系统，并在交接时设置缓冲地带，保证送货方和收货方不碰面、无接触。餐厅工作人员均须接种3针疫苗，并定期开展新冠检测，严格按照"冬奥会防疫手册"执行各项防疫措施。

冬奥智慧餐厅在2021年12月初投入试运营，于2022年1月下旬开门迎接全球媒体的到来。

据新华社北京2022年1月5日电：中共中央总书记、国家主席、中央军委主席习近平近日在北京考察2022年冬奥会、冬残奥会筹办备赛工作时强调，办好北京冬奥会、冬残奥会，是我们向国际社会做出的庄严承诺。报道说：北京冬奥会、冬残奥会主媒体中心毗邻国家速滑馆，赛时作为全球注册平面媒体和转播商的工作总部。习近平先后走进主新闻发布厅、媒体工作间、智慧餐厅，实地了解中心建设运行、完善防疫措施、打造全流程服务模式，以及赛时信息发布、媒体运行、餐饮服务等情况。在智慧餐厅，习近平察看智能餐饮设备运行情况，了解中心加强食品安全监管情况。

从中央电视台《新闻联播》可以看到，2022年1月4日上午，习近平总书记在北京冬奥会、冬残奥会主媒体中心智慧餐厅，察看智能餐饮设备运行情况。受疫情影响，北京冬奥会、冬残奥会现场观赛受到限制，新闻传播比往届更加重要。总书记走进主媒体中心的智慧餐厅，了解智能餐饮设备运行情况。只见餐桌上全部安装了透明隔离挡板，桌面上摆放的辣子鸡丁、意面、西蓝花等菜品均由机器人餐厅制作。智慧餐厅不仅实现了自动化烹饪，通过餐厅上方的运行轨道、粉红色垂直升降托盘还实现了自动化送餐。借助科技智慧，既降低了人力成本，又减少了人员接触，简约又安全。

"天不言而四时行，地不语而百物生。"2月4日，虎年正月初四，为立春之日。新的一年开始，新一年的二十四节气也次第铺开。

这天，夜幕下的国家体育场"鸟巢"流光溢彩、美轮美奂，满载着"天下一家"的梦想与追求，流淌着"世界大同"的唯美和浪漫。

一届简约、安全、精彩的奥运盛会激情开启。

北京2022年冬奥会开幕了!

春节遇上冬奥会,美食、年画、春联、中国结、香囊、剪纸、京剧脸谱等中国民俗文化,同冬奥主题元素巧妙融合,令众人连连赞叹。

你看,智能汉堡机,从加热面包、现煎肉饼到配搭生菜、酱汁,全部由机械设备独立化、流水线式完成,出餐效率高达20秒每个。

你看,智能煲仔饭机,机械模块同时有条不紊地操控着不同炉头的精准火候,开盖、加油、填料等操作环节准确无误,确保每一煲出品都是正宗的顺德煲仔饭。

你看,智慧餐厅里面整齐排列的智能炒锅由世界名厨亲自"教学",通过将菜品制作的烹饪工艺、菜肴原料、灶上动作、火候控制、烹制过程等数据输入电脑,进行反复调校实验,从而完美再现大厨水准。它不仅能炒制宫保鸡丁、东坡肉等数十道传统中式佳肴,还会制作意式肉酱意面、顺德炒饭等多种主食。

你看,智慧餐厅特意研发的智能饺子馄饨机可让各国记者充分领略浓浓的中国年味。智能饺子馄饨机融合传统烫煮工艺,实现自动加料、高汤现煮、出餐,做一份饺子仅需10分钟,一份馄饨仅需6分钟。配备的6个煮篓同时工作,每小时可出餐60份左右。

你看,除了烹饪正餐的智能"大厨",智慧餐厅里还有一台炫酷的智能调酒机。它借助灵巧的"手臂"取杯、冰杯、置杯,并像调酒师一样完成复杂的调配、摇酒等动作,可制作多款色彩缤纷、口味独特的鸡尾酒,为忙碌之余的媒体记者提供轻松的快乐时光。

你看，一道道美味的背后是不简单的简约，是中国方案。

北京，北京冬奥会"机器人餐厅"火到国外，老外记者们惊呆了！

美国全国广播公司（NBC），在体验完北京冬奥会主媒体中心智慧餐厅后，以此为题做了专门报道，称这个智慧餐厅就像一部科幻电影，机器人取代人工服务员，从天花板上送餐，这样能够在特殊时期避免人与人之间的接触。

韩国KBS电视台也发布了有关北京冬奥会主媒体中心智慧餐厅的视频，展现了机器人送餐、机器人调酒等画面。通过人工智能系统和5G技术，机器人可以把食物准确地送达相应的餐桌，并且这个餐厅实现了自动化系统24小时运营。

日本的《每日新闻》也有报道，北京奥运会机器人最集中的地方，就在这家智慧餐厅，每道料理都由机器人制作，再通过机器运送到点餐的客人处，全程不需要经过人工服务，客人将机器送到眼前的餐食取走即可。

冬奥会、冬残奥会智慧餐厅自2022年1月4日至3月16日，累计接待服务32万人次。其中，2月9日，国际奥委会主席巴赫亲临餐厅，体验从天而降的美食，为中国方案点赞。

人间四月天，千玺机器人集团作为北京冬奥会主媒体中心智慧餐厅服务商，收到了来自北京冬奥组委会的感谢信。

在感谢信中，北京冬奥组委会对千玺机器人表示，"严谨细致、温馨周到的赛会服务保障为'冬奥之约'提供了坚实支撑，衷心感谢贵公司的周密运营和卓越服务""出色的餐饮服务保障，获得国内外好评如潮，堪为奇迹，展现中国人民热情好客的风范，充分显示新时代中国文化自信"。

通过"智慧餐厅的故事"，把"一起向未来"的理念和"中餐的浪漫"镌刻在奥林匹克历史上，写在了人类的共同记忆里。作为一名文化工作者，我觉得这是我在新时代里最幸福的事情。

新时代，由你创享生活之美。千玺机器人旗下的餐饮机器人一共有"萌乐多"机器人、服务机器人、咖啡机器人、机器人四大系列，涵盖中餐、火锅、快餐、煲仔、粉面、麻辣烫等设备。

机器人炒菜要想兼顾标准化和口味，需要把传统大厨的手艺和经验转化成一行行代码，实际上并没有那么简单。

一个标准化的样板菜品背后是精确到翻锅次数的实验磨合，一个小细节的调整，就需要推倒重来。

记忆随风而去，流向昨日的阳光。机器人做出的美味佳肴，背后隐藏着顺德十大名厨的多年功力以及数百人研发团队的科技实力。

我知道，碧桂园邀请世界中餐名厨交流协会理事、中国烹饪大师林潮带，带领着顺德本地的十大名厨加入研发团队，他们把菜品制作的烹饪工艺、菜肴原料、灶上动作、火候控制、烹制过程等数据输入机器人电脑，进行成百上千次实验。

万物联网建成，每时每刻，每事每声，每一个表情和动作，无不被终端记录，上传入云，一切连接，一切存贮。最终，让机器人"徒弟"精准记忆、稳定还原林潮带等大厨们的地道手艺，实现菜肴的自动烹饪。

到我采访时，千玺集团已完成中餐菜品烹饪工艺程序转化超过150道，煲仔饭品种7种，不同版本的工艺30余种。另外，智慧餐厅里的美食"从天而降"功能，核心来源于千玺机器人的"天降云轨"产品，只需要80秒就能够完成菜品的传送。

　　林潮带还记得，2019年初，他和另外几位顺德大厨受邀来到碧桂园集团总部的一处餐厅，品尝两道顺德名菜"美极掌中宝"和"蜜汁格格肉"。

　　吃完饭，林潮带走进后厨时整个人蒙了："我万万没想到，做出这两道菜的居然是这些机器人！"

　　更让林潮带想不到的是，此后将近一年时间，他成了这些机器人厨师的师傅。

　　"感觉这是一件很困难的事情，我们只会炒菜，机器的东西都不懂。"林潮带说，"我接受了这个并不完美的机器人徒弟，和工程师一起提升机器人的烹饪技术。"

　　人机融合将成为一大趋势，与我们在餐厅里常见的地面式移动送菜机器人不同的是，"天降云轨"的调度模式除了能够给消费者带来新奇的就餐体验外，还能在节省人力的同时节省空间，不占用地面资源。

　　在北京冬奥村无人智慧餐厅中应用的"天降云轨"是高配版产品，可以自动进入送餐工序，智能配送一体化，但同样也是未来人类餐厅的小剪影——从点餐、制餐到出餐，餐饮行业全流程自动化离人类已经不再遥远。

　　我看到，无论煲仔饭单体机器人驰援武汉、郑州，还是与北辰集团合作为国家会议中心二期提供24小时智慧餐饮服务，都是千玺集团在机器人餐厅之外，努力拓展着机器人餐饮的外延。

　　到2021年12月，千玺机器人已经累计提交了1000余项专利申请，自主研发机器人设备及软件系统80多种，建成自有8.5万㎡智能工厂，14条半自动化生产线可年产6万台各类型餐饮机器人。

七

说到这里，有件事情必须说。

"听说你准备带一对'冰墩墩'回去，带给你的双胞胎孩子。希望他们今后也能够对冰雪运动感兴趣，如你一样成为冰雪运动健将。"2022年2月6日下午，人民大会堂东大厅，习近平主席对曾以运动员身份5次参加冬奥会比赛的摩纳哥元首阿尔贝二世亲王说。

贴心的交流、轻松的互动，展现着东道主的热情好客，也定格下一段"美美与共"的佳话。

"冰墩墩"，将中国特有的熊猫形象与富有超能量的冰晶外壳相结合的北京冬奥会吉祥物，向世界传递着中国元素同奥林匹克精神相融合的无穷魅力，成为冬奥会上当之无愧的明星。

你可知道，冰墩墩与广东、与佛山、与顺德、与碧桂园是有关系的？

中国北京，冬奥村。

可爱动人的冰墩墩展板竖立在广场上，在它的背后，旗帜迎风飞舞，喜庆的红灯笼高高挂起。当年味渐浓，北京冬奥会日益临近，冬奥村张开双臂，向世界各地友人发出诚挚邀约。

中国广州，广州美术学院。

广州美术学院视觉艺术设计学院副院长、2022年北京冬奥会吉祥物设计总执行刘平云及其团队忙于接受不同媒体的采访，分享冰墩墩"诞生"过程的趣事、难事。

一北一南因一只吉祥物联系起来，"南国"的元素在这一场"北国"举办的国际盛事中，更具参与感。

"这就是设计语言的魅力。"冬奥运开幕前，我走进刘平云那装饰如机器人生产车间的办公室，细听刘平云分享冰墩墩的设计故事，并就视觉传递运用于产品设计乃至顺德城市IP打造方面，与刘平云进行面对面的交流。

"每次高强度修改后，就是2～5天看似悠闲平静却心潮起伏的日子。电话响了，说明我们这次又过关了，还能继续留在这个项目里。电话不响，说明我们出局了。每次都有'命悬一线'的感觉。"

设计，让梦想飞扬。憨厚的熊猫，身穿冰晶透明的宇航服，头部装饰着彩色光环，这个名叫"冰墩墩"的作品从5816件投稿作品中脱颖而出，成为2022年北京冬奥会的吉祥物。回想起整个过程，刘平云用了一个"难以置信"来总结。

2018年10月10日，"冬奥会、冬残奥会吉祥物征集"宣讲会走进广州美术学院，广州美术学院迅速组织精英创作团队，视觉艺术设计学院院长曹雪为团队负责人，视觉艺术设计学院副院长刘平云为团队总执行人。创作队伍被迅速组建起来，短短的十余天时间，完成了多个方案，最后选送16件作品进京。

敢为设计先锋，酿造中国经典。2019年1月25日，广州美术学院应征方案中共有三件作品入围十强，"冰糖葫芦"作品获得修改机会。而这个冰糖葫芦就是"冰墩墩"的前身。

惊喜过后，团队面临漫长且高压的修改过程。2019年2月至9月，团队共对设计稿进行了21次大修改，小修小改不计其数。回忆是一炷檀香。刘平云回忆，那时平均每个月会有3次修改，3～5天是高强度的修改稿件，从造型到平面、三维、表情、周边都要进行一套整体修改，有时甚至是主题颠覆性的修改。从老虎到麋鹿、到兔子，最后到熊猫，都经过不断的讨论和试探。

在刘平云的办公室里，无论是工作桌，还是墙身上，一张张的修改图，都是这个过程的见证。谈起修改经历，刘平云对那时忐忑又期待的"折磨"仍历历在目。每次高强度修改后，就是2至5天看似悠闲平静却心潮起伏的日子。

"电话响了，说明我们这次又过关了，还能继续留在这个项目里。电话不响，说明我们出局了。每次都有'命悬一线'的感觉。"刘平云又一次说起这句话。

设计人生，闪光今日。整整10个月，一共300天，当憨态可掬又充满科技感的"冰墩墩"正式亮相时，它身后的设计团队早已热泪盈眶。

热泪盈眶的刘平云，早已在关注顺德、关注北滘、关注碧桂园、关注机器人。他在北京冬奥会、冬残奥会举行前，把家安在了北滘碧桂园，他说要住在科技发展最前沿的小镇。

更有意思的就是，顺德企业设计的超细气雾消杀设备产品，也成功"接入"了北京冬奥会、冬残奥会场馆中，为世界体育盛会筑牢疫情防控墙。这款超细气雾消杀设备产品位于主场馆的西北侧，为一个印有冰墩墩和雪容融的冬奥无人特许商店，通过智能远程控制，完成空气、货架、商品表面等全方位立体深度消杀，无有害残留，为安全购物提供科技保障。

这是一段人文的插曲，而在餐饮机器人发展的路上，建筑机器人、清洁机器人也在不断实践。

2021年1月，碧桂园服务也成立了机器人公司，经营范围包括智能机器人研发、销售等。碧桂园服务执行董事兼总裁李长江告诉我，碧桂园服务有超过500个工程师在负责数字化建设，超过100个博士在做物业机器人。

新海南客户端、南海网、《南国都市报》等一众海南的媒体于2021年9月15日推出了《建筑机器人、清洁机器人已在海南这些工地"上岗"》的报道。

原来，9月14日下午，一台粉嫩、胖乎乎的楼层清洁机器人在海口美舍仕家项目2号楼4层候命。随着操作员点击系统发出指令，在清脆的"滴"声之后，这台清洁机器人进入了作业模式：有规律地清扫起建筑地面，小石块、缝隙内尘土都被轻松吸入"腹内"。

这个"粉胖子"是碧桂园在海南引进的机器人"工友"中的一位。原本工地上需要五六个人干的活现在仅凭一"机"之力就能完成，而且施工标准，高效保质。

你看，楼层清洁机器人只需技术员导入提前规划好的房间清扫行车线路，便可自动工作，操作员只需在一旁做"监工"，及时处理换电池、遇障碍等报警情况即可。

操作员张锐说，以整层建筑面积500平方米计算，一名工人手动清扫要十个小时，机器人只需要两个半小时，效率提升了4倍。

看着已进入工作状态的楼层清洁机器人，张锐拎起测量机器人，走向另外一个房间，同时展开施工质量检测工作。1个小时工作，测量机器人仅需两分钟就能完成，而且生产的数据多达十项。

此外，在碧桂园凤鸣阅海项目，地面整平机器人也投入使用。对比人工做出来的交付地坪，地面整平机器人通过标准化施工，做出来的交付地坪不仅大大降低了高低误差，成品光感更是明显提升。

海南等地成功应用佛山制造的同时，作为制造业"皇冠顶端的明珠"，智能机器人产业已经成为佛山市顺德区布局新兴产业的重要"突破口"。根据"十四五"规划，顺德致力打造"千亿级"机器人产业集群。其中，随着美的库卡、博智林机器人谷、大族机器人等高端产业项目落户集聚，顺德北滘万亩机器人小镇正逐步成型。

产业转型升级，带来旺盛的电力需求。

2021年，北滘镇新增用电容量32.2万千伏安，同比增长24.92%。博智林机器人谷、海创大族机器人及美的盈合机器人全球研发基地等省、市重点项目建设如火如荼，新增用电报装需求近20万千伏安。

那如何满足新的需求呢？

2021年12月25日，全国考研开考的第一天，顺德传来了机器人行业特别是建筑机器人行业振奋人心的好消息：全国首个应用建筑机器人开展施工建设的110千伏碧江变电站正式投产，该项目仅用9个月建成投产，比原计划提前半年，是推动电网基建工程向数字化转型的重点实体项目。变电站投运后，能有效满足佛山市顺德区博智林机器人谷等千亿级高端集聚产业区的用电需求。

碧江变电站坐落在佛山市顺德区北滘镇，配套110千伏电缆线路全长约4.3公里，电缆通道交付涉及大量花木场搬迁、村改厂房拆除、高速公路新建互通立交等问题，协调难度大，青赔任务重。

理想信念，是引领新时代我们的指路明灯！面对挑战，佛山市、顺德区、北滘镇三级政府和供电各个部门齐心协力，项目组积极发挥党建引领的作用，成立党员先锋队，发扬"胸怀大局、迎难而上、自立自强、勇攀高峰"的昆柳龙精神，勇于攻坚克难，最终在10月中旬完成施工范围内的厂房拆迁和花木场清场交付。

"该项目青赔工作协调难度最大的是电缆穿越广珠西线高

速及其服务区。"南方电网广东佛山顺德供电局工程建设部经理罗福健告诉我，通过多次沟通汇报，在顺德区交通运输局及北滘镇牵头协调下，综合考虑地方规划及广珠西线远期扩建需求，优化电缆路径方案，并积极争取广珠西线公司的支持，开通绿色通道压缩路政审批时限，最终在两个月内完成路政许可审批手续办理，顺利啃下青赔工作最后一块"硬骨头"，全线电缆通道交付施工。

罗福健说的场景，要真正实现数字化并不简单，当中涉及复杂多变的现场环境、五花八门的建筑材料等。

南方电网广东佛山供电局探索建立以"机器人+BIM+装配式"为支撑的智慧建造体系，将建筑机器人与装配式建筑、BIM技术全面融合。

"我们根据建筑规模、结构特点，结合机器人技术性能进行综合考虑，最终应用了楼清机器人、地库研磨机器人、喷涂机器人等8款机器人。"南方电网广东佛山供电局项目管理中心项目经理宋丽敏说，在施工过程中采取机器代人，大大降低了高空坠落、物体打击等作业风险，有效解决人员短缺困境、缩短建设周期。其中，应用喷涂机器人进行内墙喷涂，缩短了15天工期。

110千伏碧江站是全户内变电站，新建3台63兆伏安主变，3回110千伏电缆出线，其中两回接入220千伏都宁站。

你看，变电站外观采用紫色立面色彩，科技感外形与周边博智林机器人谷建筑产业群形成相互呼应，项目的投产可为北滘西海、碧江、坤洲、桃村等工业园区升级改造增添电力支撑，满足碧桂园总部、博智林机器人谷、大族机器人基地等高端产业区建设用电需求，有效缓解三龙湾核心区域用电之渴。

时间不等人。

2022年全国两会悄然而至。

机器人正在铸就行业的创造家。3月5日，全国政协委员、碧桂园集团董事会主席杨国强，提交了《关于加快应用智能建造产品技术、助力"双碳"目标、推动建筑业高质量发展》的提案。

杨国强提到，随着人工智能、机器人、5G、新材料等技术与建筑业的融合，智能建造的时代正在到来。国内已经可以实现建筑机器人、建筑信息模型（BIM）、新型装配式建筑等产品和技术在工程项目的协同作业，应用于勘察、规划与设计、生产、施工、监管与验收、运维与管理等建筑施工环节，能够很好地提高建筑工程的安全、质量和效率，也能够大幅减少工地上的建筑垃圾和废弃物，减少碳排放，助力国家实现"双碳"目标。

他建议，第一，大力支持建筑机器人及智能施工设备推广应用。鼓励行业重点企业以建筑场景需求为牵引，针对生产、建造环节的应用场景，推广建筑机器人及智能施工设备的应用。在现有智能建造试点示范的成功经验基础上，拓展试点范围，推动建筑机器人及智能施工设备投入工程项目建设，提升工程施工智能化水平。

第二，加快建立和完善智能建造创新监管机制与评定体系。协调相关主管部门，出台适用于智能建造的创新监管体系，建立适应智能建造特点的工程勘察设计、施工现场质量安全和合同履约监管制度。

第三，加快建立智能建造相关标准体系。联合行业权威机构、龙头企业、专家学者、骨干企业等力量，根据智能建造应用情况，加快建立与智能建造相匹配的建筑机器人和智能施工设备产品标准、施工标准、设计标准、BIM集成设计标准、装配式部品部件标准、新型建造工艺工法标准、验收标准等标准体系，推动智能建造大规模应用。

以扶贫留名于世，特别是以教育扶贫阻断代际贫穷出色的杨国强的提案关注了机器人，他的提案受到了海内外数百家媒体关注。

春去夏来，2022年最大洪峰过境顺德的6月23日，广东省建筑机器人制造及应用标准化试点启动暨揭牌仪式在佛山举行，广东博智林机器人有限公司正式成为该项试点的创建单位。这也是广东首个在机器人领域获批创建的标准化试点，标志着广东在建筑机器人领域的制造和应用已逐步走向规模化和市场化。

根据规划，建筑机器人标准化试点为期两年，试点期间成立建筑机器人标准化试点管理委员会，建立建筑机器人标准体系和建筑机器人工程建设标准及产品标准，并在试点后期开展实施评价、改进和验收工作。

我了解到，作为建筑机器人制造及应用标准化试点的重要内容，博智林在北滘镇滨河路项目上，通过使用建筑机器人施工，对建造过程进行记录、总结，制定并实施相关产品标准和施工技术标准，规范并推广建筑机器人应用。

这一消息，引发海内外媒体极大兴趣，纷纷及时发出了重要报道。

结 语

媒体关注的还有这件事。

北京冬奥会正在热火朝天开展的2022年2月15日，专注打造智慧餐厅的千玺机器人集团有限公司通过线上申请，只用了1分钟，成为顺德"食都保"首个参保对象。这标志着"世界美食之都"顺德，率先在全国上线覆盖食品、生产、疫情三大风险领域的餐饮业普惠保障险，探索出又一可行的顺德经验、顺德模式。

建设餐饮业综合保障服务平台并推出"食都保"普惠综合保障险，是顺德落实《粤港澳大湾区发展规划纲要》有关共建"世界美食之都"的切实举措。

"食都保"面向顺德餐饮业合法经营者开放参保，涵盖食品安全、生产经营安全、新型冠状病毒肺炎（2022年12月后改称新型冠状病毒感染）疫情导致营业损失三大风险领域，享有风险保障等六大服务内容。每份参保费用为200元，综合最高可获赔27万元。叠加政府和银行补贴，餐饮单位最高可实现零资金获得5份保险。餐饮单位参保后可获"食都保"Logo标志，消费者寻味顺德，可"认准那个Mark"。

"线上参保，方便快捷，保费也低。"在"食都保"综合保障险上线仪式现场，千玺机器人集团有限公司副总经理肖然如此点赞：顺德政企创新推出"食都保"综合保障险，赋能餐饮业发展，在全国餐饮系统具有借鉴意义。

当然，肖然也在现场津津乐道地向人们讲述了北京冬奥村智慧餐厅的运行情况。

话音未落，在场的人都笑了、鼓掌了。

说到"智慧餐厅接待了来自100多个国家和地区的数千名文字及摄影记者、200多个转播机构的过万名转播人员，餐厅平均每天要接待约5000至6000名注册文字摄影记者和持权转播商"，这名从事餐饮机器人行业、平日不怎么爱笑的老总笑了。

他的笑，给顺德餐饮界带来一片欢腾。

他的笑，为中国机器人行业响起阵阵掌声。

他的笑，伴随着《和平——命运共同体》旋律的响起，回荡在奥运五环旗下，一起向未来。

第三篇

坚守赛道只为上火星搬运

"这是一个崭新的开始，由华为联合制造厂家和终端用户共同参与而成。"2023年12月14日上午，在北京计算产业生态大会（CIEC2023）"边云协同"分论坛上，《云端控制平台与自动导引车（AGV）通用接口参考指南》成功发布后，广东嘉腾机器人自动化有限公司官方微信公众号发布消息，并报告：嘉腾机器人与华为在北京联合发布了物流机器人通用接口协议，作为广东制造的一员，多产搬运机器人是我们最朴实的家国情怀，成千上万的搬运机器人正从广东销往全世界，让我们心生豪迈，我们做到了让世界刮目相看，还将继续让世界刮目相看。

引　子

AGV"自动导引运输车"，在我国有个更形象的名字——"无人搬运车"。

数十年前在国外已有相关的产品，但受制于物联网、云计算等相关技术的发展，并未像机械手那样被大规模普及应用，在我国更是一片空白。

广东嘉腾机器人自动化有限公司创始人敏锐地发现AGV是个潜力巨大的"蓝海"，2005年嘉腾机器人进行大跨度转型，致力于 AGV的研发和制造。

智慧，勇气，决心。在疫情持续不断的2022年，获得"广东省五一劳动奖状"的嘉腾机器人意气风发，在自主研发投入方面更有勇气、打破行业壁垒方面更有志气、做中国品牌方面更有骨气，犹如顺德水乡的高山榕树，根深叶茂，枝繁如盖。

—

进入移动机器人行业之前，嘉腾创始人创业初期主要从事治具，也就是电路板焊接模具贸易生意。不久后，嘉腾现任董事长陈友牵头研发出亚洲首款合成石材料，这材料主要应用于电路板制程焊接工艺。

顺德水道，春潮涌荡。2002年，嘉腾机器人前身——嘉腾电子有限公司成立。

2005年，嘉腾进行大跨度转型，决定全力以赴致力于 AGV 的研发和制造。

虽然发现AGV（自动导引运输车）是个潜力巨大的"蓝海"，但是这个行业完全属于待开发，捷足先登的嘉腾其实并无优势，从零到一的过程是艰难的，研发、设计、工艺、零部件、生产线都要自己"摸着石头过河"。

保持发展领先和竞争优势，创新是第一动力。从2005年启动AGV研发，直至2008年才陆续有产品问世。这几年里，嘉腾的投入高达3000万元，但产品销售量却只有个位数，有些还是半卖半送。

辛苦积攒的"第一桶金"赔了个精光，产品研发举步维艰，但嘉腾创始人仍义无反顾，坚守赛道。

进入赛道不能退却，在困境中坚持、在坚持中摸索，嘉腾终于迎来了转机。2008年金融危机的"蝴蝶效应"逐渐蔓延，制造业企业不得不正视人力成本等因素所带来的经营压力。

正是从那时起，国内机器人行业慢慢起步，而嘉腾的产品已日趋稳定。

其中，与华为的合作无疑是嘉腾快速发展的一个关键节点。

华为原有合作方的产品由于精密度不高，无法满足华为工厂物流实现真正的高效与智能，而国外的产品采用的是激光制导，不仅价格昂贵，在技术上受到的制约性也较大。

综合考虑下，华为最终选择了嘉腾。

随着双方合作的不断加深，具有革命性意义的室外AGV如期诞生。

这款名为"大黄蜂"的产品，采用惯性导航，其特点是无轨可牵引2.5吨物料，并且能在室外防水低速运行。

"大黄蜂"采用了物联网技术、Wi-Fi调度技术，可以自行进出电梯，实现室外货物无人搬运。

这款"大黄蜂"还与另一款产品"小白豚"双双斩获2016年德国工业设计顶级大奖——红点奖。

在摸索中创新，凭着这样的信念和坚持，嘉腾利用技术优势，积极研发新产品，不断向"无人区"进发，拓展AGV机器人的应用场景。

创新不是大企业的专利。2021年底，嘉腾推出国内首台差速20吨AGV驱动单元，其驱动电机和减速器实现自主研发，性能达到国际先进水平。

2022年1月，嘉腾发布了名为"守护者Ⅰ"的抗疫机器人。

这一机器人能够实现多功能多模式消毒作业。

回首过去，创立20年来，嘉腾现已发展为细分领域名副其实的"隐形冠军"，拥有有效专利393项，为奔驰、华为、联合利华等60多家世界500强企业提供AGV产品和服务。

随着工业4.0浪潮蓬勃兴起，中国制造向中国"智造"转变日渐高涨。

在这一转型期里，可承受高强度作业且拥有耐久性的AGV，成为众多传统制造企业用以替代人工作业的最佳选择。

强者更强、优者更优。作为AGV早期的探路者，如今的引领者，嘉腾怀揣着"打通智能物流，成为世界AGV领域四大家族之一"的目标，定下了"要去火星上搬运与救援"的愿景。

站在新的起点，带着新的使命，嘉腾机器人要再次腾飞。

站在新的起点，通过上述千字内容，我们大概了解了嘉腾机器人的今生前世，这是远远不够的，那请你跟着我的脚步、我的笔触，走近已经20岁的嘉腾机器人。

二

2020年，每个人都过得不容易，每个人都了不起。

确诊，寻找，服务，回家，复产。

请记住2020年的春天。

春天的声响，

如春水流响、春芽坼裂和禽鸟鸣啭……

大地回暖，花木萌动，春天已准时到来，

疫情防控不能怠慢，发展也不等人，佛山也没有坐等。

春天来了，花儿开了，水乡盎然，

逆行迎花开，感激所有。

疫情下，有挑战，更有机遇。

疫情带来的行业之"冬"是积蓄能量、休养生息的时期，是企业家储备能量、蓄势待发的时期。

企业在2020年的命运决定于企业在疫情防控期间的积累。

疫情使企业生产放慢了节奏，同时也给予了企业和企业家沉心思考、升级学习的机会。

一米安全距离、隔席而坐、验核酸、围合、绿码、行程卡……

你看，头上三个喷头向上喷洒消毒液，体内伸出一条机械臂向下喷洒消毒液……

用创新点缀人生，让科技融入理想。一款名为"守护者Ⅰ"的抗疫机器人在嘉腾机器人公司发布。

这是一个融合创新设计的产品！

这是一款医用机器人，能硬核穿行于隔离房！

电影《守护者：世纪战元》是由萨里·奥德赛耶执导，塞巴斯蒂安·斯萨克、瓦谢斯拉夫·拉贝戈耶夫、桑扎尔·马季耶夫、艾琳娜·拉尼娜联合主演的科幻动作片，于2017年2月23日在俄罗斯上映，2017年5月19日在中国上映。该片讲述了俄罗斯为了应对野心勃勃的邪恶博士颠覆国家的恐怖袭击，重启冷战时期爱国者超级英雄计划，并与邪恶博士对抗的故事。

50集电视剧《守护者》是由李森、郝万军联合执导、张洪睿、曹艳等主演的年代战争剧。该剧讲述的是发生在军阀混战直到国共第一次合作破裂之后这段历史时期，吴鑫平为了守护国家财产，建造徐州花园饭店的故事，并于2017年12月15日在东方电影频道首播。

无影灯下废寝忘食，柳叶刀尖殚精竭虑，抗疫一线大爱无疆……他们是医师，人民健康的守护者。

从黑夜到黎明，从黎明到白昼。

在这场没有硝烟的战"疫"中，在疫情防控一线上，核酸检测点的医护人员、执勤公安民警、社区工作者、志愿者、快递小哥、保洁员、新闻记者……他们化身安全守护者，在各自平凡的岗位上，夜以继日地用责任和坚守，为众人筑起一道道安全屏障。

沧海桑田靠耕耘，科学发展得钻研，抗疫战也是科技战。

作为"守护者Ⅰ"抗疫机器人的主导设计师，陈飞龙告诉我，这款产品能够穿行隔离房，实现多功能多模式消毒作业，装配有双消毒液罐、360°消毒液喷洒与紫外线灯照射、机械臂精准喷洒消毒，支持自动循环消毒与远程控制消毒。

央广网这样报道：这款抗疫机器人诞生的初衷，就是为了减轻奋战在抗疫一线医护人员的负担，能硬核穿行隔离房。

谈及合作初衷，陈友说："早期嘉腾在医疗领域没有特别多的应用案例，恰好陈博士做精密医疗设备研究，我们一拍即合，用机器人赋能医疗。"

2020年年底，香港IPM公司与嘉腾机器人开始联合研究抗疫机器人。

经过数月对感染风险高、流动性大的场所的研究，以及调研市面现有的消毒方式，IPM与嘉腾共同成立了佛山精洁机器人（ICR），由陈飞龙担任CEO。

抗疫机器人最大的特点，就是加入了机械手臂这个元素，可以实现360°无接触式精准消毒。机械手臂不仅要能贴合产品的设计需求——折叠后能完美塞进设备里，而且能在平稳行进中消毒，这也是产品设计最大的难点。

"我们是全国唯一一家把机械手臂和AGV结合在一起消毒的企业，功能和设计上的专利也在申请当中。"陈飞龙把自豪写在脸上，他说"守护者Ⅰ"抗疫机器人融合了嘉腾机器人的AGV技术，以及IPM精密医疗设备的高精度作业开发能力，适应用于医院病房、感染科室、手术室，以及学校食堂、机场休息室和酒店等场所。

也就是说，只需建立地图，设置每个站点的消毒任务，"守护者Ⅰ"就会根据任务沿固定路线定期消毒，同时也可以远程通过5G控制它完成消毒工作。

抗疫需要大家共同努力，嘉腾机器人也在其中扮演一个角色：佛山精洁机器人共设计了五种用于医疗的智能机器人。

在"守护者 I"亮相前，嘉腾机器人迎来一位重要客人——上海交通大学医疗机器人研究院院长杨广中。

此次见面，嘉腾三位联合创始人与杨广中就AMR（自主移动机器人）在医疗领域的应用前景和落地方法进行了探讨。随后双方建立了定时沟通机制，合作打造医用机器人。

这是嘉腾在疫情下发掘的新需求之一。

受疫情影响，住宅、办公室、公共场所等各类场景都增添了"无接触"的新需求。作为国内AGV（自动导引车）机器人"领头羊"，嘉腾利用技术优势，积极开发新产品，拓展AGV机器人的应用场景，助力医院、监狱等场所实现无接触作业。

在抢抓新商机的同时，面对全球人流、物流受阻的情况，嘉腾响应全球客户需求，快速调整战略布局，紧急筹建海外技术服务中心，保障海外客户的技术服务。

嘉腾并非首次涉足医用机器人领域。

6年前，嘉腾曾经针对医院的消毒需求，开发一款医疗消毒机器人，但由于生不逢时，这款机器人当时并没有获得市场的认可。

机器人成本和人工费用的权衡是决定机器人代人能否推行的重要因素，而医疗消毒机器人可替代的人工有限，医院更倾向于选择人工消毒。

"长江后浪推前浪"，是历史规律。

新型冠状病毒感染疫情的暴发改变了这一传统认知。

在衡量机器成本与人工成本的天平上，现在多出了一个"生命成本"——为了防疫，"无接触"已经成为各类消费、服务场景的刚性需求，机器人也得以有机会广泛应用在各类场景。

动作协调可控，医院正是对无接触服务需求最迫切的场景之一，包括消毒机器人、手术机器人、人体运输机器人、解剖机器人等均有需求。因此，嘉腾的几位创始人再度萌生了进入医用机器人领域的念头，并迅速与行业专家杨广中达成合作。

疫情暴发之初，陈友就意识到机器人市场潜力正在快速释放。2020年2月份，他在朋友圈写道："今年很多人会唤醒，会知道机器人的重要性，今年才是机器人的元年。"

2月，细叶榕准时复苏，枝头生出繁星般的蓓蕾。

嗅到了新的发展气息，嘉腾开始抢抓新商机。除了医院，另一个AGV需求潜力较大的场景也浮出水面，那就是监狱。监狱采用集体生活制度，以往人工送餐和集体就餐的方式，在疫情下存在接触感染的风险，AGV恰好可以实现无接触搬运，满足降低感染风险的要求。

与医院类似，若单纯从成本考虑，监狱内增加AGV送餐并不划算，但在防疫关头，监狱开始考虑使用机器代人。

相比工厂等复杂的应用场景，监狱送餐属于较为简单的AGV应用场景，嘉腾也已开始与广东等地的监狱对接需求。

在陈友看来，疫情下涌现的这波新需求有一个共同的特点，即产品在技术上的要求并不复杂，甚至相比以往的工厂等场景更为简单。

"简单"二字的背后，是嘉腾对过去研发创新的持续投入，从而换取的技术储备优势。

三

　　你看，嘉腾再次登陆德国汉诺威工业博览会。

　　这是嘉腾联合创始人、副总裁陈洪波第五次代表嘉腾登上这个全球规模最大的国际工业盛会，他深信现在的嘉腾已有实力在全球AGV（自动导引运输车）领域占据一席之地，未来更有可能成为移动机器人四大家族之一。

　　今天、明天、未来一周、10天、15天的天气可以预测，日子一路走来，虽有欣慰，更有辛酸。

　　在创业的路上，陈洪波敲开过很多原本并不向嘉腾机器人开放的大门。

　　诞生于1947年的每一届汉诺威工业博览会，都牵动着陈洪波的心。

　　经过半个多世纪的不断发展与完善，诺威工业博览会已成为当今规模最大的国际工业盛会，被认为是联系全世界技术领域和商业领域的重要国际活动。

　　2015年，陈洪波去德国汉诺威参加工博会，这是全球工业的盛会，他是抱着学习和增长见识的心态去的，结果逛了一圈，发现没多少中国企业参展，更不用说中国的工业机器人企业参展。

　　广交天下朋友、共行天下大道，新时代中国以自信从容、海纳百川的气度，开启了中国发展同世界发展相互交融、相互成就的新征程。2016年，嘉腾机器人决心参展汉诺威工博会，但拿不到展位。

　　陈洪波出马跟工博会主办方沟通，他问对方："你们展会是有工业机器人，但是你们有会移动的工业机器人吗？你们是有机械手，但是你们有机械脚吗？你听说过佛山'无影脚'吗？我们这里的机械脚，做得很厉害的。"

山高路远恒者胜。这段沟通经历，被陈洪波用"该说的、能说的、想得到的，都说了"来总结，最终嘉腾机器人凭借中国方案、中国智慧拿到展位，成为首家走进汉诺威工博会的中国机器人企业。

回想起跟汉诺威工博会主办方沟通的经历，陈洪波觉得还是不够幸运，如果够幸运，早几个月拿到红点奖，就不用费那么多工夫。

德国一行，陈洪波很受启发："做产业与绿水青山就是金山银山一样，青山绿水是最好的基础，要形成个性化、差别竞争，设计创新不可少。"

冬日里也有阳光，沙漠中也会奇迹出现一片绿洲，久旱时也有一场甘霖。2016年，嘉腾机器人旗下的大黄蜂和小白豚机器人双双获得有"工业设计界奥斯卡奖"之称的德国红点奖。

也是在2016年，阿尔法围棋与围棋世界冠军、职业九段棋手李世石进行围棋人机大战，以4比1的总比分获胜。

这给了嘉腾很大触动。

驰骋赛场，是一种胜利。经过不断发展，嘉腾机器人已经推出了6代AGV（自动导引小车），服务了超过60家世界500强企业，拥有佛山和重庆两个生产基地，年营收规模达两三亿元，年销售移动机器人数千台。

AGV（Automated Guided Vehicle），直译为"自动导引运输车"，在国内有个更形象的名字——"无人搬运车"。

展望未来，要有志气。嘉腾并不热衷于从零开始制造机器人，陈洪波认为虽然软硬件对于移动机器人来说都很重要，但"术业有专攻"，佛山乃至珠三角地区雄厚的制造业基础，可以让嘉腾采购到物美价廉的组件，嘉腾希望能集聚产业链上最优秀的企业在自己的身边，形成移动机器人生态。

未来的竞争，不是企业之间的竞争，是产业链之间甚至生态之间的竞争。

着眼当下，陈洪波说他不是卖机器人的，卖的是交钥匙工程——解决客户的搬运需求。而不同行业的工厂布置、生产工艺各有特点，嘉腾需要先熟悉客户的生产流程和厂房设置，才可以拿出更好的解决方案。

嘉腾机器人的产品种类已经达到300种，在可以预见的未来，产品种类还会继续增加。

创立20年来，嘉腾不断向研发创新"无人区"前进。

"要另开一条路，要在'硬'的地方、难搞的地方去搞，这样才有价值。"陈友如是阐述企业的创新理念。

数字化潮流带来了历史发展机遇，也伴生着诸多风险与挑战。

有一次，嘉腾接到可口可乐饮料厂的项目方案。

不料，由于可口可乐饮料厂地面湿、黏、滑，给AGV运行造成了很大的困难。

陈友深知AGV负载重，路面湿滑容易引起轮胎打滑，安全和稳定性无法满足。。

要破解打滑的难题，最重要的是要有能防滑的轮胎。嘉腾找遍全球大大小小的AGV轮胎供应商，但最终未能找到满足潮湿环境使用的AGV驱动轮。

无奈之下，公司放弃了可口可乐饮料工厂的项目。

放下，是一道难题。

放弃，不等于停止。

嘉腾技术团队没有就此放过这一技术难题，而是进行了立项开发，成立研究小组，并与中南大学展开合作。经过3年多的努力，终于研发出AGV防滑驱动轮。

防滑驱动轮与地面的附着系数比一般驱动轮高50%以上，从而保证AGV在各种负载下能够提供足够的牵引能力，不跑偏、不打滑。

从投入产出比的角度来看，仅为了满足饮料工厂的特殊环境而开发防滑驱动轮并不值得，正因此，过去一直没有人去攻克这一难题。但是一旦做成了，就有可能成为企业的"撒手锏"。

在技术上、钻研上不满足于当下需求，而是不断"升维"，在"无人区"探索培育"撒手锏"，这是陈友从德国企业学到的招数。

几年前，陈友在德国一个小镇拜访供应商的时候发现，这个藏身小镇名不见经传的企业，竟能将叉车的承载能力做到60吨升高9米，而国内大部分企业仍未能超过10吨。嘉腾曾经做了一个承载10吨的叉车，但是仅能升高1米。

从市场需求角度而言，60吨位的叉车还没找到"用武之地"，但是从技术储备的角度来讲，这种"升维"式的研发能够带动技术能力实现跨越式前进，从而形成领先于行业的核心竞争力。

理想是反映美的心灵的眼睛。于是，嘉腾也立项研究60吨位叉车，项目已经进展到样机制作阶段。

对标国际前沿技术背后，嘉腾坚持企业要国际化，产品要面向全球市场。

回到远去的1998年，陈友还在中国台湾新竹科学园区工作时，就有感于当地企业的全球化思维，那里的企业做产品，对标的是全球市场的对手。

走向全球市场，一个重要的途径就是参加国际展会。自2005年推出了第一款简易型搬运机器人开始，嘉腾一直谋求登上国际展会舞台。

展会成为嘉腾与国际客户交流的重要窗口，在参加汉诺威工业展之后，嘉腾发展了约10家欧美合作伙伴。凭借过硬的品质，嘉腾获得不少国际龙头企业的信任，在这些好客户的助力下，不断地拓展国际"朋友圈"。

与一般消费品不同，机器人产品对技术支持和服务要求很高。遍布全球的客户也给嘉腾的服务带来不小的挑战。尤其是受疫情影响，全球物流受到巨大冲击，海外服务成为一大难题。

面对突发的疫情危机，2020年的农历正月初二，嘉腾紧急筹建了泰国技术服务中心，负责外籍员工培训及海外设备安装调试与售后工作。

正月初六，嘉腾即调派部分技术骨干工程师作为培训老师前往泰国待命，业务团队克服急需签证延期等突发状况，人员迅速集结到位。与此同时，价值上千万元的磁导航、激光导航、二维码导航、自然导航AGV等设施设备也紧急运抵泰国。

同时为了满足服务要求，嘉腾还招募了一批外籍员工，并且准备了超过1000平方米的培训基地备用。从3月初开始，新的技术服务中心开始为嘉腾的海外客户提供技术服务。

"嘉腾太厉害了！"

"神啦！"

客户欢呼起来，赞不绝口，在这个不平凡的春天，把订单都给了嘉腾。

3月春风起，藏在嘉腾"泥土"里的色彩纷纷铺展开来。

3月的岭南，光是纷呈的绿就令人目不暇接，更别说佛山大地上那一片片红彤彤的木棉花。

四

一家佛山、顺德本土民企，18年来只专注一个领域。

陈洪波这样回答：一定要把中国的民族品牌推广出去，不光要有创新的骨气和志气，还要有把中国产品做到有能力去参与全球竞争的实力，这才是做智能装备的企业要去思考的。

回想十几年前公司刚刚起步研发的情景，陈洪波依然很感慨：当时花了几年去做，做出来卖不出去；之前赚的钱，都变成了铁，这个铁还没人要，你说急不急？然而，光急于事无补。此后，嘉腾选择了一条并不容易的路：在困境中坚持、在坚持中摸索、在摸索中创新。

从2005年启动研发算起，嘉腾机器人至今已走过了18载。对一家土生土长的民营智能装备企业来说，既要承担做实业的种种压力，也要在一片空白市场中充当"探路者"的角色，过程中跌倒过也积累了不少经验，对国内不少实业企业来说或许是一种启示。

置身其中方知难。嘉腾机器人于2005年启动AGV产品的研发，到2008年才陆续有产品问世。

机遇总是留给有准备的人。

在困境中摸爬滚打了几年后，嘉腾终于等来了这个"机遇"，就是2008年的金融危机。

珠三角外向型企业众多，当时金融危机的"蝴蝶效应"逐渐蔓延，不少制造业企业不得不正视人力成本等因素带来的经营压力。也正是从那时起，国内机器人行业慢慢起步，而此时嘉腾的产品已日趋稳定了。

离开起点，是一种勇气。正是因为这样的过程，让嘉腾抓住了移动机器人的先机，才在这个行业里面有了一定的影响力，所以才有跟这些世界一流的公司合作的机会。

机遇，除了靠等，更要主动争取。

回溯嘉腾的创业之路，与华为的合作无疑是一个关键节点。

岁月不居，时节如流。回首过去，陈洪波思绪纷飞，感慨万千：当得知华为对移动机器人有需求时，对方其实已经有了AGV的供应商，我们就去跟他们交流，告诉他们我们起步比较早、有比较丰富的经验和沉淀，还给他们一些很好的方案，解决了室内运输机器人的定位精度、导航、数据化、调度智能化上的问题。

成为华为的AGV供应商只是第一步，双方合作开发的室外移动机器人才揭开了新的一页。这款名为"大黄蜂"的产品，此后数年为嘉腾赢得了无数荣誉，其中就包括世界设计界的"奥斯卡"——德国工业设计最高奖"红点奖"。

陈洪波透露，华为当时提出了一个条件，希望一个机器人的制作成本是50万，"这对我们来说很有挑战，从软件、硬件、导航都必须用革命性的方式来实现"。

"大黄蜂"采用惯性导航，其特点是无轨可牵引2.5吨物料，并且能在室外防水低速运行。由于采用了物联网技术、Wi-Fi调度技术，该产品可以自己进电梯，实现室外货物无人搬运。

陈洪波说："这款产品从第一代走到现在的第四代，再走到未来的第五代，这中间我们花费了5年，解决了1000多个问题，代码写了30万行。"

对任何一个新兴行业的企业来说，人才都是绕不开的一道坎儿。

解决好了，锦上添花；迈不过去，则举步维艰。

对嘉腾机器人来说也不例外，经过摸索，在用人方面，他们也形成了自己的一套模式。

没做过的事情要做一做。说到留人，嘉腾曾启动了一项全新的尝试，拿出1000万元推出企业版"工匠计划"。

"工匠计划"，针对的就是这种工龄比较长、技能比较熟的技工，只要干满3年，按不同的级别，可获得2万到5万元的奖励，激励广大员工，特别是年轻人跟随企业创业发展的洪流踔厉奋发、勇毅前进。

"工匠计划"实施5年后，嘉腾近600名员工中，技术团队的占比为三分之一。公司工会主席、合规部总监熊海霞告诉我，嘉腾机器人采用"线上+线下"的方式，为人才搭建起多渠道的学习平台，为人才成长赋能。

一方面，嘉腾机器人线上开设了"嘉师傅""腾厂长"两大培训平台。其中，"嘉师傅"上传了各种知识的学习视频，员工可因应自身需求进行学习，取长补短；"腾厂长"则展示了企业文化及工厂活力，增强员工的参与感。

另一方面，嘉腾机器人专门成立了培训学院，对新入职的员工进行培训；推行"师徒帮带"机制，以老带新，帮助新员工学习各种技能知识，快速成长。每年举办的劳动技能竞赛，则让员工能一展所长，营造浓厚的学习氛围。

员工郭颖欣在公司就找到了自己想要学习的平台，实现自我增值。

参与全球竞争要有实力。

你看，嘉腾机器人每年以中国的民族品牌的姿态，不断征战海外。在德国汉诺威工博会核心展位展出，获得国际知名的第三方检测机构ＴüＶ莱茵颁发的大中华区首张ＡＧＶ无人搬运车欧盟ＣＥ认证证书……

除了不追求短期利润外，在服务客户方面，嘉腾也不走捷径。

"现在还是'客户找你'的阶段，从这一点上来说是很幸福；但是，客户找你之后不能用一个标准的东西来销售，这又是我们这个行业比较痛苦的地方。"陈洪波告诉我，由于不同客户的产品要求不同、预算不同，上下游软硬件配套情况也不同，很多时候要提供定制化的解决方案。

除此之外，嘉腾还不断挑战产品的难度，推出了名为"小蚂蚁"的产品，在无人仓库大批量应用。

五

说到这里，也接近此文的尾声，我不得不跟你说说陈洪波。

踏上跑道，是一种选择。陈洪波却用"机缘巧合""误打误撞"向我介绍了他进入机器人行业的原因。

俗话说"过去的总挥之不去，将来的却迟迟未来"，并不巧合的是，自2005年进入到机器人领域后，嘉腾机器人已经成长为广东省机器人骨干企业、中国十大工业机器人品牌商之一。

15年后的2020年，嘉腾机器人入选工信部第二批专精特新

"小巨人"企业名单。

陈洪波出生于1977年，比我小1岁，与美的集团董事长方洪波同名不同姓，比方洪波小10岁。陈洪波是湖南人，毕业于湖南师范大学，学的汉语言文学专业，刚毕业的时候还当了一年的语文老师。方洪波1967年出生于安徽省枞阳县藕山镇万桥村杉木宧庄，毕业于华东师范大学历史系。

两位洪波都是师范大学毕业，这与1988年毕业于杭州师范学院的阿里巴巴集团主要创始人马云很相似，都是师范生。

在陈洪波的办公室里，靠门的墙上挂着一幅字，这是他的朋友请书法家写下来送给他的，他很喜欢，把字挂在访客坐下跟他聊天时抬眼就能看到的地方，那幅字是八个大字："民族情结，共进共赢。"

陈洪波把嘉腾机器人的文化总结为8个字："彼此忠诚，相互成就。"

他跟我与来客都这么解释，这个"忠"是忠于国家、忠于自己、忠于事业、忠于客户，而之所以能坚持做到"忠"，背后离不开爱。

在创立嘉腾机器人之前，陈洪波与他的小伙伴还有过两次创业经历。

2000年，辞掉教师职业的陈洪波搭乘绿皮火车，一路人挤人地从湖南挤到了广州，再换乘大巴车从广州到顺德。此前8年的1992年11月，方洪波从湖北十堰的东风汽车制造厂辞职，也是搭乘绿皮火车到广州，再到顺德进入美的集团工作。

在105国道上，陈洪波看到一块路标，吃了一惊，佛山还有地方取名"伦敦"吗？

定睛一看，原来是"伦教"。

下车后，"伦教"没有了老家的辣味，他开始适应新的一方水土。

陈洪波之所以离开家乡来到人生地不熟的顺德，是因为陈友的招徕，陈友是嘉腾机器人的董事长，也是嘉腾机器人创始人之一。

陈友还是陈洪波哥哥的高中同学，陈友和陈洪波两人是从小玩到大的兄弟。

陈友在20世纪90年代就来了顺德，他想创业，叫上陈洪波一起。

陈洪波、陈友两人一开始做贸易，珠三角一带电子厂云集，两人就买卖电子厂所需用品，例如，元器件、治具、夹具等。

低买高卖的生意风险低、门槛低，利润也微薄，攒了点钱后，陈洪波跟陈友开了个小厂，制造治具。

治具相当于一个模型工具，需要做到既轻薄又耐高温、防静电，对材料的要求高，当时治具的材料——合成石，几乎被欧美企业垄断，国内企业生产治具，绝大部分成本就是材料成本。

大江东去，惊涛拍岸，浪花淘尽英雄。直到现在，陈洪波还记得跟欧美企业买合成石的艰辛。

欧美企业不收人民币，陈洪波需要把人民币换成港币，那是他第一次见到港币；欧美企业也不愿意把材料裁小了再卖给中国企业，中国企业拿到的货，通常是像门板那么大的一块料，陈洪波就带着这些大块头材料，在虎门大桥等朋友的顺风车，连厕所都不敢去上，怕丢，一块材料就要几万元。

回到海珠桥，还要换乘公交车，大多数公交车司机都不欢迎带着"门板"的乘客。偶尔等来一辆公交车，司机说："你上来吧，注意不要碰到人。"

陈洪波就会一边搬着"门板"上车，一边对司机说："谢谢！"

敏而好学，不耻下问。后来，为改变受制于人的局面，陈洪波等人与高校合作，2003年推出自主研发的合成石材料，获得发明专利，一举拿下亚洲地区合成石材料市场。

做合成石材料生意时，在定价上，陈洪波和陈友摸着石头过河，差点犯了两个错误。一开始，陈洪波和陈友想给材料定价为每公斤200元，因为自己的成本是每公斤100元，陈洪波觉得，就算是定价200元，利润都是百分百，已经是暴利了。但顾问告诉他们，定价的依据是市场情况，当时市场上合成石材料的价格是每公斤400元，建议他们定价每公斤350元，再慢慢降价，总会有回到每公斤200元的时候。

陈洪波等人采纳了顾问的意见，材料卖得红火，避免了这个错误，最后却犯了另外一个错误。

陈洪波复盘合成石材料生意时觉得后期对自己的价位过于自信，给山寨厂留下了生存的空间，"如果我们降价快一点，山寨就起不来了，我们就能多赚点，第一桶金就足一点，机器人事业也起来得快一点"。

做合成石材料后，陈洪波等人过了一段很滋润的日子，但没多久，他们就意识到危机，一定要转行。

一来是合成石材料的市场空间小，二来是合成石材料的核心竞争力是配方，就算别人研发不出更好的配方，模仿现有配方并不难，这个行业很容易从蓝海市场变成红海市场。

没有人能靠一件产品打天下，企业家如果不持续创新，很快就面临一个问题，5年后你卖什么，你能提供什么价值？

机缘巧合之下，陈洪波等人决定做移动机器人。这一想法源于有工厂老板跟陈洪波等人说，你们的治具做得挺好的，但是你们能不能让你们的治具自己过去指定地点自己再回来？一天搬运治具几百趟好累人呀。

陈洪波吃过搬运之苦，觉得这是个商机，而且市场空间大，试问世界上哪个工厂不需要搬运东西？而且移动机器人技术门槛高还可以一代代更新升级，上升空间大，这个赛道可比合成石材料大多了。

立志要如山，行道要如水。不如山，不能坚定，不如水，不能曲达。

说干就干，陈洪波等人停掉了原来的治具生产，把全部精力以及做治具积累下来的几千万元资金投入到移动机器人行业。2005年，嘉腾立项开发无人搬运车。

六

转行到移动机器人行业后，陈洪波等人很快就遭到了现实的"毒打"——前5年都陷于亏损，把先前积累下来的数千万元赔了进去还贷了款，拉不到新投资，最难的时候，作为老板，发完工资后口袋里只有几十元，想回家过年却最终没有成行，在工厂里跟自己的机器人一起过年。

绳锯木断，水滴石穿。忆起创业初期的艰难，陈洪波对困局背后的原因看得很透彻，一是自己的产品确实拿不出手，谈不上智能化、自动化，只有两个按钮，按一下左边的按钮，机器人往左走，按一下右边的按钮，机器人往右走，而且走得摇摇晃晃，客户或领导来参观时机器人"罢工"这种尴尬场面也发生过；二是目标客户还没认识到"机器换人"的重要性和必要性，智能制造、工业4.0这些概念还未深入人心，想教育市场尚且很难，更不用说开拓市场。

在珠三角的企业中，大家都有个观念，谁的厂子大、谁招的人多，谁的老板就大，人还没那么难招，人力成本也没那么高，谁会听你说什么机器人。

安家之后，才能乐业。创业前3年，嘉腾机器人每年卖出去的移动机器人数量是个位数，时间久了，连妻子都不是很理解陈洪波的事业，问陈洪波，你为什么要葬送掉原本来之不易的好日子？

陈洪波和陈友却对移动机器人行业很坚定。

做企业就是这样的，都是积累的过程，没有任何产品或者技术会从天上掉下来，也没有种子一下去就能成参天大树，你很明白是要坚持的。

陈洪波认定移动机器人是有前途和价值的，也可以看到那些机械手臂企业是怎样过来的，他更明白要坚持。

陈洪波经历过自家移动机器人从简陋的状态慢慢变好，内心欢喜，他觉得这跟养宠物、养小孩一样，养着养着会养出感情，别人看到的是，嘉腾的机器人长这个样子，他看到的是，嘉腾的机器人得经历过什么才能长这个样子。

直到今天，嘉腾机器人总部的二楼展示大厅里还摆放着嘉腾创业之初的机器人，尽管它们看起来笨拙老旧，但陈洪波很欢迎访客去参观他的"幼儿园时期"产品。

嘉腾机器人的日子好过了起来，这得益于制造业转型升级浪潮的普及，也得益于旗下产品的改善。嘉腾机器人步上正轨后，陈洪波开始直面常让企业家头疼的一个问题——人才招聘。

一条跑道，要4个人去打造一个信念，要4个人去拼搏。

在创业的路上，陈洪波不是单打独斗，嘉腾机器人的创始团队有4个人，但他们都是白手起家，有的人还来自农村。与众多创业者的经历类似，陈洪波也经历过创业初期的煎熬，一度亏损到几乎要赔上全部身家，幸运的是，嘉腾机器人活下来了。

嘉腾机器人的创始团队里，陈友是技术出身，分管研发；有一个人是汽车工程出身，分管生产制造；陈洪波对外负责销售、沟通，对内负责组织建设。

嘉腾机器人需要高层次人才，例如博士、硕士，但这些人并不好招聘。嘉腾不是知名大企业，陈洪波深知高薪招人不是嘉腾的撒手锏，嘉腾给得起的薪水，大企业也给得起，更不用说机器人行业被看好后，有的跨界者携带大量资本杀进这个行业。在招人上，嘉腾需要另辟蹊径。

陈洪波列举了几个要点，例如，尊重和善待人才，知人善任，给人才留足发挥作用的空间，让其感受到工作的成就感等，从而死心塌地留在嘉腾或者留在移动机器人行业。陈洪波觉得这是可以做到的，"我误打误撞进了这一行，都可以坚守下来，他又为何不能留下来呢？"

而事实上，要做到这些并不容易。

对于人才，嘉腾的姿态放得很低。

陈洪波还记得，创业初期，嘉腾想要招聘广州的一名专家，专家告诉陈洪波："我不想去你们顺德总部办公，我想在广州靠近地铁口的地方办公。"

陈洪波当场就说："可以，公司给您在广州租靠近地铁口的办公室。"

直到今天，嘉腾依然在广州的CBD珠江新城租了办公室，陈洪波知道，有的人就需要广州的社保、公积金或者家人在广州，不想在广佛之间通勤，没必要为了省一点租金而给想加入嘉腾的人设置障碍。

在招人方面，成功招到一名清华毕业生且这个人在嘉腾工作至今的故事，让陈洪波得意了很久。

这名清华大学毕业生曾经是佛山南海的高考状元。

他一开始对于入职嘉腾机器人犹豫不决，问陈洪波："我只会做数学题哦，我能为机器人做什么？"

陈洪波宽慰他说："没关系，你到嘉腾来，也做数学题就好了。"

后来，这名毕业生的一个算法，让嘉腾的机器人在硬件不变的情况下，速度提升了一倍。

当然，并不是所有的招聘都尽如人意，嘉腾也曾碰过壁。

在清华大学做招聘宣讲时，陈洪波曾被一个学生发问："顺德在哪里？"

陈洪波一听，心里凉了大半截，人家连顺德在哪里都不知道，怎么可能会愿意到顺德来定居、生活和工作？

陈洪波将这个情况告诉当地政府后，当地政府就把顺德的美食、音乐会搬进了清华校园。

陈洪波深知大良是广府文化发源地之一、顺德是中国曲艺之乡。

结 语

在陈洪波看来，企业家精神的一个精髓是，认定了一个行业就要勇敢地坚守下去，能为了自己的企业奋不顾身，中国并不缺少这种为了某个行业或某个事业而奋不顾身的人，这些人成了大众心中的"符号型"人物，例如袁隆平、钟南山。

在这个行业待久了就明白，最大的困难还不是二维码导航、指挥系统调度，这个产品最大的瓶颈是要举500公斤，举升的东西一定要做到很安全、稳定、可靠。

这是陈洪波总结的创业经验。

高度智能化的工业机器人的产量比重越来越大。

载重达到20吨级，驱动电机和减速器实现自主研发，性能达到国际先进水平……2021年庆祝澳门回归纪念日那天，国内首台差速20吨AGV驱动单元在嘉腾机器人面世。

你可知道，目前市场的20吨及以上重载AGV售价均超百万元，且大多数产品采用"舵轮"设计，轮子磨损速度快、维护成本高；在承重100吨以上的重型、超重型AGV的高转矩、低底盘、全转向的驱动轮单元产品方面，国内则处于空白。

你可知道，为突破"卡脖子"技术，嘉腾机器人采用差速重载动力模组及控制策略，开发低底盘、全转向的重载AGV驱动装置。

你可知道，20～100吨负载的重载AGV可应用在航天、高压容器、码头集装箱搬运、大型基建工程、模块化建筑工程、重型模具自动转运、钢材生产搬运、铁道列车生产、船舶制造、军工行业、冶金行业或工程机械等行业，还可替代港口、机场、飞机制造、铁路机车检修及制造、造纸印刷等行业大量人力劳动，减少安全隐患。

而今，嘉腾一款正在立项的产品是在港口使用的可举升70吨甚至100吨的移动机器人。

全国有多少港口？

这种港口的改造会越来越大。

如果嘉腾能够搞定，就是佛山制造、顺德智造的一个好消息。

时间在流逝，赛道在延伸。如今，嘉腾机器人位于顺德杏坛的新工厂已经建成，年产能提升至10 000台以上，未来5年的产值可达到10亿到15亿元。

回看成绩，嘉腾之所以能够在经历了疫情后如此从容，得益于他们能够看清时代的潮流、找到了企业对于客户的核心价值，因此能够在疫情带来的"阵痛"中顺势而为，看到潜在的发展机遇，真正做到了顺势而为。

站上新起点，舞台更宽广。嘉腾机器人在属于自己的赛道上创新夺锦、施展所长，勇往直前的发展图景越来越美好。

春光明媚，日暖氤氲。愿陈友、陈洪波不负春光，不负岁月，不负未来5年；不负"要去火星上搬运与救援"的愿景；不负新时代铺好的赛道。

踏入赛道是意志的拼搏。

赛道追赶是速度的挑战。

胜利在向嘉腾机器人招手。

你听，2023年2月7日，在佛山市政协十三届二次会议的"委员通道"，佛山市政协委员、广东嘉腾机器人自动化有限公司副总裁陈洪波说，2022年11月初开始，他前往美国为工厂选址，先后考察了洛杉矶、底特律的奥克兰县、北卡州等多个城市，一路拜访了朋友、客户、合作伙伴等，看到了很多新产品、新技术，也发现了市场需求。

你看，嘉腾机器人最终决定把美国工厂定在底特律，于2023年4月正式投产，陈洪波也在广东省"粤讲粤精彩"演讲比赛中获奖。

第四篇

突破了行业原有的极限

"蛇形机器人、仿生扑翼飞行机器人、深度模拟人手的七轴机器人，展示了机器人的前沿技术。"2023年8月10日，在海创大族机器人智造城与北京科技大学顺德创新学院举行的战略合作签约仪式上，海创大族机器人智造城总经理李凯说，智造城是佛山国家高新区顺德园、广东省高质量发展先行示范区重点项目，并报告：作为佛山三龙湾机器人谷核心园区，项目是针对机器人新兴产业发展规划而打造的特色产业园之一，大族机器人总部、可信华成、德企德利康等知名机器人领域企业相继进驻，将带动上下游千亿产业集群，致力成为粤港澳大湾区智能制造产业升级发展的重要引擎。

引　子

1900年，斯蒂格尔迈尔公司成立，总部设在德国赫福德市。

2017年，深圳市大族机器人有限公司成立，总部设在中国广东。

赫福德市是德国厨房家具制造商主要集中地，拥有许多德国乃至全球知名的品牌，其中一些已经存在了100多年。2005年以来，赫福德市自称为"世界厨房之城"。

深圳是国务院批复确定的中国经济特区、全国性经济中心城市、国际化城市、科技创新中心、区域金融中心、商贸物流中心。

有谁会想到，120年后的2020年，120周岁的斯蒂格尔迈尔公司会与3周岁的深圳市大族机器人有限公司，1450年，也就是在景泰元年建县的顺德牵手"联姻"。

顺德是中国家电之都、中国燃气具之都。

也没有人会想到，我国第一台水下机器人"海人一号"在1985年进行了海试，最深下潜到199米；可到2020年，我国自主研发的机器人"海斗一号"在马里亚纳海沟的下潜深度达10 907米，刷新了中国无人潜水器最大下潜深度及作业深度纪录。

不断打破纪录，是大族机器人的追求。

一

简单粗暴地说，深圳市大族机器人有限公司，是由上市公司大族激光科技产业集团股份有限公司投资组建的控股子公司，是在大族电机机器人研究院100多人的团队基础上孵化而成的国家级高新技术企业，位于深圳市宝安区大族激光全球智能制造中心，致力于智能机器人在工业、医疗、物流、服务等领域的研发、推广和应用。

深圳是个有机会的城市，也是创造奇迹的城市。

2018年9月19日，2018杭州·云栖大会在云栖小镇正式开幕，大会第一天就吸引了12万多名观众到场参加，堪称历届之最。大会以"驱动数字中国"为主题，展开数字化的探索和研究。在3万平方米的生态科技展区吸引了来自全球超过200家科技企业参展，其中包括英特尔、英伟达等众多顶尖科技企业到场，更是聚集了大量的人气。

大咖们探讨新技术、新领域、新方向、新发展。

阿里巴巴达摩院人工智能实验室携手天猫精灵、大族机器人、梅卡曼德共同亮相云栖大会，展示了智慧物流车与智能机器人的协同应用。

这时，距离大族机器人创立刚好过去1年时间。

大族机器人的协作机械臂Elfin5首次参加云栖大会，与达摩院人工智能实验室的智慧物流车太空蛋紧密配合，向观众及各路大咖展示贴合生活场景应用。

客人通过语音唤起天猫精灵，下单后由Elfin给太空蛋上料、补料，随后太空蛋再将饮料送到客人手中。

整个流程无人工服务操作，小编不禁感慨，生活中还有许多场景都可将服务人员解放出来，使得人们可以做更多有价值，有意义的工作。

达摩院太空蛋携手大族Elfin一经展出就引来广泛关注，迎来各路大咖驻足观看。

阿里巴巴CEO张勇、CTO张建峰、蚂蚁金服井贤栋等阿里巴巴达摩院人工智能实验室科学家团队前来体验。

富士康集团创始人及董事长郭台铭团队一行对太空蛋和Elfin也有极大兴趣，郭台铭还体验了一把新潮的应用并驻足观看Elfin的上料过程。

太空蛋和ELfin吸引了BBC电视台的记者前来体验采访。

此时，"新制造"已不再是新鲜话题了。

自从德国提供工业4.0，中国相继提出2025战略之后，制造业转型升级，在国内被炒得火热，业界都意识到只有不断创新，改变原有的生产作业方式，才会顺应潮流发展，不被淘汰。

然而，随着工业机器人的普及，有关人员发现传统的工业机器人也存在一定的弊端。例如，机器人运行中的安全问题，编程时间长，不适用于小批量个性化的生产等问题相继暴露出来。

协作机器人的出现，在很大程度上弥补了工业机器人的弊端。

大族机器人的明星产品Elfin在应用时，大幅缩短换线后可编程的周期，在安全方面，机器人在运行中也不需要加安全护栏等。在有外力碰撞时，机器人会感应到随即停止运行，避免了对人或机器人的二次伤害。

这就是满周岁的大族机器人。

二

深圳大族机器人有限公司总经理王光能，是北京航空航天大学工程硕士、南方科技大学机器人研究院产业教授。

王光能的光环还有国家科技重大项目负责人、国家技术发明奖获得者、深圳市专家库专家，多次获得深圳市科技进步发明奖、广东省科技进步奖、国家技术发明奖，国内、国际专利超过50项。

2005年，作为创始人之一的王光能正式加入大族电机。

从大学就致力于研究运动控制的他，以技术负责人的身份锻造着大族电机的核心竞争力。在他的带领下，不仅在公司内部创立了与谷歌相似的技术孵化机制，也带领出了对内可以专注研究，对外可以判断市场的复合型创业团队。

一般来说，普通变频器驱动的电机每分钟运转3000次就算性能达标了，但王光能的第一台高速变频器就达到了2万次/分钟。

教授对他的评价是："研发能力在本科阶段就已经达到了研究生毕业的水平。"

王光能领导的大族电机技术团队着力于直线电机、力矩电机、精密减速器以及与机器人相关的部件研究。展望未来，要有实力。作为技术带头人，他在运动控制领域的研究20多年前就开始了。

太阳一升一落，年已悄然离去。在北航，王光能度过了他的学士和硕士生涯。7年间，给他留下最深刻印象的是让他开启了"运动控制"生涯的研发实验室。

作为中国最早的电气工程学研究院校，北航自动化科学与电气工程学院无论是在理论知识的传授，还是实际研究操作方面都颇有建树，这些都给从小就是"学霸"的王光能创造了良好的学习和实践条件："学校不仅在理论上给予我专业知识的启蒙，更是创造了良好的实验条件，能够接触到很多实际项目，像激光散斑干涉测微实验、环境监控系统搭建、数据采集分析……"

在王光能看来，北航带给他最重要的收获，就是通过动手能力的培养有意识地让学生独立思考、自主研究。更加幸运的是，他和其他几位同学还获得了一项"特权"——大二时便拥有了配备当时最先进Windows95系统的研发实验室。

在这里，王光能和同学完成了大学生涯中的第一次自我超越：独立研发出了两个真正具有实用价值的项目。在大四阶段还自主研发出超越常规3000转/分变频器数倍速率的2万～3万转每分的高频变频器。

一个人的知识，通过学习可以得到；一个人的成长，必须通过磨炼。基于扎实的理论和实操功底，王光能在硕士毕业后得到了ASM国际子公司ASM PT（新加坡）的青睐，从事自己擅长的运动控制领域。4年间，最让他有成就感的是所在团队短期内完成了autofocus自动调焦的项目攻关。你可知道，这个项目曾因核心技术难以攻克而搁置两年。突破意味着应用设备的更新升级，从而提升每台产品的附加值，给公司额外创收，这让他颇有成就感。

在谈到从学生向参与社会分工的技术工作者的转变时，王光能向他的朋友杨阳感慨："在学校不管是学习知识还是实验发明，更多的是'单打独斗'。真正工作了就知道团队合作的重要性，在ASM每周要工作60个小时以上，但大家没有加班的概念，团队氛围特别好，都是为了达成确定目标而努力。"

北航培养的个人能力，加上在ASM练就的团队协作的精神和习惯，为王光能日后打造大族电机的核心技术竞争力，以及带领机器人研究院团队打下了坚实的基础。

自从作为核心技术骨干加盟大族电机，从研发中心到成立机器人研究院，王光能和他的团队一直担当着公司"大脑"的角色。

后来，虽然在业内已经有骄人的成绩，但因为业务属性本身体量较小，并不能满足公司持续增长的发展需求，为追求稳定发展，大族将目光投向未来更具发展潜力的机器人领域，于2014年正式开启业务。

在王光能看来，与核心零部件一样，机器人本体软硬件的研发和设计需要扎实的基础研究。不过好在，基于相关业务部门的创收，大族机器人的研究可以在一个相对宽松的财务环境中进行。

科研一定要允许失败。没有人在研究开始之前就能判断一项研究的好坏，基础研究本身就是一场"持久战"，不能太急功近利。

在这样的背景下，大族机器人研究院应运而生。而作为技术团队的核心领袖，王光能也成为机器人研究院的首任院长。

为预防人才流失，谷歌成立了内部创业孵化器Area 120。早于谷歌，大族机器人研究院自成立之日起便采用了内部孵化机制。

为阻止员工跳槽创业公司，谷歌在内部建立了孵化器。

创业的路上，更需要坚强。一直以来，谷歌都鼓励员工用20%的工作时间研究自己喜欢的项目，而新制"Area 120"则在理论层面允许参与该计划的员工全职研究喜欢的项目。

比谷歌更具有先见性，从2014年成立大族机器人研究院起，王光能便以孵化器的方式运营项目："公司员工无论层级都可以立项，围绕机器人相关业务，包括本体、AGV、导航、控制、应用开发，以及视觉、夹爪等软硬件，都可以形成产品线进行深度研究。经过几个月到半年的培育，如果所研发产品的市场前景可观，有量化产出的价值，就可以针对该产线单独成立事业部，独立运营。"

正是基于制度、人才、市场三个方面的良性运作，自确立以来，大族机器人研究院的孵化器机制一直运行良好。

三

大族机器人成立后，很快形成了以三款不同类型的协作机器人为核心的产品矩阵，分别对应业务场景需求不同的客户群体。

大族机器人最早推出的是Elfin系列的协作机器人，应用于自动化集成生产线、装配、拾取、焊接、研磨、喷漆等领域。Elfin系列有5种不同的有效载荷，简单易用易部署。

创业其实首先就是创新。后来，大族机器人对Elfin系列进行了升级，迭代出Elfin-P系列。

生命还须前进。动，便是生。Elfin-P系列被加装了更高级的防护机构，防护等级进一步加强达到IP66，防尘防水保障了其能够在油污、潮湿等恶劣环境中应用自如。同时更新定位算法，拥有更好的安全性能及重复定位精度（±0.02mm）。

Elfin-P系列作为一款轻量型的6轴协作机器人，采用独特的双关节模组设计，在工作时也能获得更高的灵活度，广泛适用于作业流程复杂、安全等级需求较高的中端客户场景中。

而在接下来的震撼发布，引起了行业不小震动的新品MAiRA系列，则被大族机器人定义为整个行业那时最高端的一款协作机器人。

MAiRA系列集成了最新型的传感器，在控制系统和应用系统中实现了开创性的人工智能集成，视觉识别能力进一步提升，随时感知周围环境并及时做出反应。同时，易于编程的功能及便利的交互性让不论是初学者还是专家，都可以快速上手。

对于这款大族机器人引以为傲的产品系列，王光能很是满意与兴奋、自豪："MAiRA 打破了人与机器之间的界限，让人类和机器之间的联系更加紧密，MAiRA系列凝结了我们大族机器人整个团队的心血，在精度，智能化上突破了行业原有的极限。"

MAiRA系列协作机器人在七个自由度的基础上，定位精度做到了0.01毫米，也就是10个微米的重复定位精度，打破了以往的定位精度纪录。

对于这样的成绩，王光能却说："大族机器人到今天还不能说成功，甚至说离成功还很远。但是我们对未来的成功是充满信心的。因为我们已经投入了大量的时间和资源，解决了第一代协作机器人及第二代智能机器人的几乎所有核心技术。包括中空电机、高响应伺服驱动器、高精度位置传感器、高精度力矩传感器、机器人控制器及安全控制器等。这在全世界的机器人行业都是罕见的，是我们公司的独有优势。只要扎扎实实地做下去，不成功是没有道理的。"

梦想蓝图，设计美好。

对王光能来说，规划实际上还是动态的。

他说大族机器人有一个终极的梦想，就是希望有一天每个人家里都有一台机器人，是不同于工业领域应用机器人的真正实现了智能化的机器人。

2020年10月9日，深秋的深圳气候宜人。大族机器人在那天完成了1.65亿元A轮融资。本轮资金主要用于加速大族智能协作机器人的研发和市场推广，推动其在工业、医疗、物流、服务等领域的应用。

在此之前，大族机器人于2019年在德国成立了德国子公司，开发新一代的智能机器人；大族机器人已经联系了10多所欧洲顶尖大学，建立了战略合作关系。

四

2020年11月28日，是值得纪念的日子。

上午9时8分，大族机器人官方发布了《记住今天｜大族机器人先进制造集中示范园动工仪式顺利启动！》的推文。

是的，那天，顺德北滘在西海二支地块举办"村改"总攻招商大会暨大族机器人先进制造集中示范园动工仪式。

顺德官方当天的发布是这样的：作为机器人自动化、人工智能领域技术领先的"新星"企业，大族机器人在上月方获1.65亿元A轮融资。值得关注的是，伴随着企业投资20亿元的顺德园区正式动工，也标志着大族机器人全球总部"落地"顺德，产值可达到60亿元。

你可知道？深圳市大族机器人有限公司是11月9日，以21 437万元竞得这块地块。仅隔20天，大族机器人先进制造集中示范园启动建设，项目高效推进彰显"佛山速度"。

大族机器人此次决定把公司全球总部"落地"顺德北滘，而大族机器人先进制造集中示范园就是其中的载体之一。

《珠江商报》报道，示范园项目是佛山市为落实省委省政府对顺德提出的"高质量发展"要求，以机器人产业为核心突破口而引进的重点项目，也是顺德区"中国机器人小镇产业园"的重要组成部分。项目占地面积约225亩，规划总建筑面积约60万平方米，总投资20亿元，4年内完成园区建设。

大族激光科技产业集团股份有限公司副董事长张建群告诉我，因为深圳土地资源紧缺，公司发展显"捉襟见肘"，而顺德地处大湾区核心区域，优势突出，因此选择了顺德，"经过了一年多的洽谈，在政府的支持下，项目在北滘'落地'了"。

也就说，大族机器人刚满两周岁时，顺德区政府就开始与大族机器人洽谈合作了。

说到这里，我要告诉你一个秘密：在2018年4月的德国汉诺威工业博览会上，佛山、顺德就曾主动向大族机器人抛出"绣球"，积极牵头对接示范园项目，为三龙湾产业发展空间"招亲"。

大族机器人有限公司副总经理王献礼说，大族机器人是要在顺德打造一个机器人生态，并孵化欧洲顶尖研发团队的尖端研发成果，实现机器人所有核心技术、全部关键零部件的自主研发。

我在仪式现场知道了大族机器人研发实力较强，其核心技术包括电机、伺服驱动器、控制器、传感器等机器人核心零部件技术，并推出相关机器人产品和自动化解决方案。

大族机器人所入驻的区域——北滘机器人小镇产业园西海二支地块，是北滘2020年推进的超千亩现代主题产业园地块之一。毗邻顺德机器人谷项目，这里建成中国机器人小镇产业园重要片区，定位为机器人产业示范基地。

王献礼还告诉我，示范园规划建设的高标准厂房及相关配套，会全面适配创新企业从研发、试制、生产、检测、组装、展示、卸货与仓储物流等功能需求。

2020年是深圳经济特区建立40周年，支持深圳建设中国特色社会主义先行示范区，是佛山的发展机遇。大族机器人落户北滘，恰逢其时。

在2020年11月10日举办的2020佛山三龙湾城市品牌推介会（深圳站）上，王光能作为三龙湾体验官，现场分享了企业选择三龙湾的理由以及与三龙湾邂逅的故事。

核心区在顺德的三龙湾对德合作的独特平台和资源优势，也是吸引大族机器人落户的原因。

大族机器人已在德国斯图加特成立德国子公司，核心技术团队来自弗朗恩霍夫协会、德国人工智能研究中心和汉堡工业大学，并聚集了来自中国、德国、美国、英国、瑞士、意大利等国家的世界顶级机器人和人工智能领域的专家。大族机器人德国子公司已与大众、宝马、奔驰、空客等十几家世界高科技巨头达成合作意向。

选择佛山之前，王光能和德国团队调研、讨论多次，相信大族机器人先进制造集中示范园项目为未来中德合作提供更好的样板。

还有一点让王光能念念不忘：2016年佛山牵头发起中德工业城市联盟，秘书处设在顺德，联盟成员包括47座中德城市；

德国汉诺威机器人学院成立其海外唯一授权机构——佛山机器人学院。

王光能知道，这些优质智能制造企业与服务提供商，在德国经验与佛山制造的帮助下，已经形成了互补互益的有机生态圈。

时间飞逝。

到2021年8月19日，还是在北滘镇西海二支工业区，一座崭新的机器人产业园区——海创大族机器人智造城已经拔地而起。

以大龙头带动大产业，以大平台承载大发展。

大族机器人先进制造集中示范园已经改名为海创大族机器人智造城。

这座城由大族机器人领衔，孵化欧洲顶尖研发团队的尖端研发成果，实现机器人所有核心技术、全部关键零部件的自主研发，直接带动机器人产业上下游企业，形成以协作机器人为核心的机器人全产业链生态集群，为顺德打造面向全球先进制造业创新高地提供强力支撑。

魏春胜告诉我，包含大族机器人在内，园区已有来自全球的67家机器人上下游企业签约进驻，涵盖了系统集成、智能制造装备、智能生产、工业互联网、云计算等领域。进驻的企业中，大多来自广深，其中广州26家、深圳23家，还包括佛山本地及东莞、中山等地的上下游企业。

选择一座城，有很多种方式。有时，是在一场生意中，品读到了一座城的人文，感受了它的性格；有时，是在一次次的交易中，日积月累地加深了对一座城的认识，沉淀了对它的感情；有时，是在一座城扎下根来，与它共同成长，直到当初的他乡成了第二故乡……

这些企业选择顺德的一个原因就是原材料优势颇为明显。

以工业机器人底座使用的钢板为例，企业直接在乐从采购，成本可降低15%，这些优势利好都是吸引粤港澳大湾区机器人上下游企业集聚的重要因素。

栽下梧桐树，引得凤凰来。

魏春胜向我介绍，海创大族机器人智造城要建设智慧园区管理系统，为企业提供产业运营、智能办公、智慧安防等服务，还会配套建设人才公寓、图书馆、咖啡厅、停车场等生活设施。

五

顺德机器人产业生态圈再扩容！

9月1日，开学日。

2021年顺德机器人产业招商大会在北滘西海二支海创大族机器人智造城内举行。国产机器人龙头埃斯顿大湾区总部、中设华南智能制造产业基地等一批项目签约落地顺德。

同时，海创大族机器人智造城一期封顶，二期正式动工，瞄准机器人全产业链生态集群，剑指产值百亿级园区。

埃斯顿是中国运动控制领域具有影响力的企业之一，在核心部件、工业机器人、机器人智能系统工程等方面具有全产业链优势。埃斯顿规划在顺德设立华南区总部，并与德国百年焊接巨头Cloos（克鲁斯）共同成立研发中心，利用Cloos的焊接技术优势和埃斯顿标准化机器人方面的优势，布局华南区工业机器人及智能制造系统、伺服及运动控制产品等市场。

忆往昔，繁华竞逐。埃斯顿曾收到国内多个城市的邀请，但最终还是选择顺德，选择了有着570多年历史的水韵凤城，原因在于这里是珠三角的中心区域，有着机器人广泛的应用场景。广州中设机器人智能装备股份有限公司董事长刘长盛也表示，良好的营商环境和雄厚的产业基础，是他们将项目落地顺德的重要原因。

中设华南智能制造产业基地要建设工业机器人及智能装备生产基地和机器人系统集成智能技术研发中心。新生产基地项目能扩大机器人自动化生产线生产规模，助推传统的机器人自动化生产线向智能化、柔性化生产转变，从而实现产品的定制化、个性化需求，对汽车、工程机械、新能源电池、航空航天等高端装备制造行业机器人自动化生产线进行自主研发，占领智能化机器人的高端市场。

那天，得益于顺德日益壮大的机器人产业集群，海创大族机器人智造城一期已引进67家企业。随着二期项目正式动工，华机机械、洛施达传感器等4家机器人配套企业作为第一批代表与海创大族机器人智造城签订了入园协议，助力园区打造以协作机器人为核心的全产业链生态集群。

在海创大族机器人智造城不远处，碧桂园斥巨资打造的博智林机器人项目实现了快速发展。2018年，博智林机器人横空出世，3年多来，已累计引进和培养研发人才近4000名，申请发明专利近3000项，建筑机器人已从研发阶段进入大面积应用阶段。

赢得人才，就是赢得未来。

在现场看到此情此景，广东博智林机器人有限公司发展事务部总经理林智斌高兴地说："欢迎机器人企业入驻顺德，和博智林做邻居，携手把顺德机器人谷建设成为机器人行业的硅谷。"

好事、喜事接踵而至。

13天后的9月13日，海创大族机器人智造城与德国斯蒂格尔迈尔公司举行签约仪式。

这家德国百年企业正式进入中国，进入佛山，为打造中的机器人小镇带来德国先进的制造业资源和产业服务新理念。

120年来，斯蒂格尔迈尔一直是各类医疗护理用床行业的技术先驱，在全球处于领先地位。

在德国，斯蒂格尔迈尔拥有工业4.0数字化、智能化生产工厂，使得其产品和技术经久不衰。

正式牵手海创大族机器人智造城，斯蒂格尔迈尔以园区为载体服务平台进入中国，以粤港澳大湾区为基地，打开中国市场，辐射亚太地区。

此前的7月，斯蒂格尔迈尔公司就派人来到了海创大族机器人智造城考察交流。来自顺德在大湾区的区位交通、制造业产业链、营商环境优势明显，而海创大族机器人智造城在运营理念、产业服务和生产生活配套等方面独具特色，是德国企业进入中国、进入大湾区的最佳落户地。

在此，我期待未来斯蒂格尔迈尔公司能把德国的数字化工厂引入中国，赋能海创大族机器人智造城打造数字化标杆产业园，为顺德北滘打造中国机器人小镇带来德国工业4.0数字化工业先进生产水平，带动引领佛山制造业数字化转型升级。

好消息来到了2021年12月31日。

在第23届中国国际高新技术成果交易会上，海创大族机器人智造城与中国科学院深圳先进技术研究院完成签约，双方携手共同打造中国机器人小镇创新中心产业服务平台。

创新中心引入中国科学院深圳先进技术研究院的团队，成立机器人及自动化集成应用联合实验室，培育发展机器人整机及关键零部件检验检测能力、机器人核心零部件中试孵化能力、应用示范能力及行业支撑服务能力等，形成全方位的机器人产业协同创新基地。

结 语

从2021年开始工业机器人领域的投融资逐步升温，在资本青睐和国家政策不断的支持鼓励之下，国产工业机器人迎来了新一轮的爆发期。

国家统计局最新数据显示，2021年1—12月，全国规模以上工业企业的工业机器人产量累计达366 044套，同比增长44.9%。

进入2022年，工业机器人融资热度依旧不减，资本市场对于这一赛道的热情并未消退。

从深秋来到春天。

春暖花开的岭南很美。温暖的阳光洒在珠江两岸，鹭鸟欢快地飞起飞落，黄花风铃木绽放。2022年2月24日，中央电视台财经频道正点财经栏目播出《工业机器人产业调查》。

王光能出现在了镜头里。

他说："大族机器人正在进行核心零部件的开发，要让整机的成本降低。只要整机的成本可以降到国外进口的一半以上，直接的结果就是带来量的提升。"

2022年9月2日，海创大族机器人智造城，在建设中迎来了德国"隐形冠军"企业落地投产。

这天，德利康医疗器械（佛山）有限公司正式开业。

这是德国STIEGELMEYER集团在中国设立的首家分

公司。

走进德利康医疗器械（佛山）有限公司，办公室宽敞明亮，生产线已运转起来。

德利康集团在德国已拥有120多年的历史，在医疗健康领域积累了丰富的经验。德利康集团首席财务官司徒润告诉我，在德国医院有三分之二的护理床由德利康集团生产制造，"我们在德国处于市场领先地位，产品出口到全球60多个国家，但我们想再进一步跻身行业全球第四，成立德利康医疗器械（佛山）有限公司正是达成这一目标的关键"。

关键的背后是海创大族机器人智造城董事长杨兆斌相信一拍即合的牵手姻缘，他更相信智造的前景。

前景似锦，所愿皆可达。这不，2023年1月8日，射频行业国家标准制定者——深圳可信华成通信科技有限公司正式落户海创大族机器人智造城。

可信华成成立于2010年，是一家在无线通信领域中崛起的集研发、智能制造、销售于一体的国家高新技术企业，拥有国家级暗室数量15座、综测仪、网络分析仪、3D打印机等研发设备，是国家标准GB／T38889-2020《天线及接收系统的无线电干扰、天线测量、车载天线及系统》的参与制定者。

深圳可信华成通信科技有限公司董事长姜可说，海创大族机器人智造城是广东省重点项目，思利及人、成人达己的经营理念与可信华成公司发展理念非常契合，园区配套设施与服务十分完善，相信在这里发展，未来可期。

第五篇

中国打磨抛光第一品牌

"所有工作都由计算机控制的机器人、数控机床、无人运输小车和自动化仓库来实现，人不直接参加工作。白天，工厂内只有少数工作人员做一些核查，修改一些指令；夜里，只留两三名监视员。"每逢做演讲，广东利迅达机器人系统股份有限公司董事长霍锦添就会说，智慧工厂是现代工厂信息化发展的新阶段，并报告：利迅达机器人正从机器人系统集成制造商向智慧工厂系统解决方案提供商转型，而由利迅达机器人倾力打造的、为本地企业量身定制的智慧工厂成套解决方案也正在顺德落地。

引　子

佛山利迅达机器人系统有限公司。

佛山市利迅达机器人厨房系统有限公司。

广东利迅达机器人系统股份有限公司。

这都是利迅达机器人的公司。

我曾经十余次到位于陈村镇的利迅达机器人公司采访，每次都能感受到这里的变化。

走进佛山利迅达机器人系统有限公司，各式胜任抛光、打磨、焊接、搬运等工种的机器人数不胜数，机械臂展示出来的无人化操作让我叹为观止。

见此情形，我难以想象该公司是"半路出家"进军机器人行业的。

如今，利迅达机器人已经成为华南地区乃至国内规模最大、实力最强的专业工业机器人应用系统集成商，并在抛光打磨等表面处理领域拥有绝对的影响力，被誉为"中国打磨抛光第一品牌"。

一

从不锈钢加工行业发家的利迅达，2008年不锈钢年产值超过30亿元，是当时佛山本土1500多家不锈钢企业中的龙头企业。

狂风咆哮着，猛地把门打开，摔在墙上。在2008年金融风暴中，利迅达出人意料地宣告进军机器人集成系统领域。

2008年金融危机爆发，利迅达不锈钢感受到了市场竞争的激烈，思索如何转型。此时，有着多年不锈钢经营管理经验的佛山市利迅达不锈钢有限公司董事长霍锦添敏锐地感觉到：在金属制品抛光打磨时，员工容易吸入大量粉尘，劳动强度大，人手操作还容易发生安全事故，这导致了该行业招工困难。

宁愿跑起来被绊倒无数次，也不愿规规矩矩走一辈子，就算跌倒也要豪迈地笑这就是利迅达人。在传统不锈钢业务寻求新突破的同时，霍锦添为了寻找新的经济发展点和解决行业痛点，当即决定进军机器人行业。他带着几个员工，冒着大雪前往意大利寻觅商机，最终与一家抛光打磨机器人公司进行技术合作，开始涉足机器人领域。

此前，我就已经听说过像孩子一样的意大利iCub人形机器人，当时它又被提名参加奥林匹克生活传递。而通过持续地钻研，来自意大利理工学院（IIT）的一支研究团队，又为我们带来了更加先进的iCub 3双足机器人。iCub 3具有53个驱动自由度，每条手臂配备了7个电机、每只手9个、头部6个、躯干（腰）3个，以及每条腿6个。

iCub 3头部内置了可当作"眼睛"的立体旋转摄像头、当作耳朵的双麦克风，以及可反映嘴部与眉毛动作的 LED 线条，此外每个指尖还有触觉传感器。

与旧款相比，改进包括更高容量的电池，加上一个新的深度感知摄像头，以及更强劲的腿部马达。电池安装位置从背部转移到了躯干部位，且 iCub 的两条腿能够更快地行走，平衡与运动性能也更接近于真人。

iCub 3 在威尼斯第 17 届国际建筑展览会的意大利馆进行过演示，而操作者却远在300公里外的热亚那IIT实验室。这套技术组合可让操作者在远距离控制iCub 3 在展馆内四处走动，与真人交谈、握手，甚至拥抱。

这一切传感信息都可即时发送到远端，延迟仅几毫秒。

这是霍锦添羡慕、嫉妒的科学技术，却没有恨。

彼时机器人产业还没有成为风口，没有公司愿意投资利迅达机器人。

利迅达机器人就依靠利迅达不锈钢这一母体支撑，为机器人这一新产业持续"烧钱"。

短短两年时间，利迅达就在人力资源、研发方面投入6000万元。

利迅达机器人首先研发的是具有抛光打磨功能的机器人。

学生时代的我做过一段时间打磨实习工，曾在深圳一家电子厂为电话机成品打磨，也就知道人工打磨的害处，看到换成机器人，心里总会感叹时代的进步、科技的发展。

焊接、搬运、喷涂等功能的工业机器人，大多是"点到点"操作，较易实现。而抛光打磨的机器人，由于要操作更加复杂的曲面加工，研发难度更大。

选择了就没有退路，利迅达机器人利用了先前在金属加工制造方面积累的资源和技术，前后花了3年多的时间，投入了三四千万元进行研发，终于研发生产出抛光打磨机器人。

"我们的特长就是打磨抛光。全国机器人企业数量众多，但是能做打磨抛光的只有5%~10%。"霍锦添对我说，随着越来越多的企业开始涉足机器人行业，竞争日趋激烈，只有在技术上保持领先，才能避免企业陷于价格战。

你看，樱奥厨具向利迅达购置了5套不锈钢水槽抛光机器人系统，并配置吸尘设备。这使生产车间变得十分整洁，既保护了生产工人的身体健康，也解决了困扰樱奥厨具的招工难题。

不要急着让生活给予你所有的答案，有时候，你要拿出耐心等一等。2008年就筹备成立的利迅达机器人，直到2011年才正式推出水槽自动化生产线，3年时间的专注研发，为企业构筑起了一定的技术壁垒。在技术过硬后，利迅达机器人还用实际行动打破企业主不敢用机器人操作的保守思维。

霍锦添告诉我，相对于已采用自动化生产的国内外巨头企业来说，众多中小企业的想法相对保守，他们既不放心机器人代替人工后的产品质量，又觉得工业机器人一次性投入成本过大。

于是，利迅达会在机器人做好产品后拿去工厂做比较，用实力证明产品质量，打消中小型企业主的顾虑。

围绕着打磨抛光领域，利迅达机器人也开始为客户做延伸服务。比如，他们曾为一个手机壳企业做打磨抛光，后来考虑到产品做好了还要做检测工序，于是就承包起了该企业整条生产线的改造工作。

正因如此，利迅达机器人从成立到现在，订单不断增长。

如今，利迅达机器人的目标已经不仅仅是多卖几台机器人，而是助力"中国制造"在全球进行再定位。

霍锦添的市场嗅觉很灵敏。

霍锦添的灵敏，来自他成长的陈村镇，这里曾与广州的军事镇、佛山的佛山镇、东莞的石龙镇合称"广东四大名镇"，是珠江三角洲主要的商业中心，也是广州市郊主要的金融和粮食市场，有"陈村谷埠"之称；又因盛产花卉，素有"中国花卉第一镇"的美誉。

他早早就感觉到，制造业发展是利用人工智能、先进装备来解决制造业难题，从产品走向世界到制造业商业模式走向世界。面对越来越多的中国制造企业到海外设厂，把研发销售总部放在国内，制造生产放在海外的现状，利迅达机器人加大研发力度，努力实现整个车间的智能化生产，帮助客户把工厂复制到海外，把研发、营销等高附加值环节留在国内。

此时，一场机器人变革正在中国制造业兴起。

2013年中国成为全球最大的工业机器人市场。

站在风口之上，2014年以后，抢得"头啖汤"的利迅达实现了厚积薄发。仅2014年产值就同比增长了几倍，销售收入突破1亿元。

骏马奔驰事兴旺，再创辉煌财运长。在这片土地上拼搏的霍锦添，收入一亿元的12个月里，顺德成功入围联合国教科文组织创意城市网络，并被授予"世界美食之都"称号。

然而，经过了6年的高速增长后，国内机器人产业开始触碰到"天花板"。

根据国家统计局的数据显示，2018年9月，国内工业机器人产量首次转入负增长。

二

在困境中寻找新动力。

2020年7月10日，星期五。

天气晴朗，霍锦添起了个大早。昨夜的雷雨风暴，天明时换上了婉转的鸟雀鸣叫。推开窗户，长吸一口气，霍锦添走出家门，就踏上了去北方的航班。

7月盛夏，瓦蓝瓦蓝的天空没有一丝云彩，火热的太阳炙烤着大地，不锈钢摸上去烫手，南方、北方的路面都在"冒烟"。

他此行的目标，是太原钢铁集团近年来研发出的新品——抗菌不锈钢。

突如其来的疫情，让带有健康理念的产品瞬间走红，霍锦添没少接到下游客户对抗菌不锈钢材料的需求。

带着需求，他与太钢不谋而合，双方在佛山建立一个战略合作的实体，共同推出新型抗菌不锈钢及加大太钢产品在华南地区的市场占有率。

与此同时，霍锦添集中精力打造的新跑道——机器人产业也在积极应对新挑战。公司紧抓重型汽车等行业的新需求，让更多的机器人设备走出国门。

让霍锦添有合作底气的，是来自下游行业对抗菌不锈钢的需求。

疫情发生后，霍锦添收到一些客户的咨询、询价，尤其是在厨具、餐具和医疗器械这些行业，应用还是很广泛的。

而需求，则来自不锈钢下游应用行业在疫情当中展现的韧性。

　　成立于1991年的利迅达，下游客户主要包括大型工程、钟表料、水槽、厨具、电梯、汽配、家电和医疗器械等。疫情当中，海内外的"宅经济"，让水槽、餐厨具、小家电等产品需求大涨。

　　应该说，不锈钢行业受到疫情的影响并不大，即使整体略有下滑，幅度也在5%左右。而家居用品、厨房用品、水槽、医疗器械等，需求更是不降反增。同时，抗菌不锈钢材料，成为市场新的"必争之地"。

　　面对危机，就看谁能更快速地推出抗菌产品，或许谁先推出，谁就可以成为网红爆款。

　　这一点，利迅达有优势，霍锦添有信心。

　　利迅达最初从事钢铁进口贸易及国内销售。

　　产业的两端，霍锦添站成了岸。2003年开始，为满足客户需求，利迅达投资兴建了不锈钢大型加工中心，现今已经成为华南区域设备最先进、加工与销售能力最强的企业之一，也是山西太钢、张家港浦项、青岛浦项、上海宝钢、昆山大庚华南地区战略合作伙伴，月代理销售冷、热轧不锈钢板过万吨。

　　这就为利迅达抢抓抗菌不锈钢材料推广机遇创造了优势。

　　利迅达2005年就与太钢建立了合作关系，并成为太钢在华南区域的总代理。

　　机会总是留给有准备的人。

　　霍锦添很清楚，机器人产业收缩很大程度上受下游需求的影响。其中工业机器人应用量最大的汽车行业逐步探底，尤其是近年来国内乘用车进入负增长，拖累了工业机器人产业的整体发展。

　　不过，下行中亦有向上的机遇。

在庞大的汽车自动化应用市场中，重型汽车还有较大的发展空间。

霍锦添看到了在新一轮基建热潮之下，重型汽车的需求量会大增，而且与乘用车相比，更新换代的周期更快，对生产自动化的需求也更大。

相比起乘用车，重型汽车的供应链体系较为开放，利迅达几年前就开始与全球最大半挂车桥制造商——富华机械建立合作。东风汽车、一汽重卡、潍柴发动机等国内知名企业也在运用利迅达的机器人，为汽车零部件去毛刺、装配、打磨，实现减员增效。

《南方日报》报道，作为国内打磨抛光行业领头羊，利迅达凭借多年技术的深耕，填补了国内打磨抛光机器人领域的标准空白。其中，"力控强度"和"位移补偿"两个关键性能指标，与同行业水平相比工作效率提高50%以上，产品合格率提高30%，为产品应用提供可靠技术支撑。

"干"字当头，"勇"字为先。

全世界没一个质量差，光靠价格便宜的产品能够长久地存活下来。霍锦添认为，作为民企，除了价格上有优势外，更重要的是利迅达在汽车以及其他一般工业领域积累的技术经验和应用解决方案更丰富。而在一般工业领域，机器人应用市场亦不乏一些细分需求的增长。

比如，疫情防控期间，人们都被迫在家里做饭，小家电及餐厨具制造领域"机器换人"的需求依然保持较好的态势。

这是霍锦添的洞察力。

发展了还得主动"走出去"。

利迅达还在助力中国智造布局全球。

你看，霍锦添又在忙于为两批设备做最后调试，随着疫情的好转，就可以正式出口到东南亚。

立足今日，霍锦添胸有成竹，信心百倍，他说："如果不是疫情的影响，我们的出口业务会发展得更快。"

随着2015年国内人力成本上涨，在利迅达驻扎的大本营珠三角，不少企业开始向东南亚、北美等地设厂。利迅达再次捕捉到这一次机会，成功打开佛山抛光打磨机器人在海外的市场，向墨西哥出口了数十套自动化抛光打磨设备。

不料，随着国际贸易摩擦加剧，为了规避出口风险，国内企业向外扩张转移的趋势越来越明显。

利迅达合作的一家中山的工厂，因为水槽遭遇美国反倾销，就将中国工厂复制到海外，在欧洲设两条线，在北美设两条线，全部上自动化。

在此带动下，利迅达每年出口业务均保持20%～30%的增长。

利迅达机器人的出海经历，正是中国制造从引进来到走出去的一个典型。

当初，霍锦添曾冒着风雪到意大利寻求引进先进抛光打磨自动化技术合作。

现在，经过多年的积累，凭着机器人冲向国际的利迅达，也建立起了"中国智造"的海外优势。

三

霍锦添是不是很厉害？

我们来看看霍锦添的创业史与创业感悟吧。

霍锦添出生于1965年，1986年—1998年在佛山澜石供销社工作，2001年毕业于中国人民大学，拥有MBA学位。

厉害了吧？

时间拨回到1986年，刚踏入社会的霍锦添，第一份工作是在佛山澜石供销社负责不锈钢销售业务。到了20世纪90年代末，适逢国企转制，当时供销社尝试把子公司实行"承包制"，3年为期。

有了12年的行业积累，霍锦添就想着试一下接手供销社一家子公司来创业，跟原来公司的部分同事一起，希望把创业公司打造成品牌公司。

岭南闷热的夏夜，令人窒息，霍锦添时常辗转不寐。窗外，一道道闪电划破了漆黑的夜幕，沉闷的雷声如同大炮轰鸣，使霍锦添惊恐。

创业以来，很多事情霍锦添不得不亲力亲为，公司的开支费用等事情都要过目，相比销售会遇到更多困难，但那时候民营经济刚起步不久，市场竞争没那么激烈。霍锦添知道只要肯努力、不怕苦、产品有质量保证就会有收获。这是那代人的创业经验。

在2008年的时候，霍锦添尝试转型到机器人领域，有两个方面的原因。

第一是随着改革开放的深入，国内劳动力成本在不断上涨，人才红利逐渐替代人口红利。金融危机时，利迅达不锈钢年产值虽已超过30亿元，发展还是比较好，但也到了市场充分竞争的环境，生产过于依赖人工，霍锦添考虑到应该用一种新的技术、一个新的行业去进行结构性转型，而选择做机器人系统是为了不锈钢行业的下个十年甚至未来考虑，解决人力成本问题。

第二是个人的理想主义，在从事不锈钢经营管理业务时，霍锦添到客户工厂，发现员工在对金属制品进行抛光打磨时容易吸入大量粉尘，员工的工作环境恶劣，劳动强度大，很多生产工序用人手去操作危害大。这让霍锦添感触很大，所以在想能不能用机器代人生产，同时也能提高效率。

那时，国内机器人产业还没有发展起来，技术也欠缺。面对金融危机席卷全球，欧洲有一家企业为了寻找新的经济支撑，希望有偿转让先进的自动化技术。闻讯，霍锦添等人跨越万里前往意大利寻觅商机，最终冒着大雪来到这家抛光打磨机器人公司，达成协议进行技术合作，从此涉足机器人领域。

哪知直至2014年，煎熬了6年的霍锦添才接到公司的第一张机器人订单。

首张订单得益于国家政策。从加入ＷＴＯ到倡议共建"一带一路"，我国全方位融入全球经济，这些给利迅达带来很大的影响。

格力电器了解到利迅达正在帮助美芝制冷设备有限公司做自动化生产线合作后，就找到霍锦添，要帮他们做机器人设备。

这给霍锦添很深的触动——格力作为一家大企业，怎么会找到细分领域的利迅达？这启示利迅达制造业做细分领域也可以做得很专业，做到有口皆碑，做出行业影响力，市场才会认同你。

你看，霍锦添投资机器人产业的时候，同期有很多跨界投资举动的实业老板，也把投资重点放在了房地产、金融等行业，也赚到了钱。但霍锦添没选择这样，做实业的都有一个情结，对实业还有很多期待，他相信扎根佛山守住实业脚踏实地就会有回报。

实业离不开文化。

一天，参加在西樵山举行的"黄飞鸿杯"第十届中国南北狮王争霸赛的两路狮王，听闻利迅达机器人制造厂制造了能舞狮的机器人，再加上受前段时间"阿尔法围棋"人机大战的热效应的影响，两路狮王决定去与机器人进行一场人机舞狮大战，顺便测试一下备训效果。

咚——

咚——

咚——

三轮比赛下来花了20分钟，舞狮人已经汗流满脸、气喘吁吁了，而机器人则是气定神闲。

结果是双方各有胜出，打了个平手。

这一切，只有霍锦添心里清楚，是两名国际级教练花了一个多星期时间，让机器人学会了108个舞狮动作。

这一切，霍锦添很是满足。

霍锦添很是满足的还有由香港各界庆典委员会主办的"创科驱动成就梦想"科技展作为庆祝香港回归20周年的重点活动，在香港维多利亚公园举行，展示了国家科技成就和香港新一代创新精神。

作为科技、工业与文化三者融合的代表，利迅达机器人自主研制的具有浓郁岭南特色和喜庆色彩的智能舞狮机器人受邀前往助阵。

展览包括月宫一号、嫦娥五号、天舟一号等中国航天科技成果的模型。

主会场舞台右侧位置的舞狮机器人成为科技展中的一大亮点。

"开幕！"当主持人宣布的话音一落，一场与众不同的醒狮表演吸引了众人的眼球，一对身披红黄外套的舞狮机器人在自动播放的锣鼓音乐中舞动起来。

紧接着，无论是豪情壮志的《男儿当自强》，还是动感劲爆的《江南style》，只要背景音乐响起，身披醒狮外套的智能机器人便能舞动起来，惟妙惟肖地上演传统舞狮艺术中的复杂动作，远看甚至能"以假乱真"，吸引了现场众多香港市民围观合影。

李斌等利迅达机器人的工作人员，在现场最忙的就是两件事：一是帮参观的香港市民拍照，二是不断地向他们进行舞狮机器人工作原理的科普介绍。

受邀参展的是利迅达研发的第三代舞狮机器人。

冰冷的机械，加入文化的元素，在想象力和创造力的催化下，跳出了热情洋溢的科技之舞，更是传统企业成功转型升级之舞。

为何利迅达机器人能出现在如此重要的会场？

原来，时任香港特别行政区行政长官梁振英，在探寻粤港澳大湾区合作时到佛山实地考察，参观考察了利迅达机器人公司，并在与佛山市委、市政府交流中提出要让"香港的智能服务+佛山的智能制造"有效融合，以及"香港+佛山"参与全球竞争。

在利迅达机器人生产车间，梁振英参观了舞狮机器人、自动化生产线等，并对"狮子"一见钟情，之后就有了受邀参展的事。

一台舞狮机器人，促进两地科技交流，推动香港科技发展。

结 语

如今，制造业已从人工逐步转变到机器人，在养老机器人、医疗机器人等这些领域还有很多发展空间。

利迅达把握"一带一路"建设机遇，拓展更多海外市场，在新能源及工业互联网等方面寻求到了新的战略增长点。

机器人产业还在发展，霍锦添的脚步也没有停下，利迅达还在发力。

众所周知，无论是机器人制造企业还是机器人应用企业，都急需人才。

利迅达已经与一些国内名牌高校、职校建立合作关系，如与北京航空航天大学、华南理工大学就金属表面处理开展产学研合作，与佛山职业技术学院、顺德职业技术学院等多所职校共建机器人专业，与顺德陈村职校联合开设现代学徒制专题培训班"利迅达班"。

赋能产品设计制造，推动高端制造业长足进步。我看到，"利迅达—华广"智能制造技术创新中心在华南理工大学广州学院揭牌后，就充分发挥学校师资和学科优势，联合企业工程师，针对智能制造、机器视觉、人工智能等领域开展技术研发和人才培养，不仅能为企业提供机器人科研技术的储备和应用，企业还可为学校提供专业的机器人实操培训，提升师生的科研能力。

利迅达还专门成立了机器人教育事业部，并成立机器人职业培训学院，主要培养机器人操作、维护及调试人才。

按照规划，利迅达正在打造囊括教学、实践、创客、认证、就业的闭环式机器人人才教育培训生态圈。

　　规划是梦想，落实是目标。如果不是新型冠状病毒感染疫情，霍锦添肯定又在飞机上，或者在赶往机场的路上，他要接触新事物、发现新科技。

　　今天的霍锦添，虽然可以退休在家享受天伦之乐，或者行走远方周游世界，但他依然白天一头扎进工厂、车间，直到路灯亮起；或者，披星戴月启程，在夜色里带着利迅达机器人迎来又一个充满期待的黎明……

第六篇

结束国外"四大家族"的垄断

"我们的自动化设备主要应用在微波炉、空调等家电领域，机器人灵活的抓手系统，能实现工件精准、快速抓放。"2023年夏天，捷瞬机器人（凯硕模具）有限公司总经理谢传海说，按照传统的生产模式，往往需要十几人操作着十多台设备进行制造，但使用机器人智能生产后，只需要1个人就可以完成整个流程，并报告：捷瞬机器人实现了机器人订单、研发设计、供应链、品质、交付、售后等全流程数智化转型升级，未来还将打造向泛家居及汽车、3C行业提供智造全产业生态圈服务的先进产业集群。

引　子

　　走进佛山市顺德区凯硕精密模具自动化科技有限公司，数千平方米的厂房里，各式各样的自动化生产线及机械臂正有序地完成冲压、上料等工序。

　　这场景似乎与机器人研发、制造无关。

　　凯硕面向家电、家居等支柱行业，提供产品开发、五金、注塑模具设计及产成品智能制造全产业链配套服务。

　　听，这是主人对我的介绍，也让我感觉自己来错了地方。

　　不！不！不！

　　时间是最伟大的书写者，总会忠实记录下奋斗者的足迹。

　　让我们一起来聆听自主研发适用于冲压行业机器人的故事吧。

一

　　"我是做技术的，不太会讲话……"

　　顺德区凯硕精密模具自动化科技有限公司总经理谢传海，见人特别是见到记者都是如此谦逊。

讲起公司的发展历程，谢传海就滔滔不绝地跟我分享起来。

谢传海出身于一个农村家庭，家中三兄弟，他排行第二，学习成绩一般的他只能跟随父母在家干农活。

心若不动，风又奈何；你若不伤，岁月无恙。1997年，不满足现状的他决定南下广东，成为一名打工人。

没有学历、没有技术的他，在亲戚的介绍下，进入顺德的一家台资企业上班，从学徒做起。

一开始，他就是在生产线担任冲压操作工，日复一日重复着上料、下料的简单动作。

工作虽简单枯燥，但他还是不断地抢机会去学习技术。

最让他印象深刻的是，那条企业的产线在20世纪90年代就已经引入机械臂了。

弹指沧桑。谢传海在那间公司一待就是10年，他也从一名学徒成长为公司的经理。

谢传海所在的企业服务对象都是大企业，他在服务的过程中就发现，这些大企业一般都从国外进口模具，其实自己也有技术能做出来。

坐待夕烽传海峤，重城归去踏逢逢。于是，谢传海就琢磨着自己去创业，选择的方向是他熟悉的模具开发。

2004年，谢传海第一次创业，没有资金、没有资源，他选择了技术入股与朋友共创模具厂，因其在技术上有多年的经验积累，企业在几年的时间内快速成长。

可是时间偏偏又跟他开了一个玩笑。

他，被合作伙伴逼走了。

这对谢传海来说，是一个不小的打击。

谢传海的心紧紧地揪了起来。"我不做光杆司令！"他在一段时间里经常喃喃自语。

人的一生并非能一帆风顺。

无论有多困难，谢传海拒绝"躺平"，绝不"佛系"，而是坚强地抬头挺胸，告诉所有人，他并非人们想象的那样不堪一击，他坚信要靠奋斗来获取人生的成功和事业的美好明天。

时间不等人，2008年，谢传海再次杀进模具行业，创办了凯硕。

创办地选择了北滘镇黄龙村。

黄龙村是岭南水乡与工业气息水乳交融的现代化农村，工业以五金电器、装饰材料为主体，农业以水产养殖和花卉种植为主。

2008年呀？谁都知道2008年对企业来说是什么年。

突如其来的金融风暴打乱了所有企业的节奏，特别是初次创业的凯硕。

受金融危机影响，建厂的规模只能是规划的三分之一。

做技术出身的谢传海知道，规模不够的时候很难拿到订单，没有好的设备也很难做好的产品出来。

在重重压力之下，凯硕模具还是依靠扎实的技术力量及良好的售后服务，在金融危机中生存了下来。

金融风暴也让国内很多企业意识到转型升级的重要性，也正是那时谢传海提前预判到智能制造的良好机遇。

2010年，谢传海进入当时在内地还较为陌生的机器人及自动化领域，创办捷瞬机器人公司。

之所以会进入机器人领域，一是谢传海看到了这个发展趋势，二是他在10多年前就开始接触机械臂，对这个东西有一定的了解。

顺德的发展速度很惊人！

从1997年起至今，谢传海在顺德工作生活已经有20多年的时间，他依旧记得，第一次来顺德的时候，105国道还是砂石路，沿路已经有很多企业。

后来，各个镇街的产业发展都有自己的侧重点，集约化和规模化的发展也带动了包括凯硕在内的一大批中小企业的发展。

《珠江商报》报道，凯硕科技集团是一家构建材料、加工、模具、机器人与智能制造全产业生态链，集精密模具、多种冲压机械手、4-6轴工业机器人及控制系统研、产、销及服务于一体，同时涉及全加工高技术服务，面向实体制造业提供智能制造综合性服务的高新技术企业。

凯硕科技集团旗下企业有佛山市顺德区凯硕精密模具自动化科技有限公司、广东捷瞬机器人有限公司、芜湖凯硕机器人有限公司、广东鑫硕精密科技有限公司。

巨浪伸出双臂，把凯硕猛地托起。2021年5月，广东省机器人协会执行会长任玉桐一行来访凯硕，参观了冲压模具组立车间、数控线切割室、三次元检测室、机器人装配车间，以及设在凯硕的佛山市现代学徒制公共实训中心。实训中心突出了凯硕完整的模具、机器人产业，与职校专业的紧密契合性，如模具设计、数控技术、机电一体化等专业人才，也是佛山乃至广东发展现实产业经济一直面对的人才瓶颈。

二

在凯硕的生产车间里，他们自主研发的摆臂式、关节式、独立式机械手或机器人正重复着各项制造工艺，一款针对冲压领域开发的机器人也正在调试，很快就出厂应用到生产线上。

很难想象，过去的凯硕只是一家从事传统模具制造的企业。

数字化智能化转型给凯硕创造了新的更大的可能。

进入机器人领域后，谢传海以市场为导向，针对冲压细分领域研发自动化设备，重构生产线实现提质增效。

凯硕以工业智能模具为发力点，自主研发出替代进口，并与模具工艺相结合的系列冲压机器人，实现了集智能快速换模与柔性自动送料于一体的智能生产要素的有机整合，构建智能冲压产业生态链，成为行业领先的智能冲压及智能工厂解决方案专家。

"只要客户提供图纸，我们就能为客户规划一个智能化的解决方案。"谢传海很是自信。

他的自信源于深耕行业多年所积累的核心技术、宝贵经验以及无法复制的工艺价值，这些价值赋予客户，为客户创造了更大的价值。

模具冲压工艺复杂且细致，并非简单地以机器取代人力。

凯硕先梳理、精简、优化整体工艺，在此基础上再接入智能设备，达到精密制造的效果。

我看到，凯硕2019年与广东康宝电器股份有限公司达成合作，改造康宝消毒柜生产工厂，使该工厂实现智能化。

这可是凯硕自主研发出适合于整个冲压行业3-6轴不同本体

机器人产品线，并成功构建冲压创新产业生态链，提供冲压模具、机器人及系统集成一站式解决方案，打破了冲压上下料领域长期被世界机器人"四大家族"的瑞士ABB、德国库卡公司、日本发那科和安川垄断的局面。

康宝消毒柜智能工厂改造历时数月，最终实现了从产品前沿开发到模具设计制造，再到冲压、焊接、装配、包装等流程的机器人自动化生产。

通过智能化改造，康宝消毒柜智能工厂不仅用人规模缩减至一半以上，企业生产效率也提高了80%以上。

天已破晓，笑由心生。2020年8月，国家工业和信息化部中小企业局公示第三批专精特新"小巨人"企业名单，凯硕成为入围的企业之一。

专精特新的企业，是专注于细分市场、创新能力强、市场占有率高、掌握关键核心技术、质量效益优的排头兵企业。

全力打造家电行业的标杆智能工厂的背后，是凯硕默默地付出。

在与家电巨头合作的过程中，凯硕深谙空调压缩机壳体生产面临着核心工艺效率低、生产成本高、自动化程度低等行业痛点。

针对压缩机壳体的生产现状，凯硕从2016年开始做技术储备，在攻克一道道技术难关之后，最终把空调压缩机壳体生产上下工序衔接成一条整线。

智能化、一站式、系统性的服务，在这一领域首度实现了流水化作业，弥补了行业短板。

与盈特金属制品有限公司合作时，凯硕帮助该公司设计规划了压缩机壳体智能工厂，缩减生产工序、减少人力的同时，还极大地提高了生产效率。

压缩机壳体生产还成了盈特金属制品有限公司的主要利润来源。

凯硕科技集团科技与品牌管理部总监李周告诉我，这套解决方案同时适用于冰箱、冷冻机等压缩机，其中的成熟工艺甚至可延伸至家电冲压装配领域。

围绕冲压自动化及机器人核心产品，凯硕现有专利申请量达109项。

三

多轴机器人、大黄蜂AGV、码垛机器人……

这是第二届珠江西岸先进装备制造业投资贸易洽谈会举行期间，顺德展区的"压箱宝"——工业4.0家电产品智能制造生产线。

这条"顺德造"的全自动、全智能生产线长啥样？

站在全智能生产线前，不少人可能会好奇，一个精巧的微型电饭煲，如何通过一系列自动化、智能化的操作生产出来？

我看到，客户通过电商平台下单后，获得生产需求指令的生产线就会开始运作。

在人工装配下料后，电饭煲的各个零部件开始进行生产。

注塑机旁的一台六轴机器人持续运转，它将"手臂"伸入注塑机内，把注塑后的零件成品搬送至生产线上，进入下一个步骤。

接下来，电饭煲密封圈等零件就完工了。

通过机器人向电饭煲组装注塑成品零件后，"半成品"的电饭煲继续在生产线上前进。

这个环节由广东锻压机床厂有限公司提供冲压机，而捷瞬机器人有限公司提供的4台冲压"摆臂机器人"，在两者的配合下，板材开始成型，一分钟可生产出16个电饭煲底座。

摆臂机器人小巧灵活，适合小家电的制造。

这句断言是谢传海告诉我的。

摆臂机器人在自动化信息系统的"指挥"下，可以实现自动化生产。这个单元里，电饭煲所需底座制造完成。

完成好零部件后，电饭煲进入了组装和装配环节。

一台电饭煲内胆包装机与冲压、注塑机等同时运作，在包装好电饭煲内胆后，由机器手臂进行组装。

同时，由天键包装材料机械有限公司提供的包装机器人，有条不紊地把说明书、饭铲等放入电饭煲内，机器人再将电饭煲包装入纸皮箱中。

这个过程，用时不足3分钟。

包装好的电饭煲成品，由伊雪松机器人公司提供的码垛机器人搬运上货架。

最后，再由嘉腾机器人公司提供的AGV把电饭煲集中输送到仓库。

从下单、生产到搬运入库的生产环节全部结束。

这就是广东捷瞬机器人有限公司的出品，也是谢传海的骄傲。

在捷瞬机器人的生产车间内，一台六轴关节机器人正在进行紧张调试。

这个系列机器人可适用于码垛、冲压、焊接、喷涂等工序，可取代人工在各个冲压岗位上进行上下料、冲压、搬运、码垛、包装等工作。

以前在生产线上更换模具可能需要两小时，由捷瞬机器人研发的"全自动腔体家电钣金冲压智能机器人4.0生产线"只需要两分钟即可自动完成切换。

"生产线不仅能够减少用户模具开发的投入，还能满足小批量的定制化生产需求。"谢传海告诉我，生产线配备的机器人手臂在设计时就加入了不同模具的数据，通过增加自动器能够减少生产线更换模具的时间，实现快速切换。

作为佛山冲压机器人细分市场的领军企业，捷瞬机器人构建了智能冲压产业生态链，提供冲压领域的模具、机器人及控制系统集成的一站式解决方案，是美的、海尔、格兰仕、万和、康宝、惠而浦等知名企业的核心供应链成员，产品覆盖家电、家居、汽配、3C等领域。

四

公元2020年，公历闰年，农历庚子年，21世纪第二个10年的最后一年。

年初，突如其来的"疫情"给各个行业都带来了一定的冲击。

最重要的，是心静。谢传海看到的却是疫情对企业的发展虽然有很大的影响，但危机就是危中有机。

2月的时候，凯硕发挥自身特长去帮助维修口罩机助力抗击疫情。

谢传海的心情犹如岭南的2月，有春风、有寒意，更多的是暖意。

　　"维修的过程中，我们看完机器之后，第一反应就是这种机器我们也能做，口罩机这种设备算是比较简单的。"谢传海说。公司技术人员2月中旬只用了一个星期就设计出图纸，用了半个月的时间就把口罩机研发生产出来了，当时就做了不少这个订单，所以当年在自动化领域还是有小幅的增长。

　　经济振兴，设计先行。

　　你看，与美的团队连续奋战三天三夜，终于迎来胜利！

　　3月7日傍晚，广东捷瞬机器人有限公司副总经理谢传海心中的石头落地。

　　这意味着，捷瞬机器人的首台口罩机顺利向美的集团交付。

　　美的多渠道采购了数条口罩机生产线，主要用于生产员工自用口罩。

　　美的从捷瞬机器人采购的一台口罩机，由于一项关键部件的供应商临时违约，耽搁了几天。

　　拒绝别人并不伤人，答应别人的事却做不到，才是真的伤人又伤己。

　　谢传海心急了。

　　他为了加快出货速度，弥补大批机器同时交付带来的厂商人手的不足，美的向捷瞬机器人派出了几名工程师，参与口罩机后期调试。

　　从完成机器制造到后期调试，这个过程可长达数日，是决定一台口罩机性能的关键环节。

　　美的派来的工程师在自动化领域很有经验，谢传海参与其中解决调试过程中出现的问题。

　　在美的"隔壁"，碧桂园集团的口罩也开始下线。

和美的一样,碧桂园的口罩生产背后也离不开强大的顺德制造业体系。

碧桂园口罩生产线布置在佛山市洁邦卫生用品有限公司内。在安装调试过程中,顺德区有关部门就协调了捷瞬机器人等生产口罩机的其他企业进行支援。

这也让凯硕火了一把。

火了自己还要传授他人。

一堂由广东捷瞬机器人有限公司,联同佛山机器人学院共同举办的"云端工业之旅"视频节目吸引了众多机器人行业从业者观看评论。

这堂课让观众足不出户,也可观摩工业4.0生产示范线,了解行业优秀机器人产品,学习产业先进技术。

"云端工业之旅"中,那条高速一拖二平面全自动口罩生产线,能够实现原材料输送、口罩边缘焊接、折叠、超声波熔合、成形、切断等全过程自动化,可用于生产KN95和医用外科口罩,效率达每分钟90~100个。

总结经验,李周很是坦荡。

新型冠状病毒感染疫情让企业更加注重核心竞争力,我们迎来新的生产服务和商业模式变革,为中小制造企业转型升级提供了契机。

说到做法,李周激情四射。

智能制造加速推进、数字化转型走向深入,要迎接这种变革就要加大科技研发投入。

谈及计划,李周信心满满。

未来捷瞬机器人仍会聚焦主业,为家电等行业打造智能工厂提供完善的服务。

服务好是有收获的。2021年6月1日，儿童节，孩子们最喜欢的节日，也是收获、获奖的节日。

那天，广东省市场监督管理局对2020年度广东省"守合同重信用"企业名单进行了公示，其中凯硕模具与捷瞬机器人双双进入公示名单，这也是凯硕公司2015年—2020年连续6年获此殊荣。

巧合的是，2021年6月，凯硕模具与捷瞬机器人所在的佛山市顺德区北滘镇黄龙村党委被中共广东省委授予"广东省先进基层党组织"称号。9月，黄龙村还被中央农村工作领导小组办公室、国家农业农村部、中央宣传部、国家民政部、国家司法部、国家乡村振兴局表彰为"第二批全国乡村治理示范乡村"。

巧合的是，距离凯硕模具与捷瞬机器人不远处的佛山市顺德乐星汽车科技有限公司持续投入共计24套数控车床机械手臂、9套六轴关节机器人、5套直臂机械手、2套智能超声波清洗车间替代了人工作业，这些机器人都是捷瞬制造。

结　语

产值要上一个大的台阶，5年走上资本市场。

这是谢传海为凯硕定下的新目标。

关于未来的发展布局，谢传海自立、自信、自强：基于强大的模具开发能力和自动化能力，凯硕将高标准打造五金精密模具、机器人智能化工厂，通过共享厂房设施、技术人才、智能装备，让凯硕在冲压自动化及机器人行业内站得更稳。

我已经看到，凯硕的共享冲压厂已投产，搭建起了系列连续模、多种方式机械手的10余条全自动冲压生产线，利用信息化打造成多模式数字智能冲压应用场景示范工厂。

　　共享冲压厂，多么有新时代气息的代名词。

　　共享，为了共享，一年四季，谢传海总是忙忙碌碌。

　　他除了要与国内外多家企业洽谈智能冲压解决方案，还常飞到安徽芜湖、广西平乐等地了解分厂的研发与生产。

第七篇

全国首创伺服锁螺丝机

"在人类文明的漫长历程中，星光与日月始终为我们指引方向。时光流转至2050年，与人外形和思维极为相似的机器人——小斯，带着无尽的好奇和探索，走入了我们的生活。"2023年11月15日，顺德为艾斯机器人有限公司官网发表的《2050年:人形机器人在工业与家庭的未来展望》一文说，这不是科幻，而是2050年人机共生的真实写照，并报告:2050年，小斯将成为我们的重要伙伴，为我们的生活和工作提供不可或缺的支持。我们需要与这位新伙伴和谐共处，明智地利用它的潜力，以实现一个更加智能、便捷与和谐的社会。

引　子

2019，要过去了。

2020，迎面走来。

回首一年，淡化得失。

看轻成败，忘记悲欢。

面向新年，放下包袱。

重燃希望，激活动力。

这是广东顺德致为艾斯机器人有限公司的新年贺词。

然而，2020年1月23日的武汉封城，让我们很多人、很多企业措手不及。

在危机当中，广东顺德为艾斯机器人有限公司人重温《南方日报》的《以洪荒之力践行工匠精神》一文，领悟"智能制造、典范为斯"的企业愿景、"专注、专业、创新、高效"的行为准则，不断寻找新机向前发展。

一

容桂街道容里社区有座桥，这桥300年前就有了。

传说，鹏涌上本来有一座木桥，屡修屡坏。后来村民灵机一动，把空心竹竿劈开，盛上泥土，搭在河涌上面，把对岸榕树的气根引过来，然后插入地下。

树根挣脱土壤的束缚，获得的不是自由而是死亡，而榕根越长越壮，年深日久，村人将其当作桥梁，在上面铺上木板，就成了一座桥。

广东顺德为艾斯机器人有限公司就在容里，像树生桥一样有着生生不息的毅力。

来到为艾斯，可以看到一个字母"W"形状的蓝色图标出现在各个醒目的位置，格外引人注目。

这是公司LOGO，构成"W"的四条直线均由两个钉子相连接，意思为"只为这点"，也即是从客户的需求点出发寻找点与点相连的线，每个关键点都精心打磨，精益求精，进而全面解决客户的问题。

为艾斯机器人副总经理胡红波告诉我："我们是把一个点做到极致以后，再取另一个点做到极致。"

为艾斯作为一家立志在智能制造领域有所作为的机器人行业新秀，从锁螺丝机等自动化装配平台设备做起，再到与库卡、Adept等世界巨头合作建立专业机器人集成平台，并布局工业信息中控管理平台，一路稳扎稳打，精雕细琢，以卓越的产品品质赢取市场版图的不断扩张。

质量等于利润。作为公司的技术带头人，出生于1980年的胡红波既是创新的构思者，也是创新的践行者。

正如上述LOGO浓缩着企业文化，胡红波将工匠精神内化为信念和执着，不浮不殆，筚路蓝缕，久久为功。

为艾斯机器人有限公司前身是顺德超越无限自动化有限公司。

身为公司高管的胡红波还是一个不折不扣的技术迷。在受邀参加一次中国电器附件标准研讨会时，胡红波为标准的制定提供了几个重要参数，在场的中国电器附件标准委员会秘书长对他刮目相看，并把他吸纳为标委会全国15名委员之一。

"这段履职经历让我钻研了很多国家标准，促使我在设计之初就充分考虑产品生产工艺，并努力将它做到更好、做到极致。"胡红波说，为艾斯专注为电工、照明、五金小家电等劳动密集型装配制造行业提供智能装配一体化解决方案，并量身定做自动化设备、提供卓越机器人（人机协作）的集成方案，同时结合工业信息中控管理平台，达成企业转型升级的目标。

不积跬步无以至千里。

朝着将一家刚起步的公司打造成顺德智能制造新标杆的目标，胡红波与团队坚信，想要打动客户，只能精耕行业，把产品做好，而产品的工艺、可靠性、稳定性是唯一标准。为此他亲力亲为参与每项新产品研发，力争用高品质的产品占领市场高地。

墙角数枝梅，凌寒独自开。2014年6月，为艾斯第一台伺服锁螺丝机问世。

在设计初期，产品只为满足客户所提出的能打螺丝、能自动分选不良品的功能。到了正式制作之前，胡红波不断思考："如果做得跟别人一样，公司的优势在哪里？"

针对企业痛点，胡红波立刻联合技术部主管连续一个星期不分昼夜进行钻研，确定采用伺服电机来替换传统的电批风批，同时采用二级进料方式，避免了卡螺丝现象发生，并最终诞生了当时全国首创的伺服锁螺丝机。

当第一台为艾斯独创的伺服锁螺丝机送到客户手中，客户仅仅使用了半天，就打电话来说要把正在使用的6台其他机器全部更换成为艾斯的产品。

随后两年，胡红波带领技术人员不断改进优化伺服锁螺丝机，第七代伺服锁螺丝机已经填补和刷新了多项行业空白，如生产效率从每分钟30个提升到每分钟60个以上、不良率从1%降低到0.03%、设备无故障连续运行从1个小时提升到8个小时以上等，引领了一场锁螺丝机行业的品质革命。

二

为艾斯在组装打螺丝领域已经达到国内龙头企业水准。但如何由这个点辐射到线，再形成面，从而与竞争对手逐步拉开差距呢？这需要的是匠心独运的创新精神。

细微之处见真章。

2015年4月，厦门一家电工龙头企业，听到同行称赞为艾斯的伺服锁螺丝机性能稳定、不良率低后，立刻派员到顺德确认，还带了物料当场试机。

4月天朗气清，适合更新。

原来，这家电工企业当时也有自产的锁螺丝机，但不良率高达15%，每天必须安排1～2名员工专门返工不良品，改进锁螺丝机迫在眉睫。

试机时，厦门企业看到伺服锁螺丝机的不良率在5%左右，比原来的15%降低了不少，当即和为艾斯签订了设备订购合同。

合同，对企业来说，是希望。

哪知，面对订单，胡红波并不满意，因为他们之前给这位客户承诺的不良率是0.5%。

为什么其他客户的产品不良率不能控制在0.5%之内？

站在设备面前观察良久的胡红波突然意识到：会不会是厦门客户的产品本身出了问题？

胡红波立即拿着不良品进一步分析检测，最终发现厦门客户的产品攻牙的确存在一定比例的双层牙现象，当晚他就把分析检测的结果制成图文并茂的报告发送给了对方。

生于忧患，死于安乐。附加的专业服务打动了厦门客户，对方又邀请他们协助解决攻牙出现双层牙的问题。

借助这个契机，经过三个月的研发制造，为艾斯第一代数控伺服攻牙机诞生，并经过三代的优化升级，现时已全面解决了市场上普通攻牙机的漏攻牙、重复攻牙、双层牙、烂牙、反料断丝攻等问题，成为为艾斯又一拳头产品。

小到对每个工作环节的高质高效创造，大到新产品新技术开发，创新其实是工匠精神的一种延伸。

胡红波说，只有对每个细节、每个环节都了如指掌，才能提升它、改进它，保证产品不断精益求精，从而创造品牌。

而今，为艾斯正推广人机协作，实现更高端的生产线整合，公司已经跟德国库卡、美国Adept等企业实行战略合作，在电工、照明、小家电、3C产业领域建立专业机器人集成平台，提供智能装备一体化解决方案，将劳动力从部分简单重复的工序中解放出来，大幅度提高生产效率和产品品质。

响鼓重锤，振聋发聩，企业发展靠人才。

企业拥有具有突出技术创新能力、善于解决复杂工程问题的工程师队伍才能让企业可持续发展。

为艾斯的员工里包括多名博士、硕士，其中研发人员超过三分之一，短短两年拿下实用新型专利8项，发明专利受理4项，申报实用新型专利两项，是典型的技术研发型企业。

你看，公司研发中心总工程师刘金刚教授，为湖南省科学技术进步一等奖、湖南省首届"湖湘青年英才"、湖南省121创新人才工程第一层次人选、湖南省杰出青年科学基金获得者。

刘金刚教授带领这群"技术控"向更高的目标发起挑战，将打造工业信息中控平台纳入了公司运营蓝图，他们齐心构建工业物联网，依靠机器以及设备间的互联互通和分析软件，打造智能机器，实现人、机器和数据的无缝连接。

比如，设备要卖出国门，后续的维护成本较高，但搭建工业物联网之后，这些客户需要知道了问题，就可以通过工业物联网获得有效解决。

胡红波知道，工业物联网可以整合行业深度经验，把网络连接和行业技术结合在一起，构建工业大数据平台，帮助工业企业将信息转化为更好的资产利用率，从而真正进入工业4.0时代。

一片微芯模大脑，多情俏面仿闲愁。 胡红波与众多从事机器人行业的人都相信，工业物联网小小的变化会带来巨大的成果，未来传统生产装备将向可感知、可探测、可数字化方向迈进，构建灵活化、个性化和高效率的生产体系，实现制造业生产控制自动化。

三

智能制造，典范为斯。

为艾斯从建立之初就秉持工匠精神，员工们一直以"为斯出品，必属精品"进行自我激励。

在胡红波看来，工匠的工作就像他们独创的伺服锁螺丝机一样，已经到了第七代还在不断优化、打磨、雕琢，直到极致。

增品种、提品质、创品牌，谁带这个头，谁就能脱颖而出。

2015年，对为艾斯来说，是具有历史意义的一年。9月，为艾斯坚定不移地推动公司重组变革，短短几个月就搬进了新的厂房，高屋建瓴部署了公司产品战略，立志于在智能制造3C装配领域有所作为；10月，全力推动研发与设计进步，先后开发了新一代螺丝机、五孔插自动装配线、ccd检测平台、水箱测试线、人机协作装配平台，成功引进了kuka、adept机器人集成合作伙伴；在工业设计方面，树立了独具品牌识别标志的weasi系列。

设计是营生，一项设计与一家企业的浮沉命运牵绊后，他们昧旦晨兴交付真心，在往后的年年岁岁里，那项设计给了这家企业兴旺发达的底气。

每一次设计，我们都希望看到惊喜；每一个产品，都将成为经典。

为艾斯人也牢记：最好的产品也是一颗流星，转瞬即逝，唯有持续创新，才能星河璀璨，群星闪耀。

进入2016年，为艾斯顺风顺水。

就如树生桥的树长得郁郁葱葱、根长得如蟠龙。

自主研发的一出二插座保护门自动装配机成功上线，该自动化设备的成功研发及制造，为电工行业在插座装配生产工艺中产生重大影响。

好事成双。

在第二批国家级高新技术企业认定名单中有为艾斯的名单。

自主研发的数控锁螺丝自动化平台设备、水箱内胆自动化装配和检测设备、自动弹簧分离设备三大系列产品也通过了2016年度高新技术产品认定。

谁来养活企业？为艾斯要靠自力更生，自己养活自己！

凭借卓越的自动化设计理念，集成KUKA高品质机器人，2017年1月为艾斯的开门红：获得了华为重要供应链供应商某上市公司核心精密器件的机器人自动化装配线项目。

为艾斯开门红之时，在柯洁与阿尔法围棋的人机大战之后，阿尔法围棋团队宣布阿尔法围棋不再参加围棋比赛。

这给了为艾斯很大的警示。

说起为艾斯的威水史，莫过于公司为国内知名通信行业倾心打造的长达20米的人机协作智能装配线。

这条装配线同时可覆盖近20个自动装配工位，每个工位定位精准度≤0.05mm，每分钟生产效率≥6个，并结合PLC与传感器的运用，实时感知并采集生产线各工位生产的产品及作业状态，进行组件状态调整和优化，实现自我故障诊断，能够识别、隔离故障，用户可在线监测、故障预测与诊断。

有意思的是，在各大机器人公司进军汽车行业的同时，为艾斯成功研发了多个日系汽配零部件自动化装配线、4G和5G移动基站防雷器自动化装配等大型智能系统项目，取得了良好的社会效益与经济效益。

读到这些内容，写这些内容的我都感到枯燥。我也都不懂，相信很多读者也都不懂。

那我就这样打个比喻吧：如果机器人现在超负荷了，零件掉了一路，它头上就会呼呼地冒着烟，直到能量用完，倒地散架，我们眼睁睁地看着它消失在"浓云密布"的一边。

这个比喻，或许你能读懂一些机器人能实现自我故障诊断的重要性。

你看，我国疫情稳定不久的2020年9月，为艾斯日系汽车零部件生产企业的机器人智能锁付项目，就在短短两个月时间，超预期完成合同交期。

"不论在功能、品质，还是交期、实施各环节中都得到客户充分肯定，超越客户期望。"公司总经理胡余良说。尽管受到疫情影响，但为艾斯在日系汽车零部件企业的自动化装配业务不断取得突破，积累了丰富的行业经验。

坚持做好一件事，这就足够了。

为艾斯始终定位于智能制造精密部件智能装配领域，以研发出更具市场竞争力的自动化装配及提供卓越的人机协作机器人解决方案为经营目标。

古今成大事者，没有人生来就是伟大和成功的。

为艾斯在现有业务基础上，联合佛山湘潭大学绿色智造研究院、华中科技大学、佛山科技学院等作为产学研合作单位，开展航空发动机的自动化装配与测试技术的应用研究，推进军民融合业务。

2019年的"双十一"那天上午，为艾斯与中船重工鹏力智能装备系统有限公司达成进一步深化合作伙伴关系，鹏力公司极大地提升为艾斯机器人的业务拓展、技术整合能力。

设计研发，为企业发展推波助澜。鹏力公司自1988年自主研发了国内第一条空调生产装配系统开始，以技术数字化、生产自动化、制造智能化、管理信息化的智能制造技术发展方向，推进智能装备数字化车间解决方案的工业多领域的广泛应用，致力发展成为全球数字化工厂系统集成服务商中的领先者。

时间回到2020年的春天。

此刻，唯有顺德的木棉树，在光秃秃的树枝间绽放着精巧的小红花，这养眼的花，是疫情下生命不息的象征。

在疫情形势依然严峻复杂，防控最吃紧的关键阶段，全国乃至全世界口罩资源依然非常紧缺的情况下，中船重工鹏力公司与为艾斯坚定必胜信念，风雨无阻，日夜兼程毅然对N95口罩自动生产线开展一系列的研发生产合作，坚决以不获全胜绝不轻言成功的态度，成功把N95口罩自动化线生产落地并推上市场。

结　语

纵使您太忙，也要抽出时间与家人共度佳节。

这是为艾斯公司总经理胡余良每年中秋节、春节为员工送去节日的祝福的一句话。

这么有人情味的企业成立于2014年6月，系科创板上市公司富信科技参股企业。为艾斯致力于精密部件的精准定位、自动装配、智能控制，为汽车零部件、半导体等客户提供全套自动化解决方案及设备、工业机器人系统集成、工业信息化平台等；为艾斯是一家集设计、研发、制造、销售于一体的创新型国家高新技术企业。

员工们对胡余良充满信心。

客户对为艾斯充满尊敬。

2022年6月14日，星期二。

大风大雨。

树生桥下的鹏涌涨水了。

走进容里，来到二楼的车间，我感受到了正在经受大风大浪的为艾斯力量。

第八篇

娶了日本首台工业用机器人制造商

"国家工业和信息化部公布2023年度中小企业特色产业集群名单，佛山顺德机器人制造产业集群成为全国唯一一个机器人产业集群，隆深就是为机器人而生的。"2023年冬天，隆深机器人有限公司总裁助理代剑锋说，公司生产的机器人在整个白色家电行业占据了60%以上的份额，并报告：目前已经开发了19款机器人，2023年销售比2022年增长20%左右。

引 子

1968年，川崎机器人生产出了日本首台工业用机器人。

2013年，隆深机器人在中国家电之都成立。

2017年，10台机器人同时挥动机械臂运作，精准定点、快速流转，6秒钟的时间，一个万和燃气热水器外壳就生产出来了；17台机器人组成一条生产线，8秒钟就生产出了格兰仕微波炉腔体；风驰电掣之间，企业的生产效率提升了20%左右。

这样的自动化焊接生产线，是佛山隆深机器人有限公司为企业提供自动化生产全套解决方案的部分产品。

设计，强大自我。隆深机器人以自主研发为主，通过自动化与信息化的结合为企业打造智能工厂，是一家拥有39项国家技术专利的高新技术企业。

扎根顺德，隆深机器人与美的、海信科龙、万和、万家乐、天津一汽等制造业龙头企业成了合作伙伴关系。

一

隆深机器人位于陈村镇，陈村是广州、禅城、番禺、南海、顺德五地交会处，是顺德的"北大门"。

隆深机器人专注技术创新与智能制造，引领行业转型升级，是我国工业4.0、智能工厂研发及项目实施领域的一家国家高新技术企业。

《珠江商报》报道，隆深机器人的自动化生产线主要分为零部件生产及产品总装，其开发的机器人系统广泛应用于冲压、注塑、喷涂、焊接、装配、检验等工序。

在企业的总装车间里，利用隆深机器人的自动化设备，可以实现自动装配、自动检测、自动包装的工序，大大节省了人力，提高了生产效率，保证了产品品质。

自动装配工序完成后，生产线就会自动检测产品的安全性能和外观，如电饭煲加热是否妥当、产品的外观有无刮痕、按键是否正常等。

隆深机器人家电及物流事业部部长王有卿是这样向我解释自动化的可取之处："通过这个自动化生产流程，企业可以减少人工所带来的不确定性，系统可以监控到肉眼容易忽略的细节，进一步提高产品质量。"

质量在心中，名牌在手中，责任在肩上，诚信在言行中。

在隆深机器人公司，我看到工程师陈健彬正在为万和的烟机生产线项目设计优化方案。

万和的烟机生产线存在需要优化的局部问题，隆深机器人要为万和提供完善全自动生产线的方案，生产线优化完成后，原则上不需要生产工人，只需要定时检修。

隆深机器人的商业模式得到资本市场认可。继完成A轮融资，隆深机器人也获得B轮近亿元的融资，迈出了快速发展的一步。

隆深机器人也因此有更大底气进行新一轮技术研发。投资1700万元构建"工业机器人信息化服务系统"，实现多品牌机器人的互联与远程管理，达到在线分析、反馈和在线解决的效果。

隆深机器人以工业自动化信息化集成及智能工厂为重点，向"智能制造"转型升级。除了自动化解决方案，隆深机器人还为企业提供信息化技术和精益物流整体规划，致力于打造智能工厂。

在传统的生产模式里，企业都是手动完成命令传达。比如，下单生产一个锅，要传达生产的数量、生产截止时间、合格率等指标，常常会面临沟通不畅、信息无法及时获得、管理效率低下的情况，企业难以统一管理和协调。有了信息化网络后，企业可以自动下单、排产、执行、监控生产进度、物料储存及检测产品合格率。

我在隆深机器人的智能工厂集成管控平台看到，平台包含了智能仓储系统、物流监控看板、机台不良率看板、生产进度看板、工作站看板及产品追溯系统等。

见我似懂非懂，王有卿这样对我解说："通过隆深的智能工厂集成管控平台，企业从下单到生产的指标都一目了然。"

除了提供信息化网络，精益物流也是隆深机器人智能整体规划的一部分。通过精益物流，货物在物流链中，可以做到停留的节点最少、流通所经路径最短、仓储时间最合理，达到整体物流的快速。

"快速的物流系统是实现货品在流通中增加价值的重要保证。"王有卿说，"随着中国制造水平的提升、人工成本的提高，越来越多的客户已经意识到自动化应用的重要性及必要性。"

隆深机器人是日本川崎机器人中国地区特级代理商，也是德国库卡、日本发那科、美国ADEPT、瑞士ABB的战略合作伙伴。2021年，隆深机器人还走进学校，为开设了机器人相关课程的学校提供教材设备。

二

在广汽丰田、一汽丰田、东风雷诺等车企里使用的汽车零部件焊接机器人，许多是来自佛山隆深机器人有限公司的。2017年，隆深在白电机器人市场站稳脚跟之后，进入了汽车制造机器人市场。公司成立6年来，营收几乎保持每年翻番，从2013年的1000万元增长到2018年的5亿元。

它实现高速发展背后的秘诀是什么呢？

"家电是劳动密集型的产业，随着人力成本的升高，机器人应用成为家电行业的刚需。"隆深创始人赵伟峰曾在美的制造部门工作，判断智能化生产将成为众多家电制造企业的迫切需求。2013年，赵伟峰创立了佛山隆深机器人有限公司，专攻家电机器人研发制造。

为加速发展，隆深选择了"站在巨人的肩膀上"，与日本机器人巨头川崎建立战略合作关系。2015年隆深销售的机器人就突破500台，在国内白电机器人集成应用市场占有率第一。

虽然销量猛涨，但隆深不甘于只是做代理，"为他人作嫁衣"。2017年年末，由川崎和隆深共同运营的中国首个工程研发中心成立，隆深和川崎共享研发中心的研究成果。

另外，隆深还发挥系统集成技术优势，整合多种资源推出自主品牌机器人科佩克。隆深与东莞固高合作开发、完善运动控制器，优化机器人结构和成本，并让川崎为其贴牌生产机器人本体、减速机等核心零部件。

"2017年，我们销售安装川崎机器人近千台，在全国排名第一、全球排名第二，是川崎在中国市场最核心也是最大的合作方。"赵伟峰谈起这些成就时，无比自豪。

赵伟峰自豪的背后，他知道国家教育部、国家语委已经在北京发布《中国语言生活状况报告（2017）》，"阿尔法围棋"入选2016年度中国媒体十大新词。

隆深非常注重向川崎学习。川崎对持续性技术开发的重视让隆深印象深刻：仅仅是机器人控制技术这一块，川崎就有200人的团队进行底层算法的设计。受此启发，隆深从一开始就非常注重研发，企业有一半以上的队伍是研发人员。

2020年，隆深将研发投入提升到营业额的4%～5%，加大对基础技术如视觉、本体控制等领域的研发力度，加快组建隆深博士后流动站、视觉实验室和研究院。

诺威格定理指出，当公司的市场占有率大于50%，该公司的市场占有率就无法再翻番了。这意味着公司如果想要继续保持高速发展，就必须寻找新的成长点。隆深在白色家电行业的市场占有率已超过60%，成为该领域的第一系统集成商。

"在国内，家电机器人已是红海市场，但汽车制造机器人市场尚是蓝海。"2016年，赵伟峰敏锐地意识到了商机。为此，他招揽了一批人才，组建了以汽车机器人研发制造为核心的团队进行攻关。

隆深汽车机器人研发部负责人江儒飞说："汽车生产线是24小时运转，一台设备坏了会影响整个生产线。与家电机器人相比，汽车制造业对机器人的稳定性和可靠性要求高很多。"

行业内有条不成文的规矩：如果机器人一年故障导致停产超过两小时，那车企会以每小时5万元的金额向机器人制造企业索赔。

为此，隆深核心团队深入一线了解汽车生产线，不断改良优化机器人的技术和路径。经过一年攻关调试，汽车动力总成机器人的可靠度和合格率都超过99.9%，得到了车企的认可。

苦难是一种折磨，也是一种财富。隆深与东风雷诺、一汽丰田、广汽丰田等多家车企已经建立起了合作关系，仅2018年汽车机器人就实现了2亿元的营收。为此，隆深给自己定了一个目标：实现营收7亿元。

"终端客户对机器人实现互联互通、信息化、智能化都提出了更高的要求。"赵伟峰表示，隆深过去针对喷涂、抛光、外壳组装等单一的生产环节研发的机器人已经"不够用"了，必须将这些环节串联起来，建设全链条的无人工厂。

这需要提高系统设计能力，整体打包为客户提供解决方案，对于隆深来说是个大挑战。赵伟峰从中看出了机遇迎难而上："全链条的无人工厂，对企业整体能力要求特别高，这样反而能避开恶性竞争，并和客户建立长远的战略合作。"

隆深的研发团队正在通过深入了解客户从生产、装备到物流的整体工艺，打造硬件和软件相配套的无人工厂，并实现在EIP系统（多功能企业信息平台）上进行对接。隆深已经参与格兰仕、无锡小天鹅、山东力诺瑞特等企业无人生产线的建设。

在无人工厂的建设中，隆深还一直致力于在机器人中加入感应器，采集和运用大数据进行远程监控，对故障风险的进行及时预警。大数据分析还能给客户提供优化生产线的解决方案。

赵伟峰告诉我："万物互联是未来发展的趋势，前景非常看好，我们会持续推进。"

用机器人取代人工的过程中，确保机器人能够准确识别安装位置是非常重要的一点。

隆深在无锡小天鹅滚筒洗衣机自动装配生产线项目中，针对原有SURF算法对特征点检测计算速度快但存在匹配的一些缺点，拟在SURF匹配算法中，加入RANSAC剔除误匹配点算法的程序实现约束模型去除误匹配的点对，改进后的SURF算法，可以实现匹配点数对零误差。

为避免机器人在装配过程中发生空走，项目拟采用动态参数调整遗传算法并与模糊控制相结合的方法对机器人运动轨迹进行优化，使机器人安装路径合理，提高装配效率。为确保装配安全，项目拟采用控制策略，实现机器人装配过程的实时力控制，把规划好的路径信息传递给机器人位置控制器，机器人位置控制器驱动机器人到达相应位置进行作业。

在机器臂的末端安装力馈传感器测量机器人气爪与工件之间的力大小，为提高所测力信号的抗干扰性和准确性，对测量的力信号进行了滤波、重力补偿及传感器坐标系标定等处理。再将测量的信息传递给力控制器，进而对机器人进行调节以保持机器人末端力的平衡，保证装配的安全性。

改善升级后的生产线换产时间只有原来的十分之一，每班的员工人数从原来的60人降低到了17人，生产节拍从原来的每台

20秒降至每台15秒，一次线下合格率在99.3%以上，实现了一年总装产能485万台的突破。此外，该项目还成功推广到了合肥美的、平田机工自动化、惠而浦的相关项目上。

在实际生产过程中，企业接到的生产任务多是需要对不同规格、不同类型的产品加工，生产任务重。为了对生产任务准确、合理地安排，需要进行有效的计划排产。首先，根据厂房、生产线、设备等对象的物理、功能、状态等属性，进行实体建模；根据实际产品的种类和产量，设定生产计划，并把生产计划按照QUEST的生产计划表进行赋值，使逻辑模型可按照实际的生产日程进行生产仿真。根据仿真结果，基于TSP最优参数设定法对仿真模型的参数进行反复验证修改，直至满足生产要求。

这一切，我听介绍很费力，读者读起来更费力，但这就是带电的"人"的实质与"个性"。

这一切，是创业者、研发者拼搏创新的故事……

三

在顺德机器人产业版图中，佛山隆深机器人有限公司是耀眼的新星。

《南方日报》报道，这家成立于2013年的企业，在家电机器人市场站稳脚跟之后，挺进汽车制造市场：牵手川崎在顺德成立合资工厂，要在新能源整车制造领域大展拳脚。

"从机器人系统集成，再到氢燃料电池的技术积淀，技术布局环环相扣，为我们今后进入整车制造领域奠定基础。"隆深机器人创新研究院院长陈新告诉我，企业希望做成细分领域龙头，成为全国最大的系统集成商。

隆深机器人2016年首次被认定为高新技术企业，还获评2020年佛山市标杆高企。

"这对于我们既是认可，也是激励。"陈新说，公司从成立之初就十分注重研发，企业有一半以上的队伍是研发人员，研发投入占营收的比例一直保持在4.2%～4.5%之间。

背靠顺德庞大的家电产业集群，隆深机器人敏锐地抓住智能化生产的机遇，成立公司专攻家电机器人。

在机器人集成方面，隆深机器人与川崎、KUKA、ABB、发那科等机器人巨头合作。2015年，他们在国内白电机器人集成应用市场占有率第一。

然而，随着家电行业竞争日趋白热化，市场增速放缓，隆深机器人于2017年开始切入汽车领域，聚焦发动机、内饰件、保险杠等汽车零部件。

在这个过程中，川崎机器人提供了不少助力。比如，广汽丰田等日系车厂会指定用日本品牌的机器人，而川崎则把很多汽车行业的中国市场售后服务交给隆深。双方的关系从一开始的代理商，一路发展成为合作伙伴。

每个人都有属于自己的舞台。2017年，川崎和隆深共同运营的中国首个工程研发中心成立，共享研发成果。"我们还引进了汽车行业的专业团队，加上在机器人行业具备基础，虽然入局较晚，但还是具备较强的实力。"陈新说，经过了一年多的开发周期，隆深机器人拿到了丰田一级设备供应商的资质。

汽车行业对于供应商的资质要求，可以用"苛刻"来形容，对机器人的稳定性和可靠性都提出了很高的要求。

陈新举例说，汽车生产线是24小时运转的，假如一台机器出现故障，则会影响整条生产线运作。业内有不成文的规定，如果机器人出现故障影响生产进度，按照分钟计费向机器人提供商索赔。

"这意味着假如机器人质量不过关，就会血本无归。"陈新说，如此严格的要求倒逼隆深机器人加大科技创新力度，很快拿到了汽车行业16949质量管理体系认证，与丰田、东风汽车等多家车企建立合作。

从2017年至2021年的4年多时间里，隆深机器人在汽车领域积累了丰富的经验。这就像走着走着就能遇见你，2021年年初，隆深机器人与川崎机器人签订协议，在顺德成立合资工厂，并开始小规模试产3条产品线。

合资工厂总投资10亿元，规划两个板块业务：一是补足川崎机器人的产能、增加川崎机器人品类；二是凭借合资后拿下的生产资质，瞄准新能源汽车整车生产线。

对中小企业而言，国外进口冲压机器人价格偏高。为此，合资工厂研发生产低成本冲压机器人，满足市场需求。另外，开发针对3C行业的SCARA多关节机器人，在小米生态进行推广。

而在陈新看来，隆深和川崎通过合资工厂加速磨合，条件成熟之后，更大的目标是开展整车制造业务。川崎机器人是丰田整车厂供应商，他们的工程师可以直接参与合资工厂的产品设计。

不过，陈新坦言，国产机器人公司要切入汽车整车环节还有诸多难点，这也意味着隆深机器人还有很长的路要走。

时间回到2019年。

隆深机器人开发出了全国首条氢能源膜电极自动化生产线。在氢能设备自动化领域率先开局，也是隆深机器人进军整车制造的其中一子。

"我们在设计技术路线时，是环环相扣的。"陈新告诉我，氢燃料电池加上原有的动力总成和汽车零部件技术，整合起来为隆深机器人在新能源整车领域建立优势。

过去隆深机器人主要针对喷涂、抛光、外壳组装等单一的生产环节进行研发，这些环节此刻被串联起来，形成了全链条的"无人工厂"。

可喜的是，隆深机器人已为美的、格兰仕、万和、一汽丰田、三一重工、中船重工、远大住工、科达等国内知名企业提供了多领域的智能制造整体解决方案。

"我们作为土生土长的顺德企业，之所以能够茁壮成长，各项政策的支持给我们提供了很大的帮助。"陈新深情地告诉我，隆深机器人从最开始小规模的时候，就感受到贴心的服务，尤其是2020年顺德发布的"科创十条"，投入8亿元支持企业研发创新，让企业得到实实在在的支持。

在产学研合作方面，顺德区科技局积极搭建企业与高校院所沟通对接的桥梁，鼓励企业加大创新。比如，隆深机器人针对集装箱码垛机器人视觉应用系统的开发，就得到北科大教授陈先中团队的大力支持。

"我们抛出去几个技术需求，陈教授的团队反馈回来的方案都是非常契合的，还有两三个项目开始合作。"陈新认为，顺德推动"企业家+科学家"联合创新，对于企业发展是一大助力。

以获评2020年佛山市标杆高企为契机，隆深机器人进一步做实做细"高"和"新"两篇文章，在原有产业基础上优化升级，依托顺德智能制造核心区位优势，推进打造工业机器人相关产研销一体化的产业模式，建设未来智能制造领域高新技术产业领军企业。

一年四季，春夏秋冬，有规可循。成为高新技术企业之后，隆深机器人更加注重研发的投入，包括对研发人员的培育以及加大对外合作等。在持续发展过程中，隆深机器人借助资本市场驶入发展的快车道。陈新透露，公司已进入券商辅导期，2021年进行了股改，争取在2022年或2023年提交IPO资料。

<h1 style="text-align:center">四</h1>

一件成功的事情后面是人的努力。

一家有希望的企业后面都有一个主心骨。

赵伟峰就是佛山隆深机器人有限公司的主心骨。

赵伟峰看中顺德是改革开放的前沿阵地，民营经济发达，优秀的大企业非常多。

赵伟峰看到了顺德制造业给予中小型企业发展的市场。

不心浮气躁、不急功近利，用脚踏实地的态度提供专业化的服务，赵伟峰给我的第一印象，正如佛山隆深的企业价值观一样"低调做人，诚信做事，热情服务"。

赵伟峰1999年大学刚毕业就毅然从东北工业城市吉林南下，来到顺德。

他进入美的，从事过机械生产、采购、经营管理等方面的工作。

2011年开始，他看到了珠三角机器人应用的大好前景，顺德以及周边地区出现"用人荒"，特别是春节过后，往往有员工不能及时到位，影响企业生产。

赵伟峰大学读的是工业自动化专业，看到了市场机遇，自己又有专业知识，经过两年的组合于2013年和合作伙伴成立佛山隆深机器人公司。

创业容易守业难。

由于当时这样的机器人企业比较少，赵伟峰和他的团队在机器人生产方面缺少经验，结果生产体量小，企业规模上不去，高端人才、资金都很缺乏，导致有段时间一度拖欠了一些供应商款项，企业也濒临倒闭。

外面的世界总是处于百转千回当中，创业的过程并不是一帆风顺的，但因为看好行业发展前景，赵伟峰咬牙坚持，瞄准家电产业转型升级痛点，主攻白色家电企业自动化和机器人解决方案。后来，其自主研发的多个行业首创方案，应用在冲压、注塑、装配、焊接等生产环节，并开创了一系列机器人应用的成熟案例。

今天奇思妙想，明天硕果累累。2014年到2015年之间，随着家电企业自动化生产需求的爆发，工业机器人迎来发展的"春天"：10台机械臂同时运作，6秒就能生产一个燃气热水器外壳；17台机器人组成一条生产线，8秒钟就生产出了微波炉腔体……

随着机器人的普及，企业用人荒的问题得到解决，生产效率亦大幅提升。

于是，越来越多的订单向隆深"砸"来，其年销售量也从成立之初的100台飙升至2017年的1500多台。

美的、格力、海信、长虹、TCL、格兰仕等家电品牌都与隆深有着密切合作。

订单的落地、企业的发展，与人才和技术密切相关。

在赵伟峰看来，隆深机器人抓住了市场机遇，吸引了许多志同道合的人才加入团队，同时坚持研发，为企业发展做好技术储备，使得企业得到快速发展。

隆深300名员工中，技术人才占比过半。

在面对行业难题——高端人才紧缺的问题上，一方面，隆深主动对外招聘，在行业内挖潜；另一方面，每年从专业院校招收毕业生进行内部培养。

赵伟峰道出了一个培养人才的秘密："隆深属于技术和人才密集型企业，为了企业长远发展，我们还与广州科技贸易职业技术学院合作开办'隆深班'，'定制'人才。"

隆深和学校开办的第一期"隆深班"学生有16名，学生上课的教材、教具都是由隆深提供，并开设实训课程，让学生毕业后能更好地适应企业需求。

在发展的路上，赵伟峰深知国产机器人企业与国外的机器人巨头还有着较大差距，但是他带着的隆深也有着自己清晰的发展规划，正在加大技术和资金的投入，打造自有品牌机器人，同时把工业机器人系统集成的主营业务做深做大。

五

说到这里，有一段隆深机器人在疫情防控期间的插曲。

"我们在花乡开工了。"2020年2月24日7时45分，陈贵辉、玉尖甩夫妻来到广东佰分爱卫生用品有限公司门口，看到公司要招聘80名芯体操作工、包装工、质检员等8个工种，就分别给韶关、云南老家的亲友发去招工信息。

此时，陈村镇经科局干部李玉芝也来到了佰分爱卫生用品公司，正在与该公司总经理何永深商量线上招聘事宜。

经过消毒、洗洁、风淋等流程后，陈贵辉、玉尖甩进入防尘车间，就开始生产纸尿片。看着原本3条生产线的车间里只有两条投产，何永深心里很着急："我们已经通知还没有回来的员工，可以承包小车回来，所有费用公司出，带一个新人进厂奖励500元以上。"

防尘车间的一侧厂房正在装修，微生物检验室布置就绪。何永深说，公司扩招50%的人手，就是结合企业产品的特性，已签合同购买3条生产线来生产口罩，"本周六之前有一条生产线投产，下周日之前还有一条投产，这两条生产线都是生产成人用的口罩；3月10日第三条生产线投产，主要生产儿童使用的口罩，开学后也需要不少口罩"。

3月木棉花开，3月充满着太多没想到。你看，佰分爱卫生用品公司的一条口罩生产线，竟然是距离该公司1分钟车程的佛山市隆深机器人有限公司生产的。

"陈村镇政府除了要求我们复工前后的规定动作外，更是帮我们解决了很多生产难题。"何永深说，隆深机器人公司和为企业提供复产设备支持的康的公司，都是陈村镇的企业，"我们之前没有一点互动，一个人也不认识，我们的设备都是去外地求购，但陈村镇政府通过企业大数据分析，让我们之间在家门口就有了合作，这样不但省时省力省钱，我们的朋友圈也大了。"

佰分爱卫生用品公司在装修口罩生产车间的同时，一旁的佛山市隆深机器人有限公司，潘希石、何雪英夫妻间隔一个工位的距离，正在机床前加工口罩生产线的零部件。他们两台机床背靠的墙上悬挂着"以百分之百的细致，创百分之百的优良"的横幅，这条横幅就是该公司与佰分爱卫生用品公司有生意往来之后制作的。

"哎、哎、哎，站住，请你走到这里来测量体温、登记信息。"隆深机器人公司董事会秘书崔亚会，试着抄近道进入潘希石夫妻所在的车间，就被保安毫不客气地拦住了。

崔亚会对保安负责任的做法很满意，她直言："公司183名员工有9人是疫区的，返工的员工有三分之一，公司也接到不少生产口罩生产线的订单，但我们按照陈村镇政府要求，做到了'不能为了复工忘记防疫'。"

崔亚会的说法在员工黄业全、陈村镇经科局副局长何紫晴那里得到印证。黄业全是均安镇沙头村人，他说现在每天进出公司、宿舍要测量4次体温。

何紫晴一边翻看她与崔亚会的聊天记录，一边说："隆深机器人公司的河南籍员工潘利民2月4日从信阳东搭乘高铁到广州南回到公司，因为高铁在疫区的站点有停靠，就需要集中隔离。"

何紫晴还想继续介绍情况，崔亚会就打断说："陈村镇的干部每天都要关注这名员工的动态，可没想到2月21日刚到潘利民要解除隔离那晚11时多，他就开始发高烧。"

当晚，何紫晴就安排潘利民到医院治疗、照CT、核酸检测。崔亚会说，公司生产车间所在的莱茵工业园属于陈村镇工业园区改造项目，正在腾空间支持进行改造，也就是在这样的环境下，依然宁愿少一人生产，也要确保防疫到位，"我们公司在疫区有分公司，分公司已经停产，19名员工每天都要报送健康情况"。

佰分爱卫生用品公司与隆深机器人公司的"联姻"，还是不能实现口罩生产全流程，那是因为按照国家标准，还需要口罩专用包装机。

正好，陈村镇干部在驻点企业中知道，与隆深机器人公司一墙之隔的佛山市松川机械设备有限公司主要生产经营包装机械、

食品机械、口罩包装机，这让佰分爱卫生用品公司在陈村的朋友
圈更大了。

结 语

在小巷深处，或许就有哪位民间厨神，正在精挑细选摆弄着
食材，一丝不苟地制作着一两桌酒菜，准备招待亲朋好友，或者
根本不相识但事先预约慕名而来的食客。

这是一座宜居城市，很适合毕业生和创业者在这里工作和
生活。

顺德制造业发达，机器人产业发展前景广阔，政府很关心企
业成长和发展，给予企业很多的政策帮扶和支持。

这是赵伟峰的感言。

在佛山隆深机器人公司走访，我看到赵伟峰已经继承了顺
德老一辈企业家的特征：宏观上，用强强联手打造战略布局；微
观上，用精耕细作细化行业分工。不骄不躁，与浮躁之风背道而
驰；冷静洞察，在专业领域稳扎稳打。

天高任鸟飞。隆深因地制宜，结合各地的产业优势，在各地
设立不同的分公司。如在湖北十堰和安徽芜湖建立汽车零部件的
分公司，在东莞为新能源布局，在宁波、长春、长沙、武汉等地
都建立了分公司。

"子"走出去，根还在顺德，根越扎越深。

2021年的春天，隆深机器人与川崎机器人举行合资公司签
约仪式，双方共同出资组建广东隆崎机器人有限公司，选址顺德
陈村，落户莱茵工业园。

隆深机器人成立于2013年，经过多年的发展，已在机器人

系统集成、整厂自动化、智能数据采集、MES软件服务等领域取得较好的成绩。

川崎机器人作为有着140年历史的川崎重工业株式会社的机器人部门，自1968年开始生产日本首台工业用机器人，是日本机器人产业知名企业。

隆深与川崎的合作领域，这些年一直在慢慢扩展，从家电行业、汽车零部件到汽车整厂用的自动化机器人，双方都在探索合作。

到签约，隆深和川崎合作有7年多的时间。

七年之痒，双方互相信任、互相支持。

赵伟峰说，顺德、陈村见证了两家相差120岁机器人企业的情缘。

第九篇

蓝胖子的哆啦A梦

"DHL在芝加哥召开'DHL Robotics Hour'媒体发布会，宣布DHLeCommerce在其亚特兰大配送中心启用蓝胖子智能分拣机器人DoraSorter、蓝胖子智能分拣项目已成为DHL eCommerce投资1亿美元建设五年自动化计划的一部分。"2023年6月23日，蓝胖子机器人公司官网发文说，在智能分拣机器人的背后，是人工智能和机器视觉技术的驱动，并报告：作为全球领先的智能无人仓整体解决方案供应商，蓝胖子携DoraInductor智能上件机器人亮相了日本关西物流展。

引 子

人生因制造而精彩，民族因制造而永恒。

刚满30岁的他，接连入选2017年福布斯中国"30位30岁以下精英"、2018年福布斯亚洲"30位30岁以下精英"、2019年被高盛集团评为"亚洲最具颠覆力创业家"。

这位曾受李克强总理接见的创业者名叫邓小白。

他生长在顺德区乐从镇水藤村。水藤建村于元代，是20世纪早期诗人邓实、邓方的故乡。

邓小白所创立的蓝胖子机器人公司，2019年入选达沃斯世界经济论坛"技术先锋企业"。

一

12岁，邓小白来到EMS实习，第一次接触到现代物流业，埋下了梦想的种子。

12岁不怕路远，就怕志短。

12岁不怕缓慢，就怕常站。

12岁不怕贫穷，就怕懒惰。

国际舞台上，活跃着中国青年的身影。中山大学修读经济学毕业后，邓小白并没有如愿进入这个行业，但是一次在斯里兰卡的偶然机会，他加入全球最大的物流快递承运商UPS亚特兰大总部，精心钻研第三方物流业务及供应链优化业务，两年后被提升为管理层。

2014年，在深圳，邓小白和两位志同道合的小伙伴创立蓝胖子机器人有限公司，获得多轮融资，旗下网罗了十多名国家顶尖技术人才。

李克强总理曾接见邓小白，鼓励这位创业者要"一步一脚印"。

30岁的人生，意气风发的年龄。2019年，邓小白刚满30岁，不曾留学，足迹却遍布50多个国家，飞行里程逾百万公里，是蓝胖子机器人CEO。

一个梦想让物流全流程自动化，供应链人工智能化的"跨界"青年。

透过蓝胖子深圳总部的会议室玻璃，我和我的同事黄祖兵看到办公室里各种测试与开发在有序进行，看着一张张外国面孔，有那么一瞬间，让人错以为自己在硅谷。

Dorabot（蓝胖子机器人）主要研发软硬件相结合的移动机械臂机器人和移动平台（AGV），将之应用到物流、快递、电商行业的装卸载、分拣、上货、堆码垛等环节，匹配相关应用场景，形成整套的解决方案。基于机器人视觉、多机器人协作、自主导航、机器人学习等技术，蓝胖子致力于自主研发和打造移动机械臂及其稳定成熟的场景应用。

谈起创业的初衷，邓小白直言，创业完全是一件偶然事件，从UPS退下来之后，他本来打算加入国内一家大型科技公司先继续打拼四五年，30岁有更多经验了才考虑创业的事。

人生相遇，自是有时。机缘巧合之下，邓小白遇到了前IDG资本合伙人、现峰瑞资本创始合伙人，加入了"IDG自由人"计划，而同为"IDG自由人"的祎周知道了邓小白十分热爱物流自动化，遂介绍小白给他的一位高中同学——后来成了蓝胖子创始人之一的张浩。

祎周对张浩的形容是："从小极其热爱机器人，非常执着，梦想是做出一个哆啦A梦。"邓小白与张浩见面详聊了5个小时，发现两人都执着、有梦想、有远见，真诚、单纯、略显奇怪——一拍即合，两人立刻开始思量商业方案的细节。

很快，两人在商业和技术上达成共识，决定共同研发机械臂移动平台（AGV）在物流上的应用。

创业初期，只有邓小白、张浩和周丹旦三个人，抱着三个笔记本在深圳一家创客空间，仅10平方米的角落里写代码。

生活吧！过属于你的奇妙的生活！

我想邓小白他们是幸运的。

一方面，他们做着自己热爱的事情；另一方面，刚开始做这件事的时候，距离市场需求的爆发还有一定的时间，这相当于给了他们两三年的时间潜心研发产品。

蓝胖子成立不久后，创新工场投资的天使轮融资降临，这笔资金成为蓝胖子早期的研发成本。很快得到资方的认可也让邓小白他们不用担心其他，以全部精力投入研发。

努力和付出体现在点点滴滴的细节里。

二

公司为什么取名蓝胖子？

邓小白告诉我和同样好奇的人，"Dorabot"的名字源于联合创始人兼CTO张浩的执念，"Dora"取自卡通人物哆啦A梦的英文，张浩有一个机器人梦，希望打造一款智能机器人，能够像哆啦A梦那样达成人类各种各样的想法，还能够和人类做朋友。

在邓小白眼里，张浩是一位很有梦想的合伙人。

蓝胖子这个名字寄托了邓小白的初心与追求——科技改变生活。

蓝胖子成立后，随着国内外物流交易不断从线下转至线上，仓储和物流的压力急剧增大，也为其带来了巨大市场机遇。蓝胖子自主研发了三种不同功能的智能机器人：取货机器人、分拣机器人和装货机器人，就是针对物流、快递电商行业不同场景提供解决方案，实现差异化商业应用。

在强大的技术壁垒和物流巨头的数据、场景需求等资源的支撑下，蓝胖子已建立起全球领先优势，与国际顶尖的物流、海港、航空等企业，在智能算法、智能机器人分拨、分拣、装卸货等智能无人仓的核心场景合作落地。

智慧物流下一个爆发点会出现在哪儿？

邓小白说，智慧物流其实包含了非常多的细分领域，除了机器人、智能仓储，还有物流大数据、智慧供应链等，但现阶段智慧物流行业其实还处于初期阶段，有很多新的应用场景有待挖掘，未来每一个细分领域都有可能是机会，人工智能对行业的改造升级比想象中更强大。

同心同梦，与众不同。令邓小白骄傲的就是，蓝胖子机器人的员工来自全球十多个国家，其中80%以上是技术研发人员。

这包括澳大利亚机器人视觉中心创始人Peter Corke、UPS集团前首席商务官艾伦·葛诚瀚、OpenCV创始人Gary Bradski、亚马逊机器人比赛冠军Adam Tow等国际化人才。

令邓小白骄傲的还有，蓝胖子机器人在美国和澳大利亚分别设立了研发中心。

技术本应无国界，要做一个世界级的公司，一开始就必须有全球化的基因，无论是引进来，还是走出去。

邓小白说，这些国外的超级工程师为了实现真正机器人的理想，愿意放弃更高的薪水、短期的利益，从世界各地会聚到中国。

今朝，蓝胖子的工程师队伍由两拨人组成：有来自佐治亚理工大学、新泽西州立大学、滑铁卢大学、斯坦福大学、加州大学等的学术型研究人才；也有来自ABB、Robocup、Robocon、大疆等实操性能力特别强的人才。

正如邓小白所期待的，他们无一例外都非常聪明，对技术深度热爱，真实、纯粹、执着，有时候甚至有点怪。

邓小白说："很明显我们是同一类人。"

三

真实，是最有力量、最有信心的表现。

水藤小学、沙滘中学、顺德一中、华南师范大学附属中学、中山大学，漫漫求学路，邓小白心里一直不能忘记他的那个梦想：儿时的机器人，坚定的物流自动化之路。

邓小白的踏实与进取，和他的故乡——顺德乐从，有着莫大的关系。

顺德是闻名世界的岭南鱼米之乡，走出了地产大亨、珠宝大王郑裕彤，恒基地产主席、金融家李兆基等许多商业大亨，产生了杨惠妍、何剑锋、梁昭贤等新时代创业先锋。

顺德这座城市以崇尚经世致用的务实精神，深厚的人文底蕴，敢为人先、低调务实的品质作风，铸就了创新、务实、拼搏、诚信的顺德企业家精神，滋养着前仆后继的创业家。

生于这座岭南城市，出生于水藤村一户平凡家庭的邓小白，自然也受到了务实肯干的精神文化熏陶。

邓小白的爸妈都只上过小学，他们一直很希望邓小白能够走遍世界，做点有意义的事情，用自己的力量去贡献社会，让社会更加美好。

和许多珠围翠绕的小孩不同，邓小白12岁就开始到处找地方实习。

他印象最深的一次实习是在EMS。其间，目睹邮局效率低下，12岁的孩子幻想着手上有一支魔术笔把一切都加速。后来在大学期间他明白，能让一切加速的魔术就是"自动化"。

巨大的国内外宏观市场和飞速发展的时代验证了邓小白的梦想是有基础的。

进入21世纪以来，中国的电商发展进入了黄金时代。短短几年，中国已取代美国成为全球最大的电子商务市场。国家商务部在2018年5月29日发布的《中国电子商务报告（2018）》显示，全国电子商务交易额达31.63万亿元，全国网上零售额达9.01万亿元，电子商务服务业营收规模达3.52万亿元，远远把美国市场甩在身后。

然而，国内的自动化程度不高，是掣肘中国物流业发展，甚至中国经济发展的最主要原因。种种数据表明，物流自动化是未来的巨大蛋糕。

工业4.0持续发酵，物流自动化的改造市场达到千亿级。

物流自动化不仅是孩子的童年幻想，更是事关宏观经济发展的当务之急、大势所趋。

生活中的邓小白喜欢吃肯德基，喜欢跑马拉松，喜欢游泳。他还期望有生之年去太空遛一圈，探索天外文明。

世界这么大，我想去看看。"走出去"成为这个佛山青年看世界的方式，走过大千世界的邓小白，在绕过地球大半圈之后，听从的仍是内心坚定的声音，着力打造的还是儿时那个想要的机器人，梦想的还是童年坚定的物流智能化之路。

在邓小白心中，蓝胖子现在做到的只是开辟了"物流自动化的第一里路"，道阻且长，注定还将迎来漫长的上下求索。蓝胖子所研发的科技，无论是机器人视觉还是机器人控制，也是赋能科技，物流是第一站布局，未来在更全面的供应链端，特别是制造业升级及零售业的运营智能化也会开始发力。

更有趣的是，邓小白参照以前UPS老板的作息习惯，每天5点多起床，跑步，看新闻，上班。每年，他在世界各处跑马拉松。他觉得自己只是有点小聪明，没有什么特殊的背景，白手起家，只能异常勤奋，勤奋是唯一的出路。

他常说："如果你一定要实现某个目标，甚至更大的理想，要做到超级勤奋，努力是基本中的基本，要将某一个目标坚持到底，所以，很简单，只有努力。"

四

事实也证明，创业需要热情，更需要耐心。

蓝胖子的业务是为物流业进行技术赋能，运用多种创新人工智能技术及软硬件应用，为物流、快递、电商仓储、海空港等场景，提供包含分拣、运输、码垛、入库、装载等环节的一站式解决方案。

在物流业数字化转型已成不可逆转之势的今天看来，这些技术的加持是企业的"必答题"，但在6年前，这些理念显得过于超前。

一边埋头搞科技研发，一边通过服务海外用户了解行业痛点，同时积累业内口碑。

邓小白这个"熬"的过程持续了5年之久。

直到2020年，整个行业迎来了一次"重构"，蓝胖子也迎来了加速发展的新契机。

邓小白口中的"重构"，指的是突如其来的疫情不仅改变了人们的生活，更为全球经济带来了一次影响深远的"洗牌"。

疫情对物流业的冲击也很大。

一方面，全球都面临缺工的难题；另一方面，"宅经济"催生了电商等行业的兴盛。

谁去完成货物运输、分拣、投递等苦活累活？

科技赋能成为物流业的必需选择。

邓小白说，行业的"重构"意味着"伤筋动骨"，但因为前期技术积累成熟，疫情反而为蓝胖子带来了前所未有的发展良机。

疫情以来，蓝胖子的业务实际上迎来了一个爆发点。

以前蓝胖子的业务主要集中在海外，国内市场对于机器人智能这一块的接受度没有那么高。但也正因为有了在海外市场多年的积淀，蓝胖子对于行业痛点有了更精准的了解和对策。

面对疫情，蓝胖子才得以迅速打开国内市场。

守得云开见月明，蓝胖子用坚守化危为机。

蓝胖子在全球范围已拥有数十个知名客户，包括DHL、UPS、BASF、长青集团、微众银行、深圳大学等企业和机构，并与包括中国电信在内的企业达成5G机器人研发及应用合作。

春意催人。DHL于2021年3月正式宣布了与蓝胖子在全球范围内多条业务线的合作，蓝胖子成为DHL在智能机械臂分拣应用领域的唯一合作伙伴，并在美国、新加坡及韩国实现落地。艾瑞咨询发布的《2020年中国人工智能＋物流发展研究报告》指出，预计到2025年市场规模将接近100亿元。

厚积薄发，借整个行业数字化转型的东风，蓝胖子有望驶入发展的"快车道"。

疫情提升了企业对于机器人智能解决方案的需求度，但仅靠疫情带来的"红利"很难行稳致远。

邓小白说，蓝胖子的核心竞争力是研发。

蓝胖子80%的员工都是在做研发，研发经费投入上亿元。

走在科技前端同时又能解决实际问题的研发，才是蓝胖子从激烈的市场竞争中脱颖而出的"法宝"。

科研是立于不败的"秘密武器"。作为国家高新技术企业，蓝胖子拥有173项专利，其中PCT国际专利44项、发明专利56项、实用新型专利67项；其他知识产权方面，蓝胖子机器智能还拥有软件著作权30项，外观设计专利20项。

　　针对物品在特定空间内的运输，蓝胖子为机器人做了自主导航定位及多机调度协同方面的优化。

　　凡事皆有法。通过针对物流业场景优化的SLAM（同步定位与地图绘制）技术使得机器人实现自主导航和移动。蓝胖子技术上支持超过10万平方米的地图建立，满足定位精度在正负10mm范围内，在正常室内、半室外环境下，无须额外安装反光板或二维码加以辅助，仅依靠建筑物自然轮廓就能实现定位，并可以自适应环境局部变化，极大地缩短了部署的时间，交付后无须运维。

　　针对物流集散中心大规模、多设备协同的复杂环境，团队通过算法使得执行多任务的机器人队伍能够实现预先调度，快速得到高效避让、时间最优的协同行动方案，可同时调度协同超过100辆不同类型设备。

　　蓝胖子机器视觉技术能迅速判断物品的角度、姿态，并根据不同的姿态即时生成机器人抓取轨迹，也就是运动规划。

　　孟夏时节，万物生长、万物并茂。

　　盛夏的佛山，这座充满朝气和活力的城市，处处涌动着创新创业的热潮。

　　闯劲、锐气和担当。2021年7月19日，广东顺德蓝胖子机器人有限公司，以底价竞得佛山市一宗工业用地。

　　这块地就在邓小白的家乡乐从。

　　乐从，是中国家具商贸之都、中国塑料商贸之都、中国家具电子商务之都，是国家水利风景区。

　　千百年来，乐从这片土地人才辈出，留下许多故事，留下诸多遗迹，古村、古宅、古桥、古井、古水闸，成了乐从人日常生活的一部分。

一条东平河从乐从经过，也从小在邓小白心中构成了一幅色彩缤纷的图画。

这幅图画就是蓝胖子机器人公司的智能制造产品，匹配相关应用场景，形成整套的解决方案，可应用到物流、快递、电商行业的装卸载、分拣、上货、堆码垛等环节，这正和乐从镇繁忙的物流业相匹配。

获得用地后不到一个月的8月，深圳蓝胖子机器智能有限公司就宣布投资超10亿元在顺德区乐从镇建设智能制造总部。

10亿元！让邓小白在东平河畔有力挥动手中的"画笔"，一抹红，一抹绿，一抹蓝，尽情泼洒，酣畅淋漓。

"得益于佛山良好的营商环境，公司的发展态势良好，跑得很快。"邓小白说，佛山提出了构建"益晒你"企业服务体系，"益晒你"意思就是要把所有的好处都给到企业，让人印象深刻。

让邓小白深深思考的还有：在工业4.0、智能制造大发展的今天，"顺德制造"紧跟时代发展，提出坚持工业立区、科技强区战略，在科技研发和创新方面大力投入，给传统制造插上了科技创新的翅膀，传统工业逐步向智能制造转变，必将在大湾区协同发展新机遇下，创造更大的影响，取得更大的辉煌。

流淌着乐从人商贸血液的邓小白告诉我，顺德坚持工业立区、科技强区，扩大万亿顺德、千亿集群、百亿企业现代产业版图适逢其时，不仅有"月亮"也有"星星"的产业生态很有必要，有助于形成完善的产业体系。

小城市很容易本地化，但现在时代需要更多元融入，要把握时代变成"小深圳"。

这是邓小白给家乡的建议与期待。

结 语

邓小白在北京参加2021首届"国际碳中和30人论坛"后，一幅新的蓝图铺陈在眼前。

对大型零售企业、海运、铁路运输等每日运输货量极大的企业而言，如何在优化成本的同时实现减排、降排成了一道事关企业发展前途的"必答题"。

为应对这种需求，蓝胖子AIoT团队研发出了名为"装满满PRO"的新产品。

"装满满PRO"基于自研AI时间空间多目标优化算法引擎，一站式解决物流环节中的拼柜与装箱难题，不仅可用于海运及铁路集装箱拼柜，还可应用于陆运车货配载、航空打板等场景。更重要的是，"装满满PRO"率先把"碳排放量优化"指标纳入方案设计中，赋能供应链体系的多个环节，监控每个节点的碳排放量，最大限度地实现经济效益和社会效益的双重优化。

假设某零售巨头在中国有几十个分拨中心，有2000家店，如何规划一个货物抵达门店的最佳路线？如何实现高效能的存储、摆放？

这是一个非常复杂的事情。蓝胖子的AI团队采用最先进的时空优化算法，用AI提供最佳的解决方案，实现对资源利用的最大化。

这个技术是蓝胖子独有的。

在"碳达峰""碳中和"的背景下，相信蓝胖子又抢占了一个风口。

没有人能像哆啦A梦一样神通广大、无所不能，但邓小白希望通过科技的力量，可以让人们的生活更美好。

这就是蓝胖子的初心。

在蓝胖子的未来版图中，未来的物流新世界会呈现这样的画面：在大规模全自主仓库里，多机器人协作，从入库、分拣，到运输，完全由机器人完成。

更远的未来，从制造端，到物流端、到销售端，都将被赋予更多柔性与智能，人工智能与机器人能给人类更完美的消费与使用感受。

花有重开日，人无再少年。

邓小白的未来，值得期待。

第十篇

上得厅堂也下得厨房

"天太机器人成立之初就明确要做最核心的东西，我们的目标只有一个，就是'让机器人随处可见'。"2024年1月，天太机器人创始人何志雄说，机器人的普及，不仅要突破复杂场景下的"精密传动+驱动"技术，也需要标准化产品来实现批量化生产和适配场景化应用，并报告：2023年，由天太牵头的广东省首个机器人核心零部件国家标准《精密电驱动谐波齿轮模组通用技术要求》正式宣布立项，彰显了天太机器人立志推动机器人产业良性发展的决心与毅力。

引　子

开办一家机器人企业，未来或许将变得更简单。

这是广东顺德天太机器人技术有限公司的初心、目标。

作为一家拥有核心研发能力的本体制造商，天太机器人是一家"下得厨房"的技术驱动型企业。

作为一家能够派工程师进驻客户车间学习一个月、率先提倡"轻集成"减轻合作伙伴和客户负担的上游厂商，天太机器人还是"上得厅堂"的市场驱动型企业。

技术打开了市场的空间。

一开始就自主进行核心部件的开发，源于对外采购时的成本和供货周期受制于人，最终影响产品的市场竞争力。

配备自研谐波减速机的天太scara机器人推出市场后，销售价格仅相当于国外同类型产品的一半。

在高端市场中，天太机器人凭借更高的性价比和更优质的服务，让更多中小企业用得上机器人，也给自己赢得更大的市场空间。

这家企业位于大良红岗。

一

　　当初选择进入机器人行业，就是抱着为中国制造真正贡献力量的念头，几个合伙人商量之后，决定这一辈子就是把这一件事做好。

　　这是广东顺德天太机器人技术有限公司创始人的初心。

　　几个合伙人也包括张兴华、何志雄。

　　他们约定不管未来多么遥远，有你，有我，就有美丽的憧憬在我心间，让我拉着你的手，一路走下去。

　　《中国制造2025》是经国务院总理李克强签批，由国务院于2015年5月印发的部署全面推进实施制造强国的战略文件，是中国实施制造强国战略第一个十年的行动纲领。

　　机器人企业，就这样如雨后春笋般地冒出来。

　　许多人以各种方式参与到机器人行业。

　　张兴华、何志雄也是这波机器人浪潮中的弄潮儿之一。

　　"兴华""志雄"的取名就是一种寄托、一种期望、一种未来。

　　"兴华""志雄"的组合更是一种憧憬、一种盼头、一种追求。

　　与众多进入机器人行业的人不同，张兴华、何志雄并没有选择代理国外品牌，而是走向自主研发的道路。

　　或许在大多数人眼中会认为这样不够聪明，不会做生意。

　　因为国外品牌毕竟已经有了很好的技术积累及市场认可度，做代理可能很容易就赚到钱。

　　可张兴华说："当初选择进入机器人行业并不只是为了简单

赚一笔钱，而是想真正做出一番可以为之奋斗一辈子的事业。"

遇到困难一起扛，胜利喜悦齐分享。

张兴华、何志雄等人一辈子的事业是从2013年开始的。

组建团队来研发机器人，一路走来，遇到了很多困难，也走过了很多坎坷。

面对失败，依然选择坚持。

1000多个日日夜夜的奋勇拼搏，天太机器人整机研发成功。

人若无梦，夜的眼睛就要瞎了。

天太机器人因梦想而诞生。

包括六轴工业机器人、SCARA四轴工业机器人、并联机器人、谐波减速机、RV减速机等，广泛应用于3C、家电、纺织、家居建材、五金、玩具、礼品、包装等行业领域，可满足组装、上下料、涂胶、焊接、喷涂、抛光、去毛刺等传统工序。

路走得稍微长一些，但是很多技术难关都被张兴华、何志雄一个个攻克。

比如，机器人的心脏——减速机，是张兴华、何志雄自己研发成功的。

佛山丰富的应用场景滋养了整个机器人行业。

看到应用于汽车制造等领域的大型工业机器人市场早已被巨头占据，研发和市场开拓成本高昂，天太机器人选择聚焦以scara（平面多关节机器人）为代表的轻负载机器人领域。

实验中，张兴华、何志雄他们很快发现，轻负载机器人在核心零部件上受到国外供应商的掣肘，尤其是四大核心部件之一的谐波减速机。

不涸之仓，始于研发。

说干就干！天太机器人不断加大研发投入，让团队的核心人员保持稳定。

研发虽然遇到很多挫折，但是大方向没有变。

无数次的失败换来一次次突破，这样才一点点地积累出成果。

失败方知泪水咸，错过才晓缘分浅。scara机器人整机和自主产权的谐波减速机都在2015年成功推出，整机售价仅为进口同类产品的一半。同时，天太机器人也成为国内唯一具备减速机制造能力的本体厂商。

事情虽然多而且杂，但一件一件去做总能做好。2017年12月，在首届广东机器人年度评选活动中，天太机器人获得由广东省机器人协会颁发的"广东机器人关键零部件突出贡献奖"。经过对稳定性、精度、寿命等多个维度的综合评估，其减速机被认定为实现了重大技术突破。

此时，在柯洁与阿尔法围棋的人机大战之后，阿尔法围棋团队宣布阿尔法围棋不再参加围棋比赛。

走到今天，回头望过去，张兴华、何志雄都觉得自己很了不起。

随着人力成本的加剧，机器人换人已然是一个大趋势，但是如何能够让企业用得起机器人才是重中之重。

张兴华、何志雄他们又有了新的追求。

他们凭借自主研发谐波减速器、花键丝杆，成为国内唯一具备这两项关键部件制造能力的本体厂商，誓要通过打造标杆项目等方式涉足系统集成领域。

二

酒香也怕巷子深。

产品推出初期，天太机器人在市场上还没有知名度，系统集成商和终端用户对其技术实力并不完全认可。

天太机器人不得不决定转变思路，主动切入集成应用领域，打造一批标杆项目证明自己。

其中，最具代表性的一役是与顺德本土家电龙头新宝电器合作，开发了世界第一条咖啡机自动装配线。

新宝电器是全球最主要的咖啡机生产商之一，数十条咖啡机装配线不停运转，单班就需要超过2000名一线工人，常年都在招聘。

随着工人招聘难度的日益加大，新宝电器决定拿出几条生产线先期开展智能化改造。

回忆很美，尽管过程艰辛，也许结果总有遗憾，但天太机器人无愧于心。张兴华回忆，当时有几家世界级机器人巨头都参与了这一项目的角逐，但他们提出的方案都没能满足客户的需求。

他向我举了一个例子：咖啡机生产中有一道关键工序，是把软软的硅胶管插进机器，人工操作只要熟练了就非常容易，但是机器操作时要控制好精度和力度就非常难。

人生的际遇，并不是能预料到的。为了啃下这个项目，天太机器人派出工程师到该家电商驻厂研究一个多月，学习掌握咖啡机的生产工艺和关键点，再将学习成果转化为机器人的一系列控制代码和特殊设计，最终方案赢得了客户的认可。

生产线的地方没变，送料皮带也还在那里，但是原先的操作工人变成了天太的机器人。

与张兴华聊着，我想起了我在新宝电器挂职董事长助理的时光。那时，天太机器人还没有正式成立。

星期天中午，我下厨烹饪了一道"炒冬菇"，家里的三位女人都说"好吃，有冬菇的原味"，我说"是在勒流的新宝学的"，她们逗我"真行，这也能在企业学到"。

我受佛山市委组织部委派于2013年初来到新宝工作，工号是365774。

那天来报到走错了楼层，也吓了我一跳，我们这里竟然有如此多的部门，如开发部、销售部、洽谈室，同事们都在敲键盘，风风火火地忙碌着。

刚到新宝没有固定工作，我也趁着这个空当，去了生产车间、喷涂车间、塑胶车间、六分公司、模具车间、五金车间、员工村等地进行走访。

2031年年底在新宝上班的最后一天，我去了咖啡机生产车间，还是带着我的13岁女儿去的，我要让她感受生产咖啡机的辛苦，想象喝咖啡的雅致，再去发奋学习。

我知道，第一个击败人类职业围棋选手、第一个战胜围棋世界冠军的人工智能机器人阿尔法，其主要工作原理是"深度学习"。

离开，在品尝那道"炒冬菇"后依依不舍地离开。

再前往时，新宝的自动化装配线中，单条产线所需的生产工人数量下降了超过一半，产能却上升了超过50%，品质稳定性也大幅提高。

在通过标杆项目打出影响力后，天太机器人再度开启了战略调整，不再投入大量精力到大项目的集成应用方面。

　　这不仅因为本体制造所需面对的事务更加专一，而且它与集成应用业务的运作管理模式都不相同，前者是产品思维，后者是工程思维，难以长期并行。

　　不做"重集成"的同时，天太机器人是业内最早提出"轻集成"的厂商之一。

　　根据之前的经验，天太机器人发现系统集成项目存在复杂性高、难以控制周期等许多问题。为了减轻系统集成商的负担，天太机器人将一些产品进行改进设计，在出厂前就设定好将来的应用环境。

　　这样一来，机器人到达终端用户后很快就能"上岗"，系统集成商只要发挥渠道销售和基础的调试维护等职能。

　　比如说一个锁螺丝的机器人，传统的模式是把通用机器人卖给集成商，集成商要将其改成一架螺丝机，得另外去配备电批、供料系统等周边配件，然后进行组合调试。

　　锁螺丝是3C产品中应用量非常大的一道工序，因此天太机器人特别研发了scara螺丝机机器人，把周边配件集成到一块，出厂时就已经是一个小型工作站。

　　市场推动着技术的革新。

　　在内部设计和关键零部件上，"轻集成"也有了突破。

　　针对scara螺丝机，天太机器人把智能电批与机器人进行一体化设计。

　　相对市场上外挂锁附件的分离式锁螺丝scara，天太专用scara螺丝机大大增加了机器人刚性和作业稳定性。

　　以scara螺丝机为突破口，天太机器人还推出租赁业务，目的就是让更多中小企业能用上机器人。锁螺丝的工序应用广，而且标准化程度高，因此一台螺丝机能在两个完全不同的企业中使用。

张兴华把机器人租赁业务比喻为"劳务派遣"，派给你一架机器人，你发给我一个工人的工资。

在技术驱动和市场驱动背后，是以用户为中心的思维将二者连接在一起。

张兴华、何志雄他们做的每一次技术升级和市场开拓，都是基于对用户需求的理解和满足。

三

轻量型机器人市场需求越来越大，竞争尤为激烈。

2018年是轻量型机器人的"卡位战"之年。

了解足球的人都知道"选择重点、定准位置、卡准时机"是卡位关键。

天太机器人就是以这三个切入点去打开市场的。

三个切入点，选择重点，重点在SCARA。

天太机器人主推"TS6-600"型号的SCARA机器人，谐波减速机、丝杆等核心零部件均为自主研发生产，且采用行业内流行的驱控一体化技术，不仅性能优势得到保证，而且成本更低，因此推出市场的价格完全突破了行业惯例。

市场一边在扩大，也一直在厮杀，张兴华在深耕市场数年后也是颇有心得。

天太机器人在培养一批中小型系统集成商，中小型集成商更看重成本和交期优势。同时，他们大多应用机器人的经验不足，需要更多的服务。

成本、交期、服务，刚好是天太的综合利器，必然受到青睐。

虽然短期时间内中小集成商单个拿货量也许不高，但是随着他们能力成长和数量的积累，未来就是大市场。

转变进展观念，创新进展模式，提高进展质量。

张兴华认准后，就积极引导直角坐标机器人升级，经过市场调研，他断定直角坐标机器人接下来处于增长态势。

机器人必将成为这个智能制造历史时期的主流。

国家机器人发展论坛是由中国自动化学会主办的，国内自动化领域高规格活动。

论坛邀请了李培根院士、王耀南院士，以及全国各高校、科研院所的专家学者、机器人龙头企业代表、机器人行业的重点用户代表、股权机构、媒体记者等共计600余人共同见证了此次盛会。

论坛通过线上+线下同步直播的形式，聚集国内机器人领域顶尖学者、企业代表，共同探讨机器人技术，助力机器人产业创新发展。

在这个中国自动化最高学术机构主办的论坛上，天太机器人摘取了"影响力品牌""工业机器人示范单位""核心零部件示范单位"三大桂冠。

何志雄在会议上就"智能新业态下的突围与共生"这一主题，进行了发言。

一名顺德企业家的发言是如此有格局、有远见。

何志雄说：在中国经济飞速发展、产业快速迭代、科技高速发展的背景下，机器人产业一方面实现了跨越式发展，各种场景下的机器人产品形态日渐丰富；另一方面，中国机器人的独有供应链体系逐渐呈现出来，工业机器人本体与零部件、机器人核心硬件、精密传动、智能驱动等领域中国企业逐步成长。

何志雄一句"可以这样说，机器人时代属于中国的供应链正在逐步成型。这是中国智造独有的东西，也是中国智造的独特魅力"，引起长时间的掌声。

要让机器人随处可见。自2014年在顺德成立以来，天太机器人就把自己定位为一家实现机器人核心运动部件研发制造企业，已拥有35项发明专利、51项新型专利，以及近50项软件著作权及外观专利。

天太机器人核心运动部件已成为被国内厂商广泛使用的零部件，覆盖AGV、AMR、安防巡检、商用服务等各细分领域的机器人头部企业，相关产品复购率在90%以上。其中，SCARA机器人则已成功更迭三代，产品广泛进入苹果、华为、小米、达闼、富士康、CATL等生态供应体系。

无，则努力追求；有，则尽情享乐。2022年2月28日，春和景明，天太机器人发布了"智巧"系列关节产品，把多个涉及机器人运动的核心零部件集成并模块化，让机器人制造就像"搭积木"一样。

这款产品标准化、模块化的方式，可以降低机器人开发门槛，能为中空双编码一体化智能关节，具有体积小、扭矩大、精度高等特点，将电机技术、驱动技术、编码器技术及减速器技术进行了高度融合，为下游厂商节省了上百种机械电子器件选型、设计、组装的人力和时间成本。

同时，用模块化方案替代零散配件，通过改变模块数量和连接方式就能改变机器人的整体构型，产品升级迭代也更加容易。

近年来，"520""618""双11""818"等以数字命名的节日越来越受到消费者的青睐，成为新的经济增长点。数字造节迎合了年轻人追求时尚、表达情感的新需求，加速了消费方式和理念的革新，使"节日经济"愈加迸发出活力。

在谐音"我爱你"的"520"当日，人们打开手机、走在路上，随处可见商家打着"爱情"旗号开展的各种促销活动。不过，做实业的广东天太机器人有限公司于2022年5月20日推出的新品——室内服务机器人专用智动轮，经过多款轮组产品研发迭代和应用，实现量产并广泛应用于送餐、迎宾、消毒、教育、配送、巡检、商用扫地等各类服务机器人场景。

我知道，这个系列服务机器人智动轮把电机、轮毂、减速机、驱动器、编码器一体化集成，具备模块化通用设计的巧思，不仅拥有精度高、能耗低、通用性强和可被定义的特点，还可以打破传统硬件限制和固有的形态应用，针对不同的企业目标进行拼装与搭配，帮助行业打破硬件的限制，做到了上得了厅堂也下得了厨房。

结　语

天太机器人在春天里播下理想的种子，在秋天里收获辉煌的希望。

在机器人部件及整机设备领域国外企业相对垄断局面的"红海"中，天太机器人强调自主研发与全面国产化，以生产工艺优势、价格优势和集成效率优势打破长期的海外供应链垄断，并在广泛厂商合作中产生"行业标准件"级别的供应链壁垒，力图走出适合中国企业、适合机器人中国供应链的"新蓝海"模式。

高唱胜利的凯歌，共创美好的明天。天太机器人旗下的

"智动轮"，集成了轮子、减速机、电机与驱动器，通过紧凑的一体化结构实现性能体积比的最大化，同时也具备节能及简便安装等优点，不仅帮助下游厂商降低采购成本，同时能够为厂家减少3～4道核心工序，进而提高生产效率。

如果要问天太机器人发展有什么秘诀，我的答案只有两个字：专注。

第十一篇

这里出产全球四分之一的扫地机

"顺德是银星智能新的起点，我们的目标是把顺德园区建成百亿级服务机器人产业生态园区，我们要抓住服务机器人产业的拐点，良性增长，成为行业第一。"2023年10月27日，看着一辆辆装满扫地机器人零部件和产品的大货车进入顺德银星服务机器人产业园，银星智能集团董事长、总裁叶力荣气势高昂地说，银星智能机器人工厂投产和服务机器人产业链生态建设工作全面启动，并报告：随着佛山基地的建设完成，银星智能所有的服务机器人研发制造人员从深圳全部搬迁至顺德的同时，项目达产后，项目可年产服务机器人1000万台以上，年产值达50亿元以上，助推顺德千亿级机器人产业集群加速成型，带动佛山智能制造产业发展和升级。

　　2022年2月18日，随着礼炮声响，占地约8.33万平方米、投资总额达20亿元的银星智能服务机器人研发制造产业基地项目，在佛山市顺德区伦教街道世龙工业园区内打下第一根桩。

　　通过视频连线的形式，"虎虎生威"的动工场景，让参加2022年顺德区第一季度招商引资重大项目签约暨动工活动的众人倍感振奋。

　　作为项目的总负责人，张国栋深深地感到项目落地顺德、落地伦教，是非常正确的选择。

　　最高兴的人，可能是张国栋，他是佛山市银星智能制造有限公司副董事长。

　　他高兴的是银星智能在诸多城市中最终选择顺德，正是因为顺德与深圳在众多维度都能找到相同的气质和基因。

　　2021年8月，双方就项目进行初步洽谈，随后迅速开展一系列现场考察、协议协商，在不到三个月的时间里银星智能就已经落地顺德，顺德速度让来自深圳的银星智能刮目相看。

　　"顺德就是一个小深圳。"

　　这是张国栋说的。

　　张国栋说从优越的区位优势到良好的人文环境，尤其是高效、低调、务实、真心实意帮企业，而且不给企业添麻烦的政府服务理念，都让银星智能感到一见如故，顺德和深圳在思想观念、营商环境和文化理念上是鸟之两翼，拥有一样的改革基因。

《粤港澳大湾区发展规划纲要》的出台，一系列交通设施的联通，以及顺德雄厚的产业基础、不断腾出优质产业空间，都让深圳和顺德的联系日益紧密。

作为深圳创新成果转化的重要选择之地，依托南沙大桥、深中通道等设施，顺德处于深圳一小时生活圈内。同时，产业成本优势及发展前景正成为深圳企业产业西进协同布局优选地，深顺合作成为大湾区范例。

银星智能是业内领先的服务机器人公司，建设佛山顺德研发产业基地项目具有里程碑意义。

深圳银星智能集团股份有限公司管委会联席主任、副总裁兼CFO何绍茂告诉我，项目建成投产后，一方面在服务机器人的研发和智能制造核心环节要重点投入，做实做强；另一方面也要向服务机器人上下游产业链延伸辐射，建设培育服务机器人产业生态。

时间，会沉淀最真的情感；风雨，会考验最暖的陪伴。深圳银星智能成立于2005年，隶属于银星集团，公司为客户提供扫地机器人整机方案设计、制造及增值服务，是一家掌握行业核心技术，拥有自主研发能力和生产制造能力的国家高新技术企业，也是中国服务机器人行业的龙头企业和标准制定者。

每一分的积累，都会兑换为成果。高峰期时，全球每四台扫地机器人就有一台来自银星。

银星智能在运动控制、传感器融合、SLAM算法、人机交互、AI、IOT等领域取得丰硕成果，在多项关键技术领域实现原创性突破，已在国内外申请了872项技术专利，是行业内拥有专利数量较多、专利覆盖面较齐全的龙头企业，进入"2020年深圳企业创新实力百强榜"。

在激烈的国际竞争中，银星智能全程积极应对，为企业产品铺平了销往美国市场的道路，也为其他中国企业做出了表率。

话说回来，深圳银星智能科技股份有限公司对顺德并不陌生。

一年一届的顺德家电展，作为亚洲家电行业最具影响力之一的专业贸易展，每年都吸引众多的家电厂商前来参展。

这就包括深圳银星智能科技股份有限公司，他们2015年就在顺德的展会所展示了扫地机器人产品。

其中一款产品型号为C9的产品颇具亮点，在兼顾扫地功能的同时，机身还带有一颗摄像头，通过Wi-Fi联网，可以在手机或者电脑端进行远程控制，也可以实现远程监控和视频交互的功能，这个可谓将扫地机器人的特点很好地结合了起来，毕竟扫地机器人平常可以在家移动，赋予它监控的功能，也是一个非常好的设计。

除了具备监控功能的C9，此次银星智能还带来了另一款亮点产品-F1，这款产品采用独特的贝壳仿生设计，机器配备USB下载口，方便进行软件升级，除了常规的双边扫设计，中扫的毛刷也经过全新设计，中扫毛刷长达218mm，能有效避免电线和毛发缠绕。

银星，每天都在顺德更新。

你看，2023年10月27日，顺德银星服务机器人产业园注塑工厂已经运转起来。

走进银星智能注塑工厂，生产线实现集中供料，机械手自动取料，采用传输线集中空调房作业，注塑工厂MES和模具管理系统同步规划中，整个注塑工厂的作业方式在业内处于领先地位。

　　"机器人研发制造涉及多个环节，注塑工厂的设立，让银星的供应链更灵活，扫地机的面盖配件均在这里注塑制造而成。"叶力荣说，未来，这里将能满足1800万台服务机器人产品智造产能，建成规模超100亿元产值的数字化智慧园区。

　　《珠江商报》报道，在顺德银星服务机器人产业园生产车间，一款全屋智能机器人家庭管家集合了扫拖地机、智能空气净化器、智能音响等多项功能，它还可以与全屋家电连接起来，进行智能管理控制。

　　简单来说，它既是家电，也是一台机器人。

　　"家电机器人化、机器人家电化"成了新趋势，银星服务机器人正在给顺德服务机器人的产业版图注入更多新活力。

第十二篇

曲线多更具柔和感

"从公司的成立到发展，都离不开党建工作与企业经营管理、项目建设等中心工作的有机融合。"2023年5月29日，广东顺德三扬科技股份有限公司党支部书记翁国腾与党员们进行工作经验分享时说，三扬股份的产品源于强大的创新能力，历来重视产品信息化、自动化和智能化的研发，并报告：在微电子技术与精密机械制造领域具有多年行业经验，设立有省级工程中心——广东省精密金属拉链机装备工程技术研究中心，并获得20项发明专利。

昨天，才流行过的，今天全都忘了。

舞台上，音乐响起，射灯打下，火箭101少女边唱边跳，一旁萌萌的机器人也随着乐点和手势起舞，整齐划一。

歌声与笑声碰撞在了一起，让很多人想起自己历经温馨的往事，曾经憧憬的幸福画面此刻也近在眼前：人间烟火旺，美好日月长……

这是2018年腾讯潮音乐发布夜的一幕，站在孟美岐、杨超越等身边的机器人本体，正出自广东顺德三扬科技股份有限公司。

唱歌，让人们感受到了美好——生活的美好、精神的美好。

三扬股份坐落于佛山市顺德区勒流街道，是顺德第一家登陆新三板的企业，其前身是顺德区协龙拉链有限公司，一家拉链机行业的"隐形冠军"。

可以这么说，我国市面采用的高端铜拉链，从第2名到第99名企业都是用三扬股份的产品。

三扬股份旗下公司广东三扬机器人有限公司副总经理陈日腾说拉链机制造并不是三扬股份的全部。

时间回到2015年。

那年，广东三扬机器人有限公司成立，三扬股份开始向机器人领域进军，第一步先打造国产机器人的"富士康"。

2018年又成立了广东三扬网络科技有限公司，搭建针对中小企业的通用型管理平台，从精密制造起步，希望能为中国的智能制造发展贡献自己的力量。

走进三扬机器人的厂房内，一排排的六轴机器人有序排放，正在逐台进行测试，准备出厂。

三扬机器人的稳定性和精度，可以与被誉为世界机器人"四大家族"的瑞士ABB、德国库卡公司、日本发那科和安川机器人同步媲美。

陈日腾在介绍时，脸上满是自豪。

自豪的还有，2015年最早出货的机器人运作到现在，24小时不停歇都未出现问题。

现在已是2021年4月。

大喜过望，陈日腾脚下仿佛踩着一朵幸福的云。

三扬机器人专注于做国内最好的6轴小型机器人本体。

数据显示，三扬机器人的销售量已达1600台，按出货量来说处于国内同行前列。其产品已应用于3C行业，机床冲压上下料，打磨、焊接、喷漆等工艺的自动化应用上。

在这背后，此前拉链机积累下的精密制造和精密装配的基础，是三扬机器人能快速进入市场的重要依托。

拉链机的运作要达到一分钟1500个冲刺，而三扬的产品可做到一分钟1800个，如何在高速下保持机器稳定是其核心技术，这同样能运用于机器人。

三扬机器人的绝对定位精度为0.09毫米，与国际接轨，而一般机器人的定位精度为0.2毫米。高精度，意味着机器人的应用场景可逐步扩大，如激光切割、激光雕刻和高精度抛光打磨等复杂工序。

而要做好机器人的本体，结构设计是关键。

例如，电机和皮带的放置位置、动作的受力点设计等。

陈日腾举了个例子，像一般市面上的机器人在动作设计时，未进一步考虑，导致某些动作会对核心零部件造成不必要的损耗，从而影响了机器人的寿命。

三扬机器人则会在这些方面着重"下功夫"，花时间打造高性价比的机器人。

或许，最美的事不是留住时光，而是留住记忆、留下口碑。你看，除了具有高精度和高稳定性，三扬机器人还是高颜值的代表。与一般的机器人直线居多设计不同，三扬机器人曲线多，前端纤细，更具柔和感。

陈日腾说，在业界三扬机器人有着极高的辨识度，几乎远远就可识别。

也正因此，除了广泛应用于工业领域，颜值高的三扬机器人也频频出现在商业领域，除了伴舞外，还会安置在自动咖啡机上，现场为消费者"打"出一杯咖啡或奶茶。

以供给侧结构性改革为主线，以智能制造为主攻方向，加快工业互联网创新发展，加快制造业生产方式和企业形态根本性变革。

在智能制造的改造热潮中，机器人产业遇到更大的市场。

看好这一市场，是三扬股份进军机器人领域的一个重要因素。

在国家倡导智能制造的大背景下，三扬机器人希望能尽一份力，另外，拉链机行业发展已面临天花板，三扬股份也希望寻找新的业务增长点。

不过在国内机器人行业，本体制造并不是一份"好差事"。

陈日腾说，相对于系统集成商，国内本体制造商利润空间不大，"但本体制造是机器人国产化的重要一环，总得有人去做，我们愿意去为此努力"。

这一份初心，让三扬股份葆有开放的心态，在与各大厂商合作的过程中快速进步，国内大多数知名集成系统商都采购了三扬的机器人。

围绕智能制造，三扬股份还大手笔投向工业管理服务软件领域的研发。

在三扬股份的厂房内，干净整洁，长长的生产线上不过两三个员工，一个大屏幕上，实时滚动着各种机器的运行状况。

这是三扬股份内部进行的智能化改造，把智能排产、ERP等集合一起进行全流程管理，实现数据主导。

这样的智能生产线深受前来参观的同行青睐。

三扬股份成立三扬网络科技有限公司后，集聚了一批来自微软、西门子、美的、海尔等企业出来的人才，共同研发适合中小企业的通用型软件管理平台。

陈日腾了解制造业，了解中小企业在信息化管理方面的痛点，他就有信心做好这一平台，帮助更多中小企业转型升级迈向智能制造。

这一点，我的同行蓝志凌可以做证。

第十三篇

"混血儿"造卫星

"工业机器人的发展前景广阔、增长潜力巨大，未来的智能机器人一定是硬件、软件和APP的结合。"2023年12月5日，埃夫特智能装备股份有限公司董事长兼总经理游玮博士在出席2023中国机器人产业发展大会之"国际机器人联合会–机器人分会CEO圆桌对话"时说，埃夫特一直是坚定的"全球化"布局的践行者，并报告：公司成立至今先后收购了4家海外公司，并不断进行技术整合和创新、吸收转化并返销欧洲市场，成功打开欧洲市场大门并带动通用机器人在欧洲的销售。

聚力奔向未来，改变成就梦想。

埃夫特立足机器人业务，聚焦资源，发挥协同效应，开始新变革的探索，抓住产业成长契机，迎来了机器人产销量的高速增长。

奋斗者们在行动。

正是"奋斗"，让佛山机器人产业力量磅礴、生生不息。

埃华路是埃夫特集团下属企业，位于顺德区陈村镇，成立于2016年，9月13日是它的生日，它专长于金属加工高端机器人集成应用，为国家高新技术企业。

在顺德机器人的产业丛林中，广东埃华路机器人工程有限公司显得有点特别。

与其他从草根崛起的企业不同，广东埃华路有着中意高端智能制造的特殊"血统"：由安徽埃夫特智能装备股份有限公司与意大利EVOLUT机器人技术有限公司合资成立，布局广东开拓市场，产值以每年100%的速度递增。

要做百年企业，须借用世界资源变身国际性企业。

这是广东埃华路的雄心。

这来自国产机器人出货量第一的埃夫特的全球化布局。

埃夫特除了在国内市场销量持续增长，还大举进军海外，2016年就连续并购了两家意大利机器人公司，还与美国卡内基·梅隆大学机器人研究所合作，抢滩人工智能领域研究，构建起国际供应链和创新网络。

落户在机器人产业火爆的顺德，连接意大利乃至欧美的先进制造业资源，广东埃华路将如何发挥协同效应？又将如何搅动顺德智造产业江湖？

顺德陈村，莱茵工业园。

这里的定位是要吸引一批欧洲的中小企业进驻。

在具有中意"血统"的广东埃华路机器人工程有限公司厂房内，专业技术人员忙着调试刚完工的工业机器人，程序研发人员为客户设计了智能车间架构，这些研发人员几乎都有在世界机器人"四大家族"——瑞士ABB、德国库卡公司、日本发那科和安川的工作经历。

黎广信是广东埃华路机器人工程有限公司总经理。

黎广信告诉了我一个商业机密：埃夫特收购意大利EVOLUT的战略合作中，双方达成"埃华路成立的宗旨不是去分割埃夫特集成商已有的蛋糕，而是去协助埃夫特探索和开拓高端应用的蓝海，形成市场增量"的共识。

当时，埃夫特与EVOLUT宣布成立合资中国子公司，即埃华路中国。

合作双方提出成立埃华路，首先是汲取二者的技术养分，特别是EVOLUT的机器人工程技术、数据遥距传输技术、离线编程系统、人机互动界面、3D立体视觉技术等，在中国工业机器人相关行业应用领域确立国产机器人技术先发优势。

总体来说，就是合作双方一方面是基于工业4.0理念，面向特定行业整合机器人智能作业技术，加强IOT的智能传感和数据采集技术，为客户提供智慧车间成套解决方案；另一方面，基于已有的若干行业大量机器人应用工艺经验，按特定的规则进行代码化形成工艺专家系统，为埃夫特启动的下一代智能作业机器人平台的开发提供原始的工艺数据积累。

原始的工艺数据积累正如一个人提着一个袋子，边走边拾，一路上拾起无数他不想要的东西。当遇到自己真正想要的东西之时，袋子已经装满了。

很多人都担心中国公司到海外并购，就是乱花钱，对企业发展没有任何意义。

黎广信认定这是一种错误理解。

埃华路是合资模式，是借用对方优质资源。

在定下合作方案后，并不担心这个只是财务投资，因为技术永远都存在更新，只有新技术才有价值，这是一个中外团队合作共赢的项目。

借用意大利乃至全球资源，会让企业有能力应对市场变化。

某种意义上说，意大利的产业体系与广东比较相似，在汽车设计、陶瓷、家具生产等方面有自己的优势。

天地锦绣，千古佛山，光射斗牛，气冲霄汉。黎广信是在2008年金融危机发生时来到佛山的。在入职埃夫特之前，是库卡机器人（上海）有限公司高级市场经理，专门负责家电、3C等领域，对佛山产业机器人应用的需求可谓十分熟悉。

在他看来，把工业机器人产业进一步做大，顺德前景广阔，可以与上海等国内领先城市比一比。

当然，黎广信笑了笑说，如果硬是要顺德与上海就工业机器人产业发展相比，顺德还有一个优势是上海所不具备的，即顺德在智能制造的服务方面走得更快。

我们来个急转弯，来到了位于芜湖机器人产业园区的埃夫特智能装备股份有限公司。

这里一片繁忙，一台台机器人不时地挥舞着"手臂"，在接受测试后装运交付客户。

这是埃夫特自主开发的协作机器人ECR5，整机采用模块化设计，每个关节运动范围±180°，轻量美观、编程简单、拆装便捷、部署灵活，适用于汽车、食品饮料、医药、物流仓储等行业的装配、检测、上下料、分拣、搬运、包装、码垛等众多领域。

在一款机器人前，总工程师肖永强停下脚步告诉我，就在前不久，埃夫特旗下广东埃华路机器人工程有限公司与深圳航天东方红卫星有限公司在深圳签署战略合作协议，正式开启航空航天领域机器人的开发应用，力争在消费级航空航天机器人智能制造领域保持领先地位。

埃华路机器人通过提供智能机器人装配生产线，助力东方红卫星实现了商业微小卫星局部生产线机器人装配自动化，成为全球第三家、国内首家提供微小卫星自动化装配生产流水线的机器人公司。

陈村水道边，《三字经》作者的故乡，牵动墨客多少情。此时，黎广信写成了一篇《结合资源禀赋打造千亿机器人产业》的文章。1600多字的文稿洋洋洒洒。

对于这一机器人产业的大事，黎广信一直十分关注。他曾担任库卡机器人中国市场的高级销售经理，对美的与库卡的合作情况也比较了解。现在社会上对美的库卡的合作抱以很高的期待，但黎广信认为，对美的库卡基地项目的带动作用，应该从产业发展规律去客观理性看待。

从事机器人产业这么多年，黎广信深知很多上下游企业与库卡的合作方式。

千年史册耻无名，一片丹心报天子。黎广信预测，佛山机器人产业能实现弯道超车，顺德要打造机器人千亿产业集群完全可以实现，佛山作为中国最主要的机器人产业基地的态势必将完成。

黎广信服务的企业2022年有了新目标：中国工业机器人行业第一品牌，全球工业机器人第一梯队企业；有了新征程：战略聚焦机器人业务，机器人业务实现高速增长。

时光如梭，我们和您一起把时间细细雕琢。

从提笔到落笔，埃夫特、埃华路的承诺，逐一实现。

翻看2022年埃夫特、埃华路的台历，我看到了超越机器人大脑的文案：

1月，矢志不渝致力于成为国际一流的智能装备提供商，帮助全球制造业客户提升竞争力；

2月，竭尽所能只为让您多一点满意，少一点费心；

3月，专业的销售网络遍布全球各地，为您洞悉需求、探索最佳解决方案；

4月，7×24小时在线专业技术服务，做您忠诚的守护者；

5月，拥有从核心技术到应用方案解决能力，这一切只是为了让您更好地使用机器人；

6月，从汽车到3C电子再到新能源行业，从搬运码垛到喷涂再到焊接应用，深知您的需求，珍惜您的信任；

7月，2007年至今，15年潜心研究最好的工业机器人；

8月，提高您的生产力、助力您的业务增长，不仅仅是一家硬件提供商，还有人工智能和云等现代技术；

9月，根植于中国，服务于全球，知道您的想法和诉求，并以此为您创造价值；

10月，崇尚共赢，与您一起成长；

11月，全球19家子公司及分支机构整合全球资源来帮助客户；

12月，用心"智"造，成就未来。

我想，从这一刻，四季的忙碌与温度，埃华路机器人将与您共同记录，用心"智"造，成就未来。

你看，2023年12月5日，2023中国机器人产业发展大会期间，国际机器人联合会（IFR）协同中国机械工业联合会机器人分会就在埃夫特智能装备股份有限公司召开了IFR中国区会员见面会，强调要加强机器人产业的国际交流，助力中国机器人品牌更好地走向世界。

第十四篇

30秒产出一台电饭煲

"2023年以来，相比去年，利事丰自动化的订单逐渐多起来，但与此同时，整个行业的竞争也越发激烈。"2023年5月，利事丰机器人公司董事长刘汉刚说，得益于顺德发达的制造业和良好的营商环境，利事丰正信心满满地迈向下一个十年，并报告：公司研发人员占员工总数25%，拥有近30项专利，涵盖电机加工及装配、小家电装配、小家电包装检测、家电配件加工检测等领域，产品市场前景广阔。

广东省科技型中小企业、广东创新标杆企业；

佛山市"专精特新"企业、顺德区机器人骨干企业；

广东省机器人协会常务理事单位、顺德机器人协会副会长单位；

国家级首台套装备和广东省首台套装备成功申报企业；

……

这就是广东利事丰机器人自动化科技有限公司。

利事丰机器人成立于2012年1月，前身为佛山市利事丰机电科技有限公司，是一家专注于自动化设备研发制造、机器人自动化系统集成应用、智能工厂一站式整体规划及实施等领域的高新技术企业。

见识利事丰机器人总是在展会上。

广东潭洲国际会展中心举办的首秀———第二届珠西装洽会，其中有个智能制造单元被顺德一条电饭煲自动化生产线承包。

这条生产线经过一个多月的筹备、调试，首次露面。

类似一条完整产品生产线，又集成了如此多机器人企业进行展示，这在顺德尚属首次。

对参与的企业来说，他们更看重这样的抱团式展出对于产品与品牌的宣传价值。

只见一个30米 × 25米的空间内，来自14家顺德企业超过

100台的设备正在同时工作，完整地展示了一台电饭煲的生产过程。

科技提升速度，创新彰显高度。这条生产线融合了精益思想、信息化工具、自动化方法，以顺德家电特色的电饭煲实物生产，以展示"中国制造2025"各种要素。

其中，在自动化方面，整条生产线分布了多台顺德企业提供的机械手，发挥着不同的搬运功能，实现了机器代人。

在展会现场，参观者除了能看到庞杂的机器作业，还可以见到一块巨大的屏幕显示着成交、生产的数据。

这也是这条生产线区别以往的一大亮点。

利事丰机器人在这次布展中主要负责生产主线，负责整体技术环节的规划和调试。

董事长刘汉刚不断向参观的人介绍："这条生产线最大的亮点，就是可以直接为下游代工，并且进行销售，从而产生效益。"

在调试区内，显示屏上正在显示该品牌产品网上商城的销售数据，在商城的成交量就有部分是从这条生产线生产、打包、运输出去的。

刘汉刚告诉我，与东莞搭建的自动化手机壳生产线不同，顺德展示的这条生产线已经找到下家，可以长期为客户生产产品，"我们负责生产，别人负责卖"。

机器调试之后，整个设计满足30秒制造一个符合要求的产品。

换而言之，这条生产线一个小时就可以生产120件电饭煲。

如果24小时工作的话，就可以有2880台产品从这里输送出去。

　　世间总有日升月落，花红柳绿，唯有用心体察，方能接纳万物。刘汉刚毫无保留地告诉人们，这样的一条生产线在设计之初就预留了足够的接口，方便新的设备能够互联接入，能生产电饭煲和便捷喷雾补水仪，"增加相应的单元和设备之后，可以满足小品种、多批量的产品生产需求"。

　　天健包装公司总经理黎健康看到此情此景，大赞起来："能够参与到顺德智造的展示中，对企业来讲更像是一种荣誉。"

　　科技因传播而快乐。以前参加的展会，智能制造多数都是局部展示，如此围绕一个产品搭建的抱团式的、自动化生产线非常少见。

　　在刘汉刚心中，这条生产线就是顺德智能制造实力的一次集体展示，每个参与的企业都可以将客户带过来，而无论接待哪个企业的客户，都是抱团的一种展示；而从客户的需求角度出发，整线的或者是局部的，都可以在这里找到相匹配的解决方案。

　　这条生产线后来保留了下来，作为工业4.0和顺德企业先进装备制造的展示场所。

　　说这么多，我通过刘汉刚的讲解，再说说这条顺德机器人产业集群的生产线是怎么运作的。

　　你看，整条生产线由6轴工业机器人、4轴码垛机器人、3轴工业机器人、ＡＧＶ搬运机器人、电子看板、总控室、控制系统等构成，演示了电饭煲从配件到成品的加工及组装过程，并在各岗位嵌入了电子看板接入信息化系统。

　　你瞧，从生产工艺上，一个电饭煲的生产包括了注塑、冲压、装配、包装和仓储等6大单元。

　　在生产线的开始，ＡＧＶ搬运机器人会自动将配件搬运到各个装配岗位，与此同时，注塑机会生产各个部位。

你看到了吗？在注塑机生产过程中，机械手代替人力自动取货、卸货，然后由输送带输送到下一个单元；在冲压和装配单元，同样使用灵活的机械手进行装卸。其中，在装配环节机器人还要通过识别功能完成外观检测等功能。

你目睹了吗？在包装单元，一个个纸箱经由自动开箱机、自动封箱机不停开合；在此期间，机械手还会将生产好的产品放入箱中。

最后，由搬运机器人将封装好的产品搬运到指定的仓储空间，等候收货运输。

最后，我知道了传统的生产工艺需要40个人，而现在只需要最多6个人。

最后，我还知晓，保留下来的这6个人主要从事插线等自动化成本较高的工序，而通过进一步的改善，未来最多可压缩到两个人。

……

根植于土壤，绽放出的人生之花，必定是芬芳而持久的。在利事丰机器人公司占地不到10平方米的全自动电机转子加工生产线上，没有一个工人，倒是最多可以有13只机械手同时运作。

借助软件企业和无线通信模块，利事丰的自动化设备正在积极对接"移动互联"。

"这是江苏一家电器企业定制的设备。"刘汉刚掏出了一台手机，打开微信，演示着如何通过微信来实现对机器的操作、维护和管控。

说着说着，他略显得意地告诉我："智能机器人使用方便得就像使用傻瓜机一样。"

　　利事丰机器人的自动化定制设备远销上海、昆山、杭州、镇江等长三角地区，有时候设备会出一些小故障，企业不可能设备一有问题工程师就飞到长三角去解决。

　　动手动脑，放飞梦想。于是，刘汉刚想出的办法，就是在设备上加一个视频探头和一个Wi-Fi模块，从而利用手机微信平台来实现远程监控、远程维护、远程调试。

　　如今，利事丰生产的每台自动化机器人都可以接入互联网，通过手机微信来操控和维护，甚至可以设定生产设备的效率和产量。

　　不但自动化、智能化，还要信息化、网络化、物联化。

　　利事丰机器人从一开始，促进信息化和工业化深度融合，就是顺德以工业机器人领航发展装备制造业的目标。

　　"我刚刚在触摸屏上选择了型号下单，生产线马上开始运作，经过各个机器人的协作，30秒钟AGV机器人就把电饭煲送过来，实在太神奇了！"

　　在"智能制造与机器人应用场景展"上，听到一名观众的点赞，刘汉刚很有成就感，他告诉我，这条无人生产线正是佛山机器人产业发展的一个缩影。

　　刘汉刚的企业里摆着一条小型化的智能制造示范生产线，只要有人来参观，这条生产线就会被开启，演示如何用机器人自动组装和包装电饭煲。

　　每次打开，都可能给这家位于大良的工业机器人企业带来一张新的订单。

　　利事丰机器人主要聚焦于小家电领域，业务调整为以整线、整车间和整厂的智能制造解决方案为重点，能够帮助小家电企业实现批量产品低成本的生产、个性化产品的定制化生产，满足多品种产品柔性生产智造的需求。

这是因为刘汉刚明白，珠三角一些企业在内地新设的生产基地，一上来就要智能化的高水平、高起点，不走老路。

生产的同时，刘汉刚更懂得珍惜人才。

你看，他来到顺德职业技术学院智能制造学院，赠送锦旗，感谢学校培养的优秀学生在他公司发展过程中做出的卓越贡献。

营商环境与人才环境密不可分。

"佛山制造"城市形象深入人心，但这样较为单一的外在形象，有时候反而不利于企业招揽人才。

刘汉刚说，他到广州大学城招聘，简历收了一大堆，最终愿意前来面试的寥寥无几，一些学生或许认为佛山只是一座制造业城市，没有广州、深圳等一线城市发展前景好。

刘汉刚作为顺德区政协委员，还建议政府"有形的手"联动市场"无形的手"，助力企业进行数字化转型。

这是一名有责任感的企业家。

第十五篇

机器人生产机器人

"我们拥有强大的服务团队，主要产业是自动化机械手及注塑机辅助配套设备。"每每说到机器人，捷嘉机器人科技有限公司总经理曹兴旺总会说，公司拥有一支高素质的研发团队，包括机械设计、软件开发、电路设计、气动设计，并报告：我们对每一个制造环节都严格控制和检验，以保证产品的质量和使用寿命，配备先进的检验设备，力争使客户达到更好的满意度。

工业机器人不但能够帮助企业制造产品，还能生产自己的"同胞"。

机器人生产机器人。

这是出现在佛山市捷嘉机器人科技有限公司的有趣景象。

我的同事徐冰倩去看过捷嘉机器人后，这样说："出生于2010年的捷嘉公司，团队规模为30人左右，却已成为佛山重要的工业机器人及机械配件生产商，产品被运用在家电、汽车、饮料外包装等多个领域。"

是啊，来到大良红岗的捷嘉，这里生产的工业机器人不但帮助许多佛山的传统制造企业实现了无人化生产，还被灵活运用于自己公司的生产流程中，助力捷嘉的无人化运作。

曹兴旺是捷嘉公司总经理，早年经营过线切割加工店，比较清楚整个机械装备行业的风向。

从线切割加工店开始，曹兴旺就已经习惯把自己的联系方式对外公布。在公司网站、宣传单上，最显眼的就是他的手机号码。

参与科技，共赢未来。他判断无人化生产会成为制造业的主流，毅然决定进军工业机器人市场。

创业的旅程不知不觉地拐了一个弯。

捷嘉主营产品是注塑机械手及坐标式机器人。

这两款机器人是帮助企业分拣原料、定点搬运物料等方面实现无人化的关键利器。

对许多制造类企业来说，注塑是一个必经的生产流程，而对于注塑产品的取出、处理、包装、搬运等工序，往往耗时又费力。

直接使用注塑类的机械手就可以自动取出产品和搬运零部件，在提高了生产效率的同时，还能避免工人取出产品时被机器所伤。

科学是优美的风景，让人流连忘返。让曹兴旺得意的就是，在第三届中国（广东）国际"互联网＋"博览会上，捷嘉的展位受到采购商的极大关注，现场有企业一次性下了数十万元的订单采购此类注塑机器人。

有了市场，曹兴旺加大了研发。

捷嘉与顺德职业技术学院进行产学研合作，共同研发了"多工位传递模冲压加工的自动取放料机械手"。

这一款机械手是为美的生产的洗碗机特别定制的，它将原来需要七八个人完成的冲压操作，压缩为由一台机器完成所有的操作流程。

品质，博远。

曹兴旺非常了解包括机器人在内的机械装备，能够帮助传统企业提升自动化水平。而大部分机械装备企业自身，受小批量、定制化的市场需求限制，也因为单个产品体量较大，往往无法实现自动化生产。

人生没有对错，只有选择后的坚持。捷嘉在佛山机械装备同行中率先跨出探索步伐。

你看，曹兴旺把自己公司生产的机器人，运用在为企业生产定制机器人的过程中，助力自己实现无人化生产，也就是机器人生产机器人。

一旦科学插上幻想的翅膀，它就能赢得胜利。在订单量大的时候，在捷嘉机械加工的工艺环节就会使用自己公司的机器人去协助生产，主要包括将原材料加工成零部件，分拣和搬运物料，以此降低人工成本。

捷嘉成立一个智能化生产部门，进一步推动利用捷嘉生产的机器人，为企业定制生产有特殊功能的工业机器人。

发力生产过程中的无人化操作，曹兴旺把目光聚焦到了客户端的无人化管理。

以前接到客户的订单后，都需要经过人工反复筛选检查，与客户的沟通成本很高。

现在，捷嘉利用ERP企业管理系统，对接公司内部的定制系统、数据系统等，实现了订单的自动化筛选。

客户通过互联网在线下单，订单信息进入ERP系统后，系统根据设定好的标准条件对订单进行审核筛选，符合要求的订单，系统会直接将指令发给工厂内的机器人，机器人直接按要求开始生产。

不符合标准的订单，则会打回给客户，进行二次重审。

除了订单环节，捷嘉的客户在产品定制环节，也可以通过电脑系统对产品设计稿做出调整修改。

以前客户是根据产品手册参数进行修改，再由双方设计师确认，双方不得不反复沟通。

现在，客户只需将制图软件嵌入公司的产品模组中，对关键数据直接进行查询更改，在达到标准条件后机器人直接下达生产指令。

这样大大减少了数据交换过程中的成本和可能产生的误

差，提高了效率的同时，也及时满足了客户的需求。

智慧飞扬，成就梦想。

曹兴旺喜欢这样对外推介他的公司：坐落于美丽的珠江三角洲南部，中国的家电之都——顺德，铝材之都——佛山，主要产业是自动化机械手及注塑机辅助配套设备。

是的，捷嘉机器人已实现零件模块化生产，制造出品质均一、可互换的精密零件组合。

说到机械手，业内就会想到、谈起捷嘉机器人。

能做到这一点，不容易。

捷嘉机器人让我有了一个新梦幻：当一名一米八高的壮汉走到拳击擂台前，正抬脚要跨上擂台时，守在擂台口的机器人突然抬起手，机械手闪电般掠过，把他嘴上的牙签抽走了。

哈哈，机器人，我童年的梦想！

如今，这个梦想已经变得触手可及。

第十六篇

"容容"长袖善舞接报警

2023年12月6日，第三届佛山市中小学教育教学改革成果发布，三水区工业中等专业学校的研究成果《"工业机器人技术应用与维护"专业课程资源》获一等奖。成果显示并报告：这是校企深度合作，共建教学资源的结果，比如，联合广东伊雪松工业机器人设备有限公司等单位主编了《工业机器人本体拆装与维护》《工业机器人视觉物料分拣检测应用》两种教学资料。

先进的机器设备，充满"未来感"的机器研发。

在伊雪松机器人讲解员的带领下，大良鉴海小学的孩子们睁大了好奇的双眼。

一颗"创新"的种子已悄然埋进了孩子的心里，更为孩子们打开了新世界的大门。

走进位于五沙科盈国际工业园内的广东伊雪松机器人设备有限公司时，映入眼帘的是一家厂内咖啡馆及开放式生产线，这看上去更像一家硅谷科技初创企业的办公室，而非传统的中国工厂。

副总经理徐昕看到我有疑惑，如数家珍地介绍，伊雪松机器人是在上海上市的塑料工业机械生产商宁波弘讯科技创立的一家子公司。

弘讯1984年成立于我国台湾，研发了亚洲第一台中文显示工业控制计算机，1987年开始在大陆市场销售，至今处于行业领先地位。

领先是有前提的。

工业机器人的核心部件包括机器人本体、减速器、伺服电机、控制系统等四大部分，弘讯本身可以生产其中三大部件，有相当的技术积累。

对于一家塑料工业机械生产商为何进入工业机器人领域，人们总是有太多的好奇。

徐昕用"水到渠成"四个字来形容母公司2015年启动机器人产品研发的战略决策：宁波弘讯科技在2015年12月12日于上交所公告，增加在工业机器人研发及生产项目的资金投入，在顺德总投资1.5亿元，主要用于新建机器人研发与生产基地。

于是，伊雪松在顺德以工业自动化设备的研发、制造和服务为主，致力于实现塑料制品生产车间人、机、物、料、制造全过程管理迈向信息化、无人化、智慧化，打造塑料加工行业的"智能工厂"，主要产品包括垂直6轴机器人、水平4轴机器人、服务机器人、码垛4轴机器人等。

意外的是，技术副总监胡光民认为，工业4.0不单单是生产的自动化。比如生产一个电饭煲，之前有60套工序，安装自动化设备后简化成10套工序，这当然是一种巨大的进步，但如果这套设备仍然需要人去操作的话，说明工厂的智能化水平还不够。

展望远景，智能工厂通过工业机器人的操作，可以实现无人化。

市场上80公斤以下的码垛机器人产品很少，家电一般质量较轻，如果用80公斤以上机器人搬运确实是一种浪费。

伊雪松专门研发了80公斤以下的码垛机器人，受到顺德家电企业的欢迎。

弘讯看到了顺德产业升级过程中的巨大机会，就通过伊雪松的努力去抓住这个机会，与顺德企业共同成长。

伊雪松不但服务制造业企业，同样将产品应用于公共服务领域。

受顺德区公安局委托，双方经过4个月共同开发了智能接报案笔录机器人。

产品可以实现身份证识别,并将识别信息固化在笔录模板上,可以利用语音识别及语音合成技术实现人机对话,把标准模板导入到机器人中,实现工作过程流程化、规范化、标准化。

产品首先在容桂派出所试用。

受基层一线单位警力不足、工作任务重等因素制约,如何有效解决市民群众的接报案工作成为基层公安单位的"痛点"。

接报案机器人的出现有效地缓解了这一问题。

使用了自助接报案机器人的基层单位,只须安排两名警力跟进接报案工作,比原来节省了约50%以上的警力。

机器人制作一份笔录只需15分钟左右,比原来民警制作笔录节省了一两个小时,大大提高了工作效率。

笔录机器人的投放使用,也使基层单位有更多警力投放到辖区治安防范和案件侦破工作中。

需要报案的市民可采取ATM式的自助形式进行报案。

机器人内设置了"盗窃类""抢劫(夺)类""诈骗类"和"伤害类"等7类内容。

在输入相关身份信息后,可根据机器人的语音指引,采取语音输入或手写、拼音等方式制作笔录,陈述事件经过,然后向报案单位提交。

经办案单位审核确认无误后,打印给当事人签名按指印,完成报案流程。

这款机器人依托科大讯飞语音识别技术,具有强大的语音识别功能。

除了通用的英语、普通话以外,该款机器人还能识别粤语、四川话、东北话、河南话、湖南话等方言,粤语识别率能达到90%~95%,顺德方言识别率也达到了80%。

机器人做笔录还有一个好处，比如女性报案人受到侵犯的一些案件，如果是男性民警接待笔录，报案人在描述案件过程中，涉及个人隐私方面可能会不太方便。

机器人做笔录就没有这方面的顾虑了。

如果报案人与笔录民警相识的话，有存在主观偏颇的可能，但机器人不带任何感情色彩，更能确保笔录的规范性和公正性。

伊雪松机器人总经理褚伟雄说，新开发的执法机器人承担起了自动巡逻的功能，在银行ATM机、机场、商场等公共场合巡逻，并在巡逻过程中收集音视频信息直接上传到公安系统的后台，通过后台比对以后，有可能帮助找到犯罪嫌疑人，然后将信息转接到公安指挥中心，让指挥中心做出决定是否需要抓捕。

容桂派出所建立的自助报案机器人工作室，民警都亲切地称这名机器人为"容容"。

"容容"设定了固定的提问模板，让执法规范化、流程化，保障笔录证据的客观、公正，程序合法，而且可自动生成报案笔录数据库，为公安打击和防范犯罪提供更有力的依据。

"容容1.0版本"包含了很多功能。

"容容2.0版本"的功能特点，以开发自助报案终端为主。

"容容3.0版本"融入了人脸识别。

2019年6月22日，由广州市南沙区公安分局、广州金鹏集团、广东伊雪松机器人设备有限公司合作研发的禁毒机器人"天澈e号"在广州南沙区"国际禁毒日"智能禁毒机器人发布会暨禁毒服务工作圆桌会议活动上正式上岗，并被南沙区禁毒委聘用为"智能禁毒社工"，这标志着伊雪松在公共安全事业智能机器人领域又有新的突破。

禁毒机器人"天澈e号",利用AI算法,大数据交互信息等,轻松解决人工禁毒服务的弊端;通过语音自助访谈、自动多维档案、数据规范督导等功能,可实现与吸毒人员及其家属的人机对话,随时为吸毒人员提供访谈、尿检提醒、心理健康评估等服务;采用人脸识别和身份证信息录入,并建立规范化的吸毒人员电子档案等,方便禁毒专干、禁毒社工进行服务管理,有利于推动吸毒人员管理工作的规范化、智能化,过程人性化。

"天澈e号"的上岗,大大提升了与被服务对象沟通的效率,降低管理脱失的风险,并达到精准服务的目的,让广州禁毒服务管理进入新模式。

这是一道风景,伊雪松机器人长袖善舞获赞。

工欲善其事,必先利其器。

伊雪松分别在我国上海、宁波、西安、台湾等地,以及德国、意大利等国成立了多个专业的研发团队和研发实验室。

伊雪松持续发挥自身优势,在公共安全领域抓住先机,不断开展科技创新,深度开发服务机器人在公共服务领域的发展方向,为中国开启智能服务、畅享智慧便捷的新的公共服务模式贡献一片力量。

力量是新时代的烙印,是奋斗者的脚印。

力量,未来可期。

第十七篇

40秒完成一次核酸采样

"为了解决像电池注液孔封堵等涉及精密程度和产品安全性要求极高的焊接工艺，我们长期深耕于锂电生产一线，与全球领先的电池生产制造商共同研发，经过多次迭代和产线验证，推出一款可以用于产线全自动设备的SoftForce®精密力控电动铆钉枪。"2023年11月15日，增广智能科技有限公司重磅发布新品——SoftForce®精密力控电动铆钉枪时介绍，这款铆钉枪搭载了增广智能独有的SoftForce®精密力控技术及高效算法，驱控一体控制系统完全集成内置于机构内部，采用高效的直驱电机驱动，并报告：铆钉枪可以像人手一样，实现用精确而微小的无损预拉紧铆钉，准确对位于铆孔内，然后以巨大的瞬间出力拉断铆钉，最后退出断钉。

趁年轻，全力去闯吧！

黄安杰是一名"90后"，他很有闯劲。

他师从拥有超30年力触觉技术研究经验的宋爱国教授。要知道，宋爱国教授带领团队研发的力传感器应用到了"问天"实验舱和"天宫二号"上。

在创办佛山市增广智能科技有限公司之前，黄安杰已在自动化设备行业摸爬滚打多年。"我们经过考察发现半导体、3C电子行业设备商所用的零部件，大多是日本、德国进口的品牌，其中蕴含巨大的商机。"黄安杰告诉我，国内精密运动零部件供应商普遍存在技术水平与加工能力参差不齐的问题，暂未找到合适的替代产品，为此，黄安杰2016年组建企业研发团队，开始打磨第一代执行器控制技术，旨在填补国内市场空白。

人们喜欢猎奇，这就是科学的种子。2018年，增广智能正式成立，定位为智能执行系统和精密力控系统解决方案提供商，开始走上了国产执行器商业化之路。"最难、最核心的部分就是控制技术，我们引进了荷兰等外国核心算法工程师，进行了长期、持续的研发。"黄安杰说，公司研发费用占营业收入比例达到了30%~40%，研发团队涉及了力感知融合算法、软件架构、电子电气、机械设备等领域，攻克了超高精度力控及微力控制领域的国际难题，实现运动控制最高精度达到 ±0.01N。

控制器相当于机器的大脑，而执行器相当于手，可以进行夹、推、压、滑、旋转、直线加旋转等动作。如今,增广的智能执行器、控制器、传动零件已经全部实现了自主研发,价格是国外同类产品的10%~40%,实现了国产替代,成为富士康、比亚迪、华大智能等头部企业的供应商。

增广智能的控制器有着很高的兼容性,可以控制不同的电机,而一站式智能执行系统涵盖了机械自动化的大多数运动模组类别,能够满足组合机器人的"一站式"采购需求,大大降低重复开发带来的成本。这让黄安杰深信探索无止境、发展也无止境,创新更无止境。

2021年,增广智能获得了凡创资本数千万元Pre-A轮投资,正谋划进一步加大研发投入、扩充产能。"这从侧面反映了市场对我们的技术和产品的认可。"身为CEO的黄安杰笑着介绍。公司从2018年成立至今,每年基本上都保持了翻倍式增长的良好势头,最为重要的原因就是选对了赛道,找准了客户的痛点,并提供了切实有效的解决方案,"经营一家企业要耐得住性子,面对困难不要想着绕开它,而是要直面它、克服它,才能在细分赛道上闯出一条路来"。

想象,春风柔和地吹着。机器人也能像人的手一样做到力道收放自如、刚柔并济。增广智能是精密运动控制系统及执行器的提供商,该公司的电动夹爪、电动推杆、电动滑台、高精高速直驱模组等精密核心零部件广泛应用于3C电子、半导体、生物医疗、航天军工、汽车装配等领域。

黄安杰告诉我,公司成立至今,短短数年跻身成为细分领域的佼佼者,背后的秘诀在于沉下心来投入技术创新,未来将继续精益求精,力争成为国内工业执行器核心零部件的领头羊。

提起工业机器人,很多人或许首先会想起生产车间内快速挥舞的机械臂。实际上，运动模组也是不可或缺的一个关键环节。比如，夹爪承担着直接抓握工件或执行作业的任务，它和机械臂实现高度、快速协同，一起构成了机器人完整的"手"，让设备力量控制更加精准，位置精度更高。

在增广智能公司展厅，在控制器和执行器的协同配合下，机器人大显身手，让人大开眼界。我的同事黄澄献这样描述：一套夹爪的一边搭载了2根0.5mm的铅笔芯，设备启动之后，两根铅笔就像筷子一样，把一个1克重的砝码夹起、放下；另一端的夹爪则轻松地把一个500克的重物夹起。

"这个演示将夹取的力量控制在0.2～0.3N，在这样轻柔的力量之下，细小的铅笔芯夹起砝码也不会折断。"增广智能市场经理黄翠玲介绍称，增广智能实现了同一套夹爪既能做拈绣花针的精细动作，又能夹起重物，这在业界非常少见，深度模拟了人手的功能。

实际上，传统的力量控制主要靠电流控制，但真正要做到精准控制必须依靠算法与精密的传感器，增广智能从采集数据、分析数据到控制器，都实现快速响应，执行器的运动控制最高精度达±0.01N，在国内属于最高的力量控制精度，比肩国际领先水平。

一个明智的人总是抓住机遇，把它变成美好的未来。近年来，越来越多的企业实现了智能化生产，打磨、注塑、切割、压装等工序对于机器人的力度控制精度控制都有较高的要求，尤其是在3C电子、半导体、生物医疗、汽车装配等对于精度有着严苛要求的领域，这也让增广智能迎来了发展机遇。

黄安杰举例对我说，增广智能精密力控微型夹爪可以应用于抓取微小脆弱的光纤管进行耦合测试。"光纤管和发丝一样细，比玻璃还要易碎，我们的微型夹爪配合特殊的夹具设计，可以精准夹持微小的光纤管到指定位置。"黄安杰说。精密的力量控制技术加持之下，增广智能研发了智能夹爪、智能推杆、旋转缸等不同形态的执行器，可以用于抓取脆弱微小的工件，如精密镜片、电路板、芯片、精密线圈、液晶面板等，尤其是在对于精度要求极高、产品迭代快的3C电子行业大展拳脚，其执行器产品几乎贯穿整个3C产品生产线。

以3C电子生产线中的纽扣电池装配工序为例，由于胶圈内部有一圈很细小的铜线圈，很容易因受到外力而受损，增广智能提供了解决方案——通过夹爪用0.3N的力夹持纽扣电池的铜圈，配合视觉定位、力寻位等进行点胶压装。

具体来说，传统的视觉定位算法以来的参数本身存在细小的误差，有了力寻位技术之后，设备能够灵敏地感受物体表面并判断、控制所需的力量大小，就像人手一样轻柔地进行按压，以最快的速度搜索到准确位置进行装配。

不仅如此，增广智能的夹爪配上机械臂、视觉定位、中控系统之后，还能形成高度智能的核酸采样工作站，助力疫情防控。在增广智能公司展厅，咽拭子自动核酸采样机器人抓起试管拧开盖子，随后夹起拭子进行采样，当拭子触碰到模拟的咽后壁时，就会"左三圈、右三圈"轻轻转动进行采集。完成采样后，机械臂慢慢缩回并将拭子放入试管中，夹爪将试管盖拧紧。整套动作行云流水，完成一个核酸采样最多40秒。

基于控制器、执行器对力量的精准控制，机器人在进行采样的时候，不仅能够对准口腔的位置，还能做到动作轻柔，不会让人体产生不适感。令黄安杰自豪的就是，该咽拭子自动核酸采样机器人已开始大量应用到市场。

如今，"大规模核酸检测"已经成了过去，但由OFweek行业研究中心组织编撰，增广智能、视比特、华成工控、汇川科技等多家代表企业联合参编的《2023智能制造产业创新发展蓝皮书》，已经在"2023（第四届）中国智能制造数字化转型大会暨数字化工业展览会"上正式发布。在《蓝皮书》中，增广智能入选了"2023中国智能制造综合竞争力企业TOP50"和"2023工控行业技术创新力企业TOP20"。

如今，求变的增广智能，作为领先的运动控制系统及电动执行器供应商，可以为智能制造领域提供高效、可靠、安全的精密运动执行器，产品涵盖驱控一体控制器、电动夹爪、电动推杆、电动滑台、直驱执行器等多种品类，能够满足智能制造的多样化和个性化需求。

第十八篇

这是千亿产业集群的起跑点

2023年9月28日，国家工业和信息化部正式公示了2023年度中小企业特色产业集群名单，经过省级中小企业主管部门初核和推荐、专家评审等程序，共有100个产业集群入围。其中，顺德区机器人制造产业集群上榜，这是佛山本次唯一入围的产业集群。

2023年11月，《佛山市机器人及相关产业发展规划（2023—2030）》印发，提出了用3年的时间实现产业倍增，至2025年把机器人产业打造成千亿级产业集群。其中，佛山北滘机器人谷智造产业园被定位为全市机器人产业集聚发展中重要的"一核"。

是呀，顺德拥有嘉腾、隆深、科凯达、利迅达等一批细分领域本土龙头企业，库卡、川崎等世界机器人巨头和大族、埃斯顿、蓝胖子、中大力德、中设、银星智能、拓野智能等机器人骨干企业纷纷以落户或合作形式进驻顺德。

"本地虎"与"过江龙"齐聚，形成了丛林式的产业生态。

从无到有、从弱到强、从点到链，顺德机器人产业版图不断扩张。

一个具有世界影响力的机器人产业高地正加速成形。

2015年9月10日,教师节。

首届中国(广东)国际互联网+博览会在佛山新城举行,我带领20人的团队到场采访,当天一口气做了8个版的新闻报道,也留下了自己的疑问:机器人写诗,该"赞"还是"掉"。

一群佛山孩子来到现场,机器人却给了他们无限的遐想、启蒙。

第二届世界机器人及智能装备产业大会、中国制造2025对话德国工业4.0大会是首届中国(广东)互联网+博览会的重头戏之一。

美国卡耐基·梅隆大学、英国剑桥大学、德国维尔茨堡大学、慕尼黑工业大学、新西兰奥克兰大学等10多个国家的500多位代表出席大会。

办一个展会,留下一个产业。

佛山希望依托广东智能制造示范中心,在三龙湾、东平河畔打造永不落幕的机器人大会。

第二届世界机器人及智能装备产业大会,包括世界机器人"四大家族"——瑞士ABB、德国库卡公司、日本发那科和安川等在内的150多家"智造"企业悉数亮相,展出全球领先的机器人及智能装备。

在这场国内外机器人同场竞技中,顺德企业没有怯场,而是以产业集群的面貌展示了过去数年在机器人领域的努力和成果——利迅达、嘉腾等一众"老大哥"名声在外，同时科凯达、正上、捷瞬等一批中小机器人企业崭露头角。

此前，广东嘉腾机器人自动化有限公司的AGV机器人已走进美的、溢达、华为等行业龙头的车间，这次大会展出第三代的AGV搬运机器人"大黄蜂"。

这一年，嘉腾的机器人开始走出国门，进军土耳其、越南等海外市场。

广东智能制造示范中心以"机器人大世界"为主题，涵盖智能制造与智慧工厂工业机器人、"互联网+机器人"、自动化与你、家用机器人体验馆、机器人大课堂等六大主题展馆，从线上到线下、从工业到家用、从入门教育到无人工厂自动控制、从机器人展示到智能制造全方位解决方案一应俱全。

这一模式在国内还没有先例。

示范中心不仅在线下展示机器人，还开设线上的机器人采购平台，各地企业既可以实地参观体验机器人，还可以在线上采购国内外的机器人。对于企业个性化的需求，示范中心同样可以提供一条龙服务。

示范中心入驻企业品牌涵盖全球世界机器人"四大家族"——瑞士ABB、德国库卡公司、日本发那科和安川在内的25家知名企业。

通过这一"相亲"平台，可以和德国有建设"智慧工厂"经验的企业"联姻"成立合资公司，把德国的高端人才和先进技术直接引进来，打造自主品牌。

机器人大会让世界看见顺德。

来自德国、英国、美国等业界人士开启了顺德机器人企业对中国制造2025和工业4.0的无限想象：

Johan 展示了农业机器人在欧洲的运用;

德国维尔茨堡大学机器人研究院院长Klaus Schiling提出卫星群传输信号的做法;

德国电气电工信息技术委员会董事会主席Dr.Thies关注人机共融和数据安全。

……

风从佛山来,吹向全世界!

盛会落幕终有时,产业带动始起步。

机器人和智能装备产业的国际资源交互、顺德引进汉诺威的成果、中德工业城市联盟的发起……

一款会跳"江南style"的机器人吸引着大批市民。

因为场地问题,机器人撞到墙边,跌倒在桌上。

工作人员稍微扶起,机器人继续跳舞。

围观市民均为机器人啧啧称奇。

只有一位小男孩小声地问妈妈:"为什么机器人不会自己起来?"

妈妈回答:"等你长大了发明一个跌倒了会自己起来的机器人吧。"

一次成功的会展,就是一次成功的启蒙和洗礼。

这次盛会让顺德有机会听到世界机器人产业前沿的声音。

7年后的2022年,这名小男孩已经读中学了,可他还记得这场盛会。

这场盛会,有一群人,他们最为兴奋,或许也收获最大。

在那个周六下午的机器人馆里,涌入最多的就是一群孩子,他们有不少人目不转睛地看着现场的机器人,与机器人合影。

在智慧城市馆和智能家居馆里，孩子们对这些智能设备爱不释手，让人感慨，这就是科技的魅力。

以至于有些孩子的口头禅就是："你又不是我的遥控器！我又不是你的机器人！"

很多人说，进行适当的科技教育，对小孩的未来至关重要。

在这场盛会中，先进的机器人以及智能展区，能给孩子们最初的科学启蒙。

佛山是一座工业城市，当许多老板在吐槽90后不愿进工厂时，甚至很多人担心，我们的孩子们还愿不愿意做制造业？

这次盛会带给我的启发是，不妨换个思路想想，当佛山的工厂都在与机器人进行对话，用的都是这些智能化设备，生产环境更加科技化时，我们还用担心孩子们是否愿意留在制造业吗？

"爷爷，我以后要做这些机器人来服侍您。"在库卡机器人旁，一位小朋友对着他的爷爷说。

一次盛会，有可能让这些孩子产生科技的梦想，甚至塑造他们的人生取向，所以佛山没有忽视这次盛会对孩子的价值。

作为7年前每天在展会现场感受的我，更是深深领悟了这次盛会对顺德机器人产业发展的启蒙。

可以说这是佛山千亿产业集群的开端，更是起跑点。

佛山起跑就要超越，在机器人之城用中国方案超越德国制造，成就中国智造。

后 记

世界上有不怕累的"人"

开心地活着，如花自然开，自然落，不难过。

我对故乡的记忆，离不开村庄、山岭、水田、姜田、鸟鸣、西瓜地、柚子树、枣树、野马、豺狼，还有蓝天、白云、雷雨、闪电，更无法绕开一条从村庄数百亩稻田两边时急时缓流过的云江、那座从稻田边蜿蜒南北十几里的云山。

记忆中的小时候，我是会"飞"的。

我时常想起，我能在老家江西吉安湖圩村的农田田埂之间、水圳、小坡、竹林甚至陡山之间乱奔乱跑，时而能"飞翔"起来去追赶小伙伴，时而能"飞翔"起来与鸡鸭鹅和牛群、兔子、昆虫嬉闹。

大约9岁那年，我看过野狼从村里云江那边，沿着田埂射箭般"飞"进村里偷鸡吃。11岁左右，我目睹了村子东边高高的云山上，有6匹野马"飞"泻下山，把一畦畦花生地践踏了个精光。

人与动物都会"飞"，这是我儿时脑海里的记忆，直到现在也无法忘却。

12岁开始连续3年，我一个人要承担家里十多亩农田水稻、生姜、菜地的施肥、打虫、放水甚至收割，以及一群群家禽、家畜的饲养，还得上山砍柴、烧木炭。那时，我就会胡思乱想，希望有个不怕累的"人"能帮我干活，或者跟我一起干活。我是没有想到机器人，毕竟那时候家乡还没有通电，照明还是用煤油灯。

照亮我人生第一声啼哭的灯火是煤油灯，那是在20世纪70年代中我出生的大山里。读小学四年级时，我就会制作煤油灯：在一个墨水瓶的盖子上钻一个小孔，再用牙膏铝皮头切下、套进瓶盖，在牙膏铝皮头，也就是挤出牙膏的那个口里装上废弃的棉质裤腰带，一盏半机械化的煤油灯就制作完成。

16岁那年开始，我到惠州、深圳等地见习、打零工，我在博罗县杨村镇见识并操作了混凝土搅拌机，在宝安区福永镇操作了流水传动生产线等半自动、自动化设备，这些都是我心中不怕累的"人"。其中，在深圳市宝安区福永镇的香港创力仕集团桥头宝狄电子厂，我从事了很长一段时间的打磨工作。开启电源开关、往纱布上涂上打磨粉，就能把有缺陷的电话机塑料壳按照师傅的教导磨光好、抛光好。

打磨很累，每天要弯腰、低头抛光、磨光12个小时以上，打磨粉四溅很脏。一个月左右时间，就导致我开始时常夜里流鼻血。

我想，这打磨机带电怎么还让人这么累呢？怎么就没有不怕累的打磨机替代我呢？

东风乍起，草木萌动。带着疑问，带着斗志，我进入江西渝州电子工业学院，现在的江西工程学院学习。在南昌航空大学教授、学校老师的传授下，我学会了大哥大、电话机等数字通信设备维修，知道了通信设备、家电产品电路板开发设计，懂得了磨具制造、冲床、锻压等工序，可以操作SMT贴片机、啤压机等设备。

学习中，我更是领略到了"飞"的感觉，知道了世界上有不怕累的"人"，它是带电的。

入职顺德蚬华多媒体制品公司，我成为一名内地与香港人员组成的开发工程部的高级技术员，参与有线电话机、无线电话机、对讲机、门铃、无线发射器、无线接收器、VCD、RVCD、DVD、数码相机、烤箱、微波炉、点钞机、验钞机、打印机、光纤、电机、门铃等产品维修、开发、改良等工作超过6年。

这6年，我与深圳、东莞、佛山、广州、中国香港、中国澳门等地，以及新西兰、马来西亚、德国、美国、澳大利亚、比利时、瑞典、新加坡、捷克等国的供应商、客户打过交道，也到深圳、东莞、佛山参与了很多产品、磨具的开发、评估、验收，还带着很多试验品到不少国内外的认证机构进行测试认证。

这6年，我被派到深圳市福田保税区，参与了我国首台千兆次超级计算机——天河一号构件SMT机板的电子元器件焊接、补修。

这6年，让我知道了自动化设备，知道了机器人，知道了秒速。

时光荏苒。到新闻单位工作后，我时常要采写一些工伤报道，也知道了骨伤在顺德医疗病情中的比例。有时到现场看到消防员砸开机器救人，我很是伤心；有时看到一些工人受伤后到了医院，变成了残疾人，甚至没有了生命，我很悲伤。

不怕累的"人"去哪里了？

我常常在写这样的报道时，会附上"记者观察""记者手记"，内容就是希望大力开发、使用机器人从事繁重、危险的工种或工序。

大约是2007年，我去了美的集团位于马龙、芜湖、南沙、马鞍山等地的车间，我看到了带电的"人"替代了一些岗位，我很是开心，连续5天在《珠江时报》推出了顺德数字化转型发展的报道。

这次报道后，时常去机器人企业采访的我发现自己有很多缺点，于是，我还是带着斗志与理想，历经全国统考，考入南开大学，报读了人力资源管理专业。连续5年的学习，完全改变了我的认知、学识和见解，还获授予"南开大学优秀学生"称号。

这5年里，顺德不少工厂开始用机器换人，更有一些机器人企业诞生。不久，我读到了一条足以让我睡不着觉的新闻：《腾讯开始采用机器人写稿，记者们是否已哭晕？》。

腾讯财经开发的写稿机器人Dreamwriter发出第一篇稿后，以《腾讯开始采用机器人写稿，记者们是否已哭晕？》为标题的新闻在朋友圈广为流传。

我看到，机器人撰写的这篇报道标题为"8月CPI涨2%创12个月新高"。这篇稿子引用了统计局的数据，还分别有国家统计局城市司高级统计师及银河证券等分析师对数据的分析和预测，与媒体记者日常的消息稿无异。

我了解到，Dreamwriter根据算法在第一时间自动生成稿件，瞬时输出分析和研判，一分钟内将重要资讯和解读送达用户。

我是一名新闻工作者，听到腾讯方面称"写稿机器人不会抢走记者的饭碗，希望Dreamwriter能够解放记者，让记者从事更具挑战和智慧的工作"，我很有压力，我在担心自己哪天就落伍了。

2013年2月，佛山市委组织部安排我到了位于顺德区勒流街道的东菱凯琴集团，也就是新宝电器股份有限公司挂职，担任了董事长助理一职，直到当年11月。离开后的第三个月——2014年2月，新宝电器上市了。在新宝电器挂职的9个多月里，我参与了很多工作，比如接待国家领导人、写材料、组织企业文化宣传等工作。

更为重要的就是，我见证了新宝电器投入使用潜伏和叉取机器人，打通了从原料入库，到产线供取料以及成品出入库的全流程，打造家电智能化示范工厂。

新宝每年科研投入占营业额的5%，用于促进产品研发设计、生产线更新换代等。其中，在智能化生产方面，新宝早已布局，对于可快速批量化模块化生产的部件，采用机器人进行生产，我在挂职期间就采用机器人制造电热水壶壶身。令人欣慰的是，我在采访中，本书书写的不少机器人研发、生产企业，都因其成为新宝电器的机器人供应商而感到自豪。

时间是怎样一种东西？它能改变一切、带走一切，更可留下一切。

2015年到2018年，是顺德机器人产业的黄金时期。也就在这几年里，受中德工业服务区原党工委书记列海坚先生、刘怡女士的关心，以及我的老师林友侨先生的厚爱、黄荻先生的培养、张颂先生的助力，李文杰先生、何丽苑女士的支持，我担任了《珠江商报·中德工业服务区》《珠江商报·设计顺德》专栏的主编，采写了一篇篇机器人产业、企业、行业发展的报道，专访了一名名机器人企业的企业家、设计师、工程师。其中，2017年，还在《珠江商报·中德工业服务区》专栏中推出了英文报道，大量报道了中国与德国以及欧洲制造、智造领域合作、借鉴等情况。

学无止境。通过学习、备考，我于2017年初考上清华大学公共管理学院基层治理领军人物培训班，到北京、成都等地进行了系统学习，于2018年11月顺利结业。这让我对世界百年未有之大变局有了新的了解，对中国制造走向中国智造有了新的探寻，中国方案对人类社会治理有了新的思考。

等待的时间很"漫长"，读者期待的目光，高低错落的视觉，都聚焦于内容与成果。最近10年里，我先后还担任了《绿色陈村》《智慧龙江》《品质大良》《容桂力量》《宜居伦教》《家在乐从》《水乡杏坛》《匠心勒流》《多彩容桂》《镇能量街地气》《顺德家居》《慈善顺德》《商报记者百村行》《广州大学城》等专栏主编，"绿色陈村""匠心勒流""宜居伦教""山水均安""水乡杏坛""魅力北滘"等一批官方微信公众号主编，让我进入了机器人的"世界"，采写了这些带电"人"背后的故事，积累了大量来自一线的素材。

美的、碧桂园，库卡、隆深、天太、捷嘉、嘉腾、凯硕、三扬、利迅达、伊雪松、埃华路、利事丰等顺德第一批机器人生产骨干企业、机器人系统集成骨干企业，我经常前往采访，与企业家们接触。

每次前往都可以看到、获悉企业的新发展，我想顺德就是凭着这些朴实的企业，才有底气打造千亿级机器人产业集群。

每次前往，都能看到、听到顺德企业家在谈论德国制造长盛不衰的"秘密"：前些年在欧债危机的大背景下，欧洲各国经济哀鸿遍野，唯有德国一家风景独好，成为欧元区屹立不倒的"定海神针"。为何"德国模式"能够胜出？究其根本，除了德国完善的社会市场经济体制和严格的金融监管外，牛气十足的制造业是其抵御欧债危机的铜墙铁壁。

这让我知道了"德国制造"大致具备了五个基本特征：耐用、务实、可靠、安全、精密。

我全程关注了智能制造领军品牌"美的"携手百年"库卡"植根顺德，"德国技术"+"顺德制造"创造了一个个新纪录、新速度。

我全程看到了碧桂园机器人从无到有，从建筑到餐饮，从武汉到北京，从抗疫到冬奥会。

我全程目睹了世界级龙头企业引领在前，全球机器人"巨头"抢滩登陆，机器人产业在顺德这片热土迅速聚集、强势崛起，迸发出强有力的"磁场效应"，朝着千亿级产业集群大步迈进。

我全程见证了从最初的系统集成，扩展到本体制造，再深入到减速机、控制器等核心零部件；从最早的工业机器人，延展到特种、服务机器人领域，顺德机器人产业链不断完善。

我全程看到了，在关键零部件制造环节、整机制造环节、系统集成环节涌现了一批优秀的企业代表。比如，库卡机器人的6轴机器人、平衡关节机器人、并联机器人，嘉腾机器人的AGV远销国内外。

我全程报道了政企同心同向的营商环境，为机器人企业落户，搭建起强大的"后援"支撑体系，一个千亿级的机器人产业集群正在加速成型的故事。

这些经历，让我被我同行与了解我的人戏谑为"不怕累的人"。

这些经历，似乎在呼唤我，是好好写一本机器人的书的时候了。不过，兹事体大，虽然瘰痹在心，这本书仍然只是书写了这个产业的一点外表。

基于这些经历，持续30年后，来到了农历壬寅年、公元2022年。

北京冬奥会正在热火朝天开展的2月15日，千玺机器人集团有限公司成为顺德"食都保"首个参保对象。看到我参与策划建设餐饮业综合保障服务平台并推出"食都保"普惠综合保障险，千玺机器人集团有限公司副总经理肖然博士，向我讲述了千玺在北京冬奥村智慧餐厅的运行情况，还对我采写《智造——来自机器人之城的报告》一书表示支持，他说："顺德机器人产业发展很值得记录，我以前在中央电视台第六套电影频道工作，也是与写作工作打交道。"

文化是内核、是灵魂，吃透了文化，表现时才能神采飞扬、流光溢彩。

肖然博士给我鼓劲的第二天，也就是2022年2月16日，顺德区作家协会主席吴国霖给了我一个好消息："佛山市文联希望顺德作协能写一本机器人产业发展的报告文学，我想看看你可否主笔写一下，6月要交稿。"

吴国霖主席的信息让我很兴奋："我已经在写了，还想着过两年再出版，昨天还采访了千玺机器人集团有限公司副总经理肖然博士，详细了解了'顺德智造'的北京冬奥村、冬残奥会智慧餐厅，真是好机会，真是机会给了有准备的人。"

在我激动、推荐当中，吴国霖主席叮嘱我写好《智造——来自机器人之城的报告》一书要怎样落笔与收笔。这可不是吴国霖主席第一次对我的教导，我是他的学生，他是顺德区文联"金凤展翅"文艺育才计划文学创作培训班的导师，我是学员与班长，前后学习了近3年。到了本书成稿时，吴国霖主席不但细心审阅全书，还给予确定书名。在此，向吴国霖主席致敬，也向为书名费心的朱文彬先生、胡美玲女士、王冠靖小朋友致谢。

也就这样，我放下手中正在写的《顺来吉往——顺德吉安关系简史》一书，全力进企业、入车间，看现场、学专业，见人见事地进行采写，翻出昔日的报道、文稿进行整理、打磨、提升。

采写中，得到了佛山市委宣传部、佛山市文联、佛山市作家协会、花城出版社、顺德区委宣传部、顺德区文化广电旅游体育局、顺德区文联、顺德区作家协会、顺德区经济促进局、顺德区科学技术局、顺德机器人协会，以及《珠江商报》《佛山日报》《南方日报》《深圳商报》《羊城晚报》《广州日报》《南方都市报》《珠江时报》等单位的支持，更获得了孙向阳、陈斌、梁靖艳、胡美玲、郑卫红、何鸿佳、冯艳芳、吴国霖、张鸿武、李谓、刘婉茵、蒋晓敏、李乾韬、王荆识、张文卓、熊程、蓝志凌、史成雷、熊程、黄澄献、王名润、谢丽娴、李艳珊、尹辅华、罗湛贤、王谦、林东云、王晓琦、陈斌、叶洁纯、李华清、王谦、杨婷、何绰瑶、杨阳、黄祖兵、吴吉、朱成方、马芳、冷卫兵、路漫漫、陈映萍、高绮桦、岑龙基、叶芝婷、邓海霞、操小山、黄淦颖、李年智、黄伟成、王哲靖、王冠靖、王博文、徐冰倩、赵鹏、朱文彬、卢洁敏、王阳奕、杨厚基、黄云、黄俊桦等亲朋好友、各界人士、同行同事、各级领导的帮助，在此深表感谢，向你们致敬。顺德机器人协会秘书长陶渊明先生，耐心审阅全书，给予了很多机器人专业知识等方面的修正，在此我向这位可敬的江西乡亲致敬。花城出版社编审李谓老师从书名、配图、文稿等方面给予了我很多帮助，也付出了很多心血，在此向这位出版业的能人、匠人致敬。

采访、撰写机器人的故事是很枯燥的，有一些数据、参数、代码我根本听不懂、读不懂、看不懂，但我尽可能把专业的、机械的术语，写得让读者读得懂，读得出顺德机器人产业的昨天、今天和明天；读懂创业者、企业每个时期的或酸甜苦辣，或穰穰满家。

采访、撰写机器人的故事很是激励人，2022年全国两会和北京冬奥会期间，新华社、中央广播电视总台、科技日报社、工人日报社、长城新媒体集团等多家媒体已经借助虚拟主播播报新闻。这些虚拟主播不仅能语音播报，还可以根据内容匹配动作、表情，甚至能手语播报，为用户带来了全新的体验，也为报道添彩加分。

虚拟主播会如何改变新闻传播业？又会带来哪些新问题和新挑战？我在采写中开始思考我的职业与未来。

还不容我长时间思考，人工智能正在全人类生活的各方面频繁登场：上海洋山港已实现机器人装卸；初级法律文书、部分新闻稿、论文写作的机器人代劳已经实现；IBM开发的医疗专家机器人，考过了美国执业医师资格……

有人预言，未来20年，机器人将废掉70%的工作：小说家、医生、律师、会计、建筑师、新闻编辑、同声翻译、教练……

走进机器人行业，我深深地感受到人类灵魂工程师的活，正在被人工智能接手。

你看，机器诗人小冰早已出版诗集《阳光失了玻璃窗》。

你看，九歌、稻香老农等"作诗机"已经得到承认与实战应用。

你看，"谷臻小简"，一个能以闪电般速度读完几百万字并理解情绪的人工智能文学编辑，已经年年提交重要的AI阅读榜。

你看小说家已经与机器写手展开深度学习的合作，陈楸帆与AI合写的短篇小说《恐惧机器》已经发表。

……

有人说卑微的样子有一次就够了，信息要发给秒回的人，笑容要留给对你好的人。

有人说各有各的生活，每个人都是机器人，重复着每天的日子，一朝一夕，不得不感叹时光的能力，一直带领人类前行。

有人说机器人里面什么也没有，只有操纵器和一个透明的东西，从里面看得到外面，从外面看不到里面。

有人说根要扎在土壤里，和风一起生存，和竹子一起过冬，和鸟儿一起歌颂春天，不管你拥有了多么惊人的武器，也不管你操纵了多少机器人，只要离开土地，就没办法生存。

我说，机器人需要用电才能"存活"，带电的"人"在顺德价值千亿。

我说，只要给梦想插上飞翔的翅膀，它总能到达它应到达的地方。

我说，每天都在做选择题的我们，展望未来，要有勇气，要懂一叶知秋。

48岁的年龄，我在佛山顺德整整生活了28年。对于我出生长大的江西湖圲村，却只有16年的记忆。佛山、顺德却不是这样，在这里，我是两个孩子的爸爸。我已经与这座城市息息相关，在顺德家电企业开发产品、服务"顺德制造"6年有余，我提笔书写了佛山的桥、顺德的桥、顺德的山和树、顺德的大爱、乐从的记忆、顺德的水、北滘的志、顺德的鱼、顺德的工业，还有一众顺德的人和事，文字超过2200万字。

顺德不但成了我的第二故乡，更是我生命中灿烂的朝霞。从

1998年一路走来，有汗水、有失落，更有收获；有拼搏、有闯劲，更有感悟，我的文化生涯有了更坚定的方向和目标。未来的路还很长，我将努力创作更多好作品奉献给包容我的顺德、喜欢我的读者。

机器人之城，顺德智造巨轮正扬帆远航，驶向更广阔的未来。谨以此纪念《智造——来自机器人之城的报告》的出版。

本书的创作还吸纳和参阅了《人民日报》《经济日报》《南方日报》《广州日报》《佛山日报》《珠江商报》《南方都市报》《羊城晚报》，以及新华社、中央电视台等媒体同行的作品，以及一些企业的内部资料，在此向同行记者与原作者表示最诚挚的感谢。最后，要感谢广东新泰隆环保集团有限公司董事长辛永光先生的无私帮助和指导，是他助力我的文学梦变为现实。

就在此书出版之际，《智造——来自机器人之城的报告》获评佛山市文联2021-2022年度重点文学创作项目，也是2022年度佛山市文艺精品创作生产扶持项目、2022年佛山市顺德区扶持文艺精品，而我书写美的集团跨界制造的故事也获得了中国工业文学奖，这些让我更是对这个选题的正确与这个行业的前景充满信心。

由于我的水平、能力所限，特别是机器人产业专业知识有缺陷、对载入书中的机器人企业不够深入了解、对各位企业家的认知不完整，此书内容一定还有一些不足、不妥之处，也有更多佛山顺德机器人产业的人和事、企业没有呈现，希望也恳请经历者、读者一起给予我批评指正，以便据以修改。

王茂浪

2024年2月

佛山市新闻传媒中心顺德融媒